破碎的激情

Shattered Passion

张梅——著

中国友谊出版公司

图书在版编目（CIP）数据

破碎的激情 / 张梅著. -- 北京 ：中国友谊出版公司，2019.1

ISBN 978-7-5057-4594-0

Ⅰ. ①破… Ⅱ. ①张… Ⅲ. ①长篇小说－中国－当代 Ⅳ. ①I247.5

中国版本图书馆CIP数据核字(2019)第024175号

书名 破碎的激情

作者 张梅

出版 中国友谊出版公司

发行 中国友谊出版公司

经销 新华书店

印刷 文畅阁印刷有限公司

规格 880×1230毫米 32开

8.25印张 155千字

版次 2019年9月第1版

印次 2019年9月第1次印刷

书号 ISBN 978-7-5057-4594-0

定价 42.00元

地址 北京市朝阳区西坝河南里17号楼

邮编 100028

电话 （010）64678009

目录

第一部
殊途同归

1

从早晨开始，他就收集家中的旧书报，以图换钱喝酒。

这是一个雨季的潮湿的星期天，有雾。在广州人最厌恶的雨季里，夹竹桃花却怒放着。过了许多年以后，圣德领悟到就是这些有毒而又美丽的鲜花葬送了他的爱情。因为夹竹桃花也怒放在他的铁皮屋周围。而当时，圣德并没有从爱情这个角度来领悟夹竹桃，他以为屋主在他那间又小又孤单的铁皮屋周围种上夹竹桃，是想让那些有毒的甚至招引蛇的鲜花把他赶走。当时，他对这些嗤之以鼻。在星期天，他捆扎好了旧书报，掂了掂分量，又蹲下对着这捆东西犹豫了一会儿，终于下决心从里面抽出一本最新的《哲学信息》，如释重负地拍拍手上的尘土，搬了把梯子，走出门外，把梯子靠在有柱子的地方。然后，爬上屋顶，用油毡纸来遮盖被梅雨淋得生了锈的铁皮。

当圣德冒着弥天大雾爬上屋顶的时候，广州出现了第一个穿裙子的女人。虽然，后来许多人争辩说，她只能够算是从海南岛蜂拥回城的百万大军中第一个穿裙子的女人，但这并不妨碍她成为当时所有崇拜新思想的男女青年注视的焦点。这个星期天，她穿着印有夹竹桃鲜花图案的长裙，手里拿着一本《谁是第三者》小说的单行本，穿一双半高跟的皮鞋走向升起浓雾的地方。

是否所有男人都靠女人来开拓思维呢？在研究了无数出类拔萃的先人之后，圣德得出的结论是肯定的。他那时和几个挚友办了一本杂志，起名叫《爱斯基摩人》。每个星期天，他们都要为这本杂志在铁皮屋里吵得天翻地覆。他们为杂志的风格吵，为文章的内容吵，可当穿裙子的女人走进铁皮屋，几个人的思路立刻变得豁然开朗。他们请她坐下，把凳子让给她，自己则一排地坐在床沿上。

穿裙子的女人说自己名叫娜娜，并声明自己虽然是个大官的女儿，但视权力为粪土，她走进铁皮屋是为了追求真理。虽然是温暖的春天，但她还是戴着一双有一圈染了黑色的兔子毛的尼龙手套。在声明自己追求真理的同时，她把手稍稍抬起，先从中指开始慢慢地把手指一只只从手套里褪下来，在所有男人的目光之中，把头高高昂起，再次显示自己的高贵血统。

如何能得到娜娜的青睐，成了《爱斯基摩人》杂志社所有男人最大的苦恼。他们知道她要追求真理，于是便使出浑身解数写出漂亮的关于世界事物新观点的文章。他们既共同愤世嫉俗，又攻击对方的观点，这一下子便使《爱斯基摩人》杂志由风格凌乱发展到风格统一，文章由死气沉沉变得生气勃勃，且成为广州最早传播西方思想的杂志。

在追求娜娜的所有人中，圣德表现得最为虔诚，娜娜每一个随便的许诺和轻浮的眼神都使他受宠若惊。圣德出身平民，但才智超人，从中学起就表现出他雄辩的才能和领袖般的聚众力。在他这一代人所经历的各种思想运动中，圣德都以一个弄潮儿的身份自居。他从小崇拜英雄，标榜理想主义，并且以他丰富的经历、铁的意志和洞察人世间的敏锐和深度被朋友们称为“教父”。在这个春风初度玉门关的年头，憋了十年的思想和情欲像喷泉一样汹涌而出。他有满肚子的话要说，可只能发泄在《爱斯基摩人》杂志上，面对着娜娜，他只能够把准备买酒的钱拿去买《哲学信息》，然后再含蓄地送给她。

由于他太含蓄了，便使别人有乘虚而入的机会。开始有娜娜的坏消息传来，说她为了一篇狗屁不通的小说跟编辑老头睡觉。说她根本没有高贵血统，住在一条肮脏的小巷里，每天晚上只能睡在阁楼上，白天出门前都要看一遍《安娜·卡列尼娜》，企图使安娜的幽魂附在自己身上，成为一个高贵的有悲剧气味的女人，成为一个具有反叛精神而又出类拔萃的女人。还说她把描述安娜穿着黑丝绒晚装在晚会上和渥伦斯基跳舞的场面的那几页看得卷了角。有一个更确切的说法是说她已经不是处女，跟她的一个电工师傅结了婚。

可关于娜娜的坏消息愈多，她就愈令人着迷。所有人都一致认为她的所作所为只不过是追求真理的必由之路，而这条必由之路由一个普通女工来表现就更令人赞赏不已。这时，有人在《爱斯基摩人》杂志上介绍萨特的存在主义，于是所有人又说娜娜的所作所为具有存在主义的味道，于是对她更另眼相待，觉得她有超前意识。

娜娜是个丰满的女人，她对圣德的名字发生了强烈的兴趣，以至于在某个晚上把圣德请到小菜馆，满怀柔情地抚摩他的手背，并痛哭流涕地诉说了自己不幸的婚姻。

他俩手牵手地来到圣德住的铁皮屋，那个夜晚夹竹桃散发的气味特别浓，在铁皮屋门口，娜娜大声打了个喷嚏，然后掏出手绢点了点那只漂亮的鼻子。她这个高雅的动作使圣德坚信那些关于娜娜的传说纯属流言蜚语，用手绢点嘴唇和鼻子在他看来是高贵血统的体现。这一来，把娜娜领进潮湿狭窄的铁皮屋使他感到羞愧。而她对他的落魄却不以为然，用女性的柔声说，这才具有浪漫气息。她再一次脱下手套，很自如地躺在圣德那张吱呀作响的木板床上，伸出纤纤玉指让圣德拉着，亲切地注视着圣德，并对他露出有教养的女子的微笑和柔情蜜意。

圣德一生从未如此亲近过一个出身高贵的女人，他想她居然抛弃了她那间粉红色的闺房而躺在这里，便不由得热泪盈眶。他手忙脚乱地冲出铁皮屋，绞了一把毛巾，递给她，然后坐下，像看一个女神一样注视着她。

而圣德这个高高在上的崇高的动作便决定了他终生要充当教父这个角色。

《爱斯基摩人》杂志在春天里就名声大震了。于是，有许多人从各个隐蔽的角落里走出来，冒着浓雾，踏着细雨走向铁皮屋。

有一个四十岁的男人在北方也听到了《爱斯基摩人》杂志的名声。在听到传说的第五个晚上，他做了一顿饺子给妻子和儿子吃，然后悄悄地走出了那所豪华的房子，带着一皮箱诗稿来到了广州。

可刚到广州他就迷了路。他询问了三个女人，问那所被浓雾缭绕的铁皮屋到底在何处，可三个女人的脸上只露出了愚钝的笑容。他只好在江边租了一间廉价的房间。

在许多年以后，圣德回想起来，依然觉得《爱斯基摩人》杂志的价值只不过是一则条件良好的征婚广告。应征的人虽嘴里都说是寻找爱情，心里却各怀鬼胎。当时，他觉得非常激动，满怀热望。他决心把《爱斯基摩人》杂志办成一本像当年由陈独秀主持的《新青年》一样具有启蒙意义的思想刊物，他要使全体撰稿人都成为社会的前驱。他当时只有三件衣服，都是圆领的尼龙恤衫，一件天蓝色，一件米黄色，一件湖水绿色。他曾为这三件恤衫问过娜娜，不知哪一件显得庄重些，因为他从小对颜色就缺乏优良的直觉。可娜娜对这三种颜色都嗤之以鼻，她嘲笑这些廉价的尼龙恤衫。这时，她已和外国人打得火热。于是有一天，她趁她的黄头发情人外出时，偷了一件黑白格棉质硬领衬衫，然后告诉圣德说是她买的，并劝他穿上，说穿这件衬衫才显得有教父风范。

可圣德并没有教父的感觉。在响彻云霄的呼唤教父的声音中，圣德感到十分困惑。广州向来被人指责是个庸俗的地方，不出英雄豪杰。北方的文化人说广州是文化沙漠。江南商人鄙视广州人只会做小生意。广州所有的年轻人宁可挤在迪斯科舞厅里跳摇摆舞唱歌，也不愿意去听某位名人关于理想前途的演讲。这一切都证明了广州人不崇拜英雄。在北方大行其道的风云人物到广州只会感到自己是个普通人而已。某个女明星因为在广州受到冷遇而大哭一场，愤然离开，继而在报纸上多次攻击广州是文化沙漠；几个朦胧诗新秀兴致勃勃地来到据说是金钱世界的广州，竟没有人愿意掏腰包请他们吃一顿饭。

对于圣德来说，他是意识到这种现象中的超前因素的。因为这是傲慢思想意识的表现，它和西柏林、巴黎、纽约年轻人的思想竟同出一辙。但是，圣德又痛恨市民的庸俗和无理想，因为这样会使一个城市变得乏味和无激情。他和朋友创办《爱斯基摩人》杂志就是为了把理想和文化灌输给市民。令人不解的是，所有的撰稿人都是在这座城市中长大的，他们为什么要寻求精神之父呢？因此，许多人冒着浓雾踏着细雨走向铁皮屋使圣德感到十分紧张，他平时只穿圆领尼龙恤衫，可一听到敲门声，他就马上换上那件黑白格棉质硬领衬衫。

他在铁皮屋接待的第二个女人是个肥婆，长得很丑，且有一双巨大的乳房。她推开铁门的刹那间，她的痛苦便传染给了圣德，圣德马上感到了聪明而又丑陋的女人的痛苦，因为这痛苦就写在她那猫一样的眼睛里。他并没有因为丑陋而歧视她。圣德在下午总要煮一些甜东西吃，这个下午他煮的是马蹄粉，圣德分了一半给她吃。因为没有多一只碗，他只好用漱口用的缸子喝，把缺了口的烧着景泰蓝花纹的碗递给了到铁皮屋里的第二个女人。就这样，丑陋而聪明的女人成了圣德终生的朋友。

在郊区一间工厂的集体宿舍里，有一个女孩子正在黑暗肮脏的房间里睡觉。这个女孩子嗜好睡觉，而且一听到清晨的乐曲声就潸然泪下。在聪明而丑陋的胖女人敲铁皮屋的门时，她在做着一个梦，梦到一个炎热的夏天，在一棵枝叶茂盛的米兰树下，一件湖水绿色的圆领尼龙衬衫在闪闪发光。这个女孩子名叫米兰。

米兰在六岁时就听母亲唱《夏日里最后一朵玫瑰》，她母亲用钢琴声和歌声把那株孤独的玫瑰植在她的心里。十一岁那年，父亲在干校的山头上自杀身亡，而她母亲也像那首爱尔兰民歌里所唱的“不愿孤独地生存在这凄凉的世界上”，不久便憔悴而死。

做完梦之后，她就醒了。今天是休息日，所有人都回了家。她没有家回，除了睡觉和做梦，她不知做什么好。于是，她开始唱《夏日里最后一朵玫瑰》。她力图唱得像母亲一样，可唱了一半她就放弃了这种努力，坐下来读宋词。这些都是她十一岁前的生活内容，十一岁后的生活模糊而杂乱，她觉得自己永远只有十一岁，一想起十一岁前的生活，米兰的眼前就出现一轮灿烂的太阳。

从北方来的男人不得不加快寻找铁皮屋的过程。因为每隔一天，他皮箱里的诗稿都会有一张不翼而飞，幸亏这些诗句都是发自他的心灵，而心灵不会被盗窃。为了寻找铁皮屋，他几乎走遍了全广州的大街小巷，这座潮湿阴冷肮脏的南方城市使他厌恶透了，他到这里一个月，一句诗也写不出来。当他偶然倚在窗前休息的时候，他看到不远处有一片红色的树花在怒放着，他不知道那种树名叫夹竹桃。

当时，集结在《爱斯基摩人》杂志周围的男女撰稿人都是广州一些追求先进思想的青年。他们多是刚从十年灾难中走出来，社会随随便便给他们安排了一个不称心的工作。他们当中有工人、小学教师、车间检验员、银行小职员、秘书，等等。他们有许多理想和愿望没有实现，而又热衷于理想，他们急需一个地方说话和施展才能，而循规蹈矩、对新人持有偏见的正统社会集团却排斥他们。这样，圣德主持的《爱斯基摩人》杂志便成了这一群人的圣殿。

《爱斯基摩人》杂志刊登散文、诗歌、评论、漫画、微型小说，由于作者们都是处于人生的交叉点上，所以写出来的东西都充满激情和生气，使得杂志风格清新，令人耳目一新。

在春天结束的时候，《爱斯基摩人》杂志的撰稿人已基本上结成了一个小团体。在一个令人终生难忘的日子里，铁皮屋门外的空地站满了青年男女。那时，夹竹桃花已凋谢，圣德向屋主借了好几张用来垫木板床的条凳来安置那些激动不已的青年男女。他们中间有一个穿着领口缀了许多花边的衬衫的女记者，是个写朦胧诗的，笔名叫“蓝鸟”，和几年后在广州流行起来的一种恤衫的牌子不谋而合。当时，这个“蓝鸟”已小有名气，头发用一根蓝色的缎带扎在脑后，在花已凋谢的夹竹桃树下显得青春活泼。那个北方男人也终于来到了铁皮屋，带着丢失了五分之四的诗稿，坐在条凳上期望能大展宏图。圣德注意到院子的围墙边靠着一个长相聪明的小伙子，像个大学生的模样。圣德走过去想提醒他墙上长满了青苔，会染绿他的白衬衫。可他见这个小伙子手里拿着一本金庸著的《射雕英雄传》，圣德马上对他另眼相看，知道他已对萨特或弗洛伊德表示蔑视，用手中的通俗小说来表示自己的超前。

这个男孩子名叫子辛，正在读医科大学四年级。子辛有一双女人般美丽的眼睛，这双眼睛安在他那长长的脸上，使他看上去像个情种。他聪明过人，具有深刻的观察力。他厌恶工作，又渴望腰缠万贯。他正为毕业出来干什么而焦虑，因为他一想起要当实习医生住在医院里就不寒而栗。子辛到铁皮屋来是为了寻求新奇。从这一天起，他无时不在吹嘘自己是广州最后一个处男。他逃避责任，追求爱情，像一个宽袍大袖的清代文人。这天早上，他手中的《射雕英雄传》就击败了“蓝鸟”的朦胧诗。

宽袍大袖的子辛和圣德一拍即合，并以一个知己的模样和圣德出双入对。子辛从前有个癖好，就是逢人便讲歌德跟女人睡觉的故事。结识了圣德之后，他就把歌德抛到脑后，眯起那双危险的眼睛到处吹嘘自己结识了一个千年不遇、思想深刻的才子，并煞有介事地安排那些因为屁股没肉而坐不稳凳子的男孩女孩和圣德见面，还故弄玄虚地说：“你以为天才是这么容易见的吗？这也要走后门！首先要我看看你是否有悟性，是否值得训导。”

这样，圣德便经常给子辛拉去见一些莫名其妙的男人女人，听他们无病呻吟，然后再给他们讲人生哲学。而这种事只有圣德才做得来。他对所有人都抱有极大的好奇和同情心，他像一个高高在上的上帝那样怜悯众生。门徒们带着疑问来听布道，他却拿出最后一点钱来买酒给他们喝，然后再讲述他的人生哲学。

“我们之所以痛苦，是因为我们懦弱。”他喝着酒说。

即使是春季结束，米兰还是天天睡觉。不睡觉的时候，她就背诵宋词。这一天，她正在背诵蒋捷的《虞美人》，刚读了第一句“少年听雨歌楼上，红烛昏罗帐”，窗外就飞进了一张诗笺，上面用很美丽的字体写着一首自由体抒情诗，是写黄梅雨季一个穿红衣服的少女思念夏日的玫瑰。诗歌用了许多长句子，但没有了下页。米兰被其中关于玫瑰的意象感动得热泪盈眶。她不知道世上还有人在怀念夏日的玫瑰，一时间她的心变得一片光明。从这天开始，沉睡的米兰开始复苏，中断的生活又重新开始。

2

到了夏季，《爱斯基摩人》杂志的撰稿人中间突然流行起爱说话的瘟病。所有人都惊恐地发现，只要嘴巴一张开，最近流行的新潮字眼都会滔滔不绝地涌出来，很久嘴巴也合不上。而且，不久他们又发现，所有人嘴里吐出来的字眼基本都是一样的，如性解放、优秀、解脱、压抑、孤独，等等，这使圣德非常愤怒。《爱斯基摩人》杂志的宗旨就是推崇人的个性化，而现在所有撰稿人都染上了这种同一化的疾病，真是岂有此理。他把这件事归咎于一个叫米兰的女孩子，因为她加入了这个圈子，圈子里才流行起爱说话的瘟病。

有一天，他和杂志社的几个骨干在开会，商量印刷问题。突然，铁皮屋的门被人推开。进来了一个高挑苗条的女孩子，一张脸孔长得完美无缺，她自报名字叫米兰。当圣德问她擅长什么时，她说会唱歌和背宋词。这时，全屋子的人都笑了。圣德对她说《爱斯基摩人》杂志不需要唱歌和宋词，可还没等他说完，女孩子就把手放在胸前，用六十岁妇人才有的忧郁唱起了《夏日里最后一朵玫瑰》。当她唱完，铁皮屋里的人都流下了眼泪。圣德开始说话，他奋力抨击她的忧郁，指出所有的生活都是一种过程，并没有夸张的意义，而《夏日里最后一朵玫瑰》则夸大了玫瑰的孤独和悲哀。其实，这朵玫瑰能开在最后，表现了她的生命力和特殊性，而歌词为什么不去歌颂这点？米兰走进铁皮屋的时间是中午 12 点，而圣德结束讲话时铁皮屋外面已是暮色苍茫。从此，圈子里就开始流行爱说话的瘟病了。

米兰在接受了圣德七个小时的训导后，仍弄不清对方在讲什么，因为她的注意力被引开了。在她推开铁门的一瞬间，在圣德站起来问她会干什么的时候，她居然看见了圣德的头部里有一只孤独的绵羊，低垂着眼睛在打盹。她立刻就被那只绵羊的孤独所感动，便唱起了《夏日里最后一朵玫瑰》，想借此来安慰绵羊。可当圣德开始说话的时候，绵羊就消失了。在圣德长达七个小时的议论中，米兰都在考虑她所看见的究竟是不是幻觉。因此她没听清楚圣德在说什么。

至于米兰在铁皮屋唱歌的逸闻，很快便在《爱斯基摩人》杂志的撰稿人中广泛流传。《爱斯基摩人》杂志有成百个撰稿人，而每个撰稿人又都有各自的小圈子，于是逸闻经过流传大大走了样。谣传中的米兰不仅唱歌，还买了一束玫瑰花献给圣德；谣传中的米兰梳了两条辫子，还扎了黑蝴蝶结；谣传中的米兰身段肥胖，却穿一件时兴的蝙蝠袖夏装。这样，米兰刚重新开始生活就遇到了形象走样的麻烦。

没人愿意留下米兰。因为她从工厂辞了职，要是《爱斯基摩人》杂志留下她就要发给她薪水。可杂志社从没有过这样的先例，所有编辑都是业余干的，有时甚至连稿费也付不出。可米兰不肯离开，她带了一藤箱的行李，晚上就坐在铁皮屋门外。自从接到从窗外飞进来的诗稿之后，她的心便一片光明，变得无忧无虑。

到了第三天晚上，圣德只好打开了门。两人交换了一下眼神，疲倦的米兰便蜷缩在圣德那张吱呀作响的木板床上安然入睡。

当米兰安然入睡后，圣德熄灭了灯，反锁了门，到附近一个小吃店喝酒。

他喝完酒回来，看见铁皮屋的灯亮了。推开房门后，他看见米兰正倚在床头，就着灯光读报纸，闷热的铁皮屋因为有个女人在灯下读报纸竟变得凉爽起来。

到后来，米兰总要问圣德，到底有多少个女人在这张吱呀作响的木板床上睡过。可圣德的回答总是含糊其词。自从娜娜跟了一个美国佬到了美国后，他对女人的态度便不再虔诚。他收留米兰是因为觉得她可怜和钟爱她的美貌。过了第一夜，他就想方设法赶走米兰。为了让她离开他，他为她找房子，找工作，而这个过程却延续了两年。

相反的是米兰却欣喜若狂。成了一个小妇人后，她沾沾自喜、容光焕发。她一个月不洗澡，以图保持圣德在她身上留下的气味。

这样，所有人都看出了圣德对米兰极端的不耐烦和米兰对圣德超乎寻常的眷恋。可他们都假装看不见，用态度来承认他俩，并且每个男人都更疯狂地追逐女人。

米兰终于找到了写那首打开她的心扉的诗篇的作者萧尘，他也是《爱斯基摩人》杂志的撰稿人之一。他告诉米兰，他一箱子的诗歌只发出了五首，他很怀念北方下着漫天大雪的冬天。当时，没人看得起米兰，认为她只是一个会唱歌的小傻瓜，圣德也经常在外寻欢作乐，通宵不回铁皮屋。一个阳光灿烂的中午，米兰独自坐在闷热的铁皮屋里，在窗前看着没有开花的夹竹桃默写宋词。她想默写李清照的《永遇乐·落日熔金》，才默了一半，萧尘走进来，看到了她笔下的诗句，惊叹起来。米兰这时才注意到原来自己在不知不觉中写了一首自由体诗。萧尘把散发着夏天闷热的诗歌拿走，背着米兰寄到《诗刊》去，《诗刊》很快就把它登了出来。

《诗刊》使米兰改变了处境。广州有许多文学爱好者想结识她，还有不明不白的读者来信寄到铁皮屋。最使米兰高兴的是圣德终于注意到她了，不再拒绝和她在街上手指勾着手指，并带着她一起到他认为优秀的朋友家中。

《爱斯基摩人》杂志的撰稿人每月集中一次，地点本来就是在铁皮屋外的那块空地，可后来撰稿人愈来愈多，有的撰稿人还带来了新人谒见圣德，最后的一次连围墙外面的马路也站满了人，使当街道居委会主任的屋主十分恼火。她摇着一把葵扇，威胁圣德如再有下次她就要收回铁皮屋，因为铁皮屋属于违章建筑物，且建在地产权属于她的院子里。刚好这时社会上叫嚷要落实华侨政策，华侨的私人住房可以随意收回。这样，圣德只好忍气吞声地把聚会地点改到一所中学的礼堂里。

那所中学是聪明而丑陋的女人的母校。她对圣德抱以极大的希望，她认为只有圣德这种不屑于陈腐而追求真理的人才可成为社会的栋梁。因此，她为《爱斯基摩人》杂志竭尽全力。每当印出新的一期，她就捧着还散发着油墨香气的杂志送往各级领导家中，以便让他们重视这本杂志，知道哪里有新一代。许多人都无法想象如此丑陋肥胖的女人如何能得到那些名人的青睐，但她以她的聪明、热情、执着战胜了世俗的偏见。当她坐在一位名作家的客厅里，她首先是谈起他某篇小说里的主人公，讲自己对主人公的理解，她总是以出众的见解和蔑视世俗的态度赢得对方的赞赏。这样，她肥胖的身躯穿梭得愈频繁，《爱斯基摩人》杂志的名声也愈响。

尽管许多人对米兰描述过那个女人的肥胖和丑陋，但米兰总把她想象成一匹奔驰在黄褐色原野上的黑骏马，后蹄扬起，长嘶而去。为了保存这一美好的形象，米兰决定不见她。这样，有一个晚上，当黑骏马到铁皮屋找圣德而圣德又去喝酒时，米兰就隔着铁门和她谈了一个通宵。奇怪的是她俩大多时候只谈爱情。米兰说爱情是一节外观迷人的末节车厢，你只管跳上去，无须问火车头把你带往何处；而铁门外的人却说爱情是个宝葫芦。她一讲起宝葫芦就使米兰想起了十一岁前的生活，从这晚起她就偏爱丑陋而痛苦的女人。

圣德喝完酒回来的时候，看到了倚靠在铁门内外酣睡的两个女人。他费了好大劲才把她们搬上床，并且奇怪两人的睡姿竟如此相同，嘴角都挂着一丝纯真的微笑。然后，他搬了张椅子坐到院子里，在露水中点火吸烟。今晚他认识了一个名叫莫名的小伙子。他是不是真的叫莫名，圣德有些怀疑，不过介绍他认识的人是这样称呼的。名叫莫名的小伙子表现出来的天才使圣德如见天人，他才二十四岁，就用最新的哲学语言总结了圣德三十多年的生活经验。他自称蔑视工作，他什么也不干，靠谈情说爱为生。

而莫名的加盟却给《爱斯基摩人》杂志带来了灾难。他来了三个月，就有人告发他卖塑料电子表盈利，甚至把塑料电子表卖给一起共事的男编辑。一共有十一个人上了他的当，而这十一个人原来都是莫名的天才的崇拜者。他们气势汹汹找到圣德，要他交出莫名，因为是圣德把这个骗子引荐给他们认识的，可他们的吵闹只使圣德对他们感到厌恶。他对他们指出，从莫名那里学到了那么多绝妙的人生哲学，区区三十块钱算得了什么。

可受害的并不只是男人。在三个月之内，莫名就使两位具有娇骄二气的女撰稿人失去了贞操。他对其中一位讲自己每天6时起床，然后去跑步，回来读英文，早饭后练习钢琴，使她确信自己遇到了一位身处逆境而为艺术不懈努力的才子，终于在一个鸟语花香之夜献出了对男人的第一个吻，继而献出了贞操。而对另外一个女人，莫名却历数传统婚姻给人性带来的种种束缚，讲人之初，讲亚当与夏娃，讲所有遵守清规戒律的女人都是“钝胎”。这样，那位生性虚荣的淑女便乱了方寸，她当然不甘做“钝胎”，便按部就班地和莫名在自己闺房度过了心荡神摇的一个下午。

可莫名因为疲于说谎，不久便连连出错，以至于把两位情人约到了同一时间同一地点，而且连他自己也因为记错了地点没有出现在约定的地方。于是，两位受害者在越秀公园的菊花前痛诉莫名的劣迹，并因为共同的灾难结成了好朋友。

莫名在塑料电子表败露之后就逃之夭夭，这使得圣德无限想念他。圣德通过各种渠道向隐藏起来的莫名发出信息，说作为个人的他不咎既往，他依然是莫名的天才崇拜者。三个星期后的一个晚上，莫名敲开了铁皮屋的门。他一眼就瞥见了盘腿坐在床上、穿着红色短裤的米兰，并为她的美貌和气质惊叹。整个晚上，他都无心与圣德探讨哲学问题，不断向米兰发出信号。

可是，米兰却窥见了莫名的腹部里有一条蛇，这条蛇分成四节，又随时组合。这种四节蛇不属于都市，它属于阴森广袤、有着许多传奇故事的森林。并且，蛇使米兰感到恐惧和恶心。这样，一个晚上，米兰都尽力使自己不去看莫名，因此接收不到莫名发出的信息。

可想而知，当米兰收到莫名邀请她某个晚上去茶楼聊天的信时，是如何惊慌和不知所措。但因为她也是莫名的天才的崇拜者，米兰只好战战兢兢地去会见四节蛇。来到朱红色的茶楼里，她才放了心，两人面对面坐下后，桌子正好挡住莫名的腹部。整个晚上，莫名对米兰大献殷勤，他攻击圣德没有美感，不懂人体美和气质美。而米兰却不断想对他说，你的体内有一条不属于都市的四节蛇，它在吞噬着你的天才和生命。莫名长得非常瘦削，两只马眼乌黑，一张大嘴流露着极端的烦躁不安，米兰知道这都是四节蛇造成的，所以她十分怜悯莫名。而莫名看到在米兰那张完美无缺的脸孔上流露出的怜悯的神情感到十分吃惊和沮丧，这使他第一次在女人面前感到了自卑，在这一瞬间他打消了和她睡觉的念头，两人一下子变得默默无语。这天晚上刚好停电，侍应端上红烛，莫名感到无限凄凉。

圣德很早就发现米兰有在清晨潸然泪下的毛病。在米兰闯进他的铁皮屋的第一个早晨，他醒得很早。当他就着曙光翻身起床，却看见身旁的陌生女人瞪大着眼睛潸然泪下。远处，有人家打开了音响，一支忧伤的曲子徘徊在清晨的空气里。圣德以为她是为了自己处女的身子而泣，因而他嗤之以鼻，不予理睬。可见了多次，圣德就发现这不是一种什么情绪，而是一种病了。他多次问起米兰的身世，可米兰回忆起过去只能回忆起一轮很大很亮的太阳，这使圣德感到更加困惑。他不习惯生活中有抽象的东西。于是，他带着米兰去看病，但没有一个医生检查出来米兰有什么不正常。他们听了圣德描述的症状只感到莫名其妙，或者根本不予理睬。这使圣德非常愤怒。他一想到每天晚上自己的身边都躺着一个患有失忆症和伤感症的病人就烦躁不安，可为米兰寻找工作和住宿的努力又没有结果。每次当他想提起让米兰离开铁皮屋的话题时，米兰那副快乐无比的样子又让他把话吞回去。

米兰是怀着光明的和快乐的心境重新开始生活的，所有的痛苦、邂逅、孤独对她来说只是一种瞬间的感受，这使萧尘非常嫉妒。虽然米兰对他讲述过是他那首关于黄梅雨季一个穿红衣服的少女思念夏日的玫瑰的诗歌打开了她封闭了十三年的心扉，可当他重新拿起那首诗，却怎么也看不到一丝光明和快乐的痕迹。他愈来愈忧郁。他写了许多诗篇，还创造了一种长句子来抒发情感。但是，当时并没有人欣赏他的长句子，到几年后全中国都兴起长句子时，他的一箱子诗歌已丢失干净。他在每一首流行的长句子诗歌里都找到了自己的诗歌的痕迹，他一箱子的诗歌的几百个主题和情绪都在别人的诗歌里得到了体现。萧尘为此心痛如焚、痛哭流涕。他写信给那些诗歌的作者，询问他们是否从一张不翼而来的诗稿上获得灵感，但他从未得到过回信。他变得愈来愈狂暴，刚到广州时那种文雅的气质已荡然无存，他成了一个猜测狂。杂志社召开会议时，他猜测别人盗去了他准备发言的主题；和女人约会时，他猜测对方在酒里下了药。他开始酗酒，并不断夸耀自己高贵的出身。这时，人们才知道他是北方某省一个副省长的儿子。

米兰看到给自己带来光明和快乐的人变成了一个狂暴的酒徒感到无限伤感。在第一次看到萧尘时，米兰就觉察到在他的笑容里有一种无法描述的忧郁。当时，她被萧尘身上浓郁的贵族气息所吸引，她认为他是纳兰圣德，一生寻找忧郁。因为忧郁并不是痛苦，相反，只有贵族才能懂得忧郁和去描述忧郁，真正的忧郁是一种奢侈。

可现在，当她看见萧尘坐在肮脏的小酒馆里痛哭流涕，说他不该到广州来，不该到这个有瘴气的地方时，她便知道了萧尘并不懂得真正的忧郁，因为真正的忧郁升华在生命的一切之上，而他太汲汲于功利。某个下午，她把萧尘领到东湖公园，坐在湖中心的茶馆里，米兰把玫瑰花瓣撕碎撒在湖面上，想让萧尘领悟真正的忧郁。而萧尘这时已视而不见了，他怀念北方，又觉得无脸见江东父老，他真正被现实所困。

米兰自从住进了铁皮屋后就很少上街。可由于盛夏来临，中午时分铁皮屋犹如蒸笼一般。这样，米兰不得不跟着圣德去寻找凉爽的地方。在避暑的过程中，米兰发现广州在瞬间盖起了许多装修华丽的酒楼，并在瞬间出现了许多腰缠万贯的商人。这些暴发户因为钱太多而成了赌徒，经常带着报话机躲在树林里聚赌，屁股坐着一捆钱，把手指戳到地面量钱，把汽车、房子甚至老婆都输个精光。当然，这和米兰和圣德的生活都无关，所展现出来的商品世界给米兰和圣德的情爱生活带来了新的内容。他俩专门寻找有空调的地方，如酒店大堂、东方手表店、进口眼镜店、装修豪华的咖啡厅，并在有空调的电影院里看连场电影以度过酷热难当的白天。这段时间，他俩看了无数电影和录像，各种各样的武打片和爱情片使无聊沉闷的夏天得到了解脱。每看完一场戏，圣德对人生的看法就得到一次升华，他抨击男女主角，抨击电影的道德说教。他和美貌的米兰走上大街，吸引许多人的目光，可他依旧十分想念莫名。

莫名重新回到《爱斯基摩人》杂志撰稿人聚会的中学礼堂受到热烈的欢迎。虽然十一名塑料电子表的受害者愤然离开会场以示抗议，可他们刚跨出礼堂的门口，背后就传来如雷的掌声。

莫名首先向大家侈谈世界大事，然后谈追求人性和寻找灵魂的问题。

身无一文的莫名在人群中讲得很激动，人群中一个穿白衬衣黑裙子的少妇也很激动。她想起自己平淡无味的婚姻生活，她炽热美丽的身躯在一天天地衰老，莫名的描述激起她寻欢作乐的欲望。她热烈地看着这个天才而丑陋的年轻人，而同一瞬间，莫名也看到了这个有芭蕾舞演员气质的少妇，她光洁的前额和闪闪发光的杏眼使他涌起想一吻那香唇的热望。

这个美丽的少妇名叫黛玲。她在长达两个小时关于灾难世界的报告当中兴高采烈，却不知道灾难正悄悄选择了她。

黛玲晚上坐在卧室的梳妆台前，奇怪地看到自己的额头上有一个紫色的唇印。她赶紧用手掌擦了一下，可唇印不仅没有消失，反而因为摩擦而熠熠发光。黛玲赶紧站起身，走进洗手间，对着镜子用湿毛巾擦拭那个紫色的唇印。她慌张的举动全被坐在客厅抽烟看报纸的丈夫看在眼里，他沉思了一会儿，便放下报纸，悄悄走近妻子。

当丈夫走近她背后的一瞬间，黛玲额头上的唇印便消失了，她光洁的舞蹈演员般的额头上只剩下被毛巾擦红的痕迹。她丈夫奇怪地看着她，问她：“黛玲，你又发什么神经了？”

在丈夫眼里，黛玲自从生下了女儿后，就开始变得颠三倒四。她这些颠三倒四的动作都令丈夫非常厌恶。但奇怪的是黛玲自生了女儿后便成了一个地道的美人，原来平坦的胸脯奇迹般地发育成熟了；原来苍白的脸颊出现了少女般的红晕，而且笑容竟变得羞答答；一双黯淡无神的眼睛变得闪闪发光，而闪闪发光的眼睛正是美人的特征。黛玲这些变化使得她丈夫目瞪口呆，在厌恶的同时又疯狂地想占有她。而黛玲却像一个愚昧的农村女人那样穿上三条内裤，誓死不让丈夫侵犯她的身体。在她额头出现紫色唇印的那天深夜，她惊醒过来后，发现丈夫已经脱掉了她两条内裤，便尖叫起来抱着枕头冲出房间，睡在客厅的沙发上。第二天上午，她上街买了驱蚊器，还买了十包蚊片，搬进了女儿的房间。

紫色唇印是黛玲和莫名维持八年的情爱生活的媒介。黛玲生下女儿后，变得易于冲动和健忘。她听完关于未来的灾难世界的演说后，回到家中时，早已把那个年轻人忘得一干二净。可当她看到额头上的紫色唇印后，黛玲立即想起了那个马眼乌黑的年轻人，他的天才的论述像录音磁带一样从头到尾在她脑中播放了一遍，她还记起了他的名字叫莫名。

如果说米兰重新开始生活的心境是一片光明、毫无所求，但自从她在《诗刊》发表了诗歌，她的内心便隐隐产生了一种需求：她希望圣德看重她。

米兰的头顶有颗红痣，在她十一岁生涯快结束的时候，在她参加母亲的葬礼时，有一个陌生的老太婆走在与死者亲属道别的行列的最后。她走到米兰跟前，并没有去握米兰伸出来的小手，而是去抚摩米兰的头部。她的手指停在红痣的部位，哀伤地对米兰说，你一生都会被埋没，这颗被头发遮盖住的红痣决定你的一生。米兰没有听懂她的话，只是这个老太婆的丑陋让她害怕。

现在，米兰懂得她的话的含义了。重新开始生活以来，她愈来愈惊奇地发现了自己，她几乎具有所有被歌颂的女人的优点：善良、聪明、美貌、有同情心、懂得忧郁情怀、不趋炎附势。她看到自己能成长得这么完美而感到沾沾自喜，可又因为圣德没有发现她而痛心疾首。

当圣德情绪好的时候，他就带米兰去酒馆喝酒。为挑选哪一间酒家他们经常发生争论。米兰喜欢去装修华丽、情调优雅的酒店，她在那里能听到流水般的钢琴声，看到衣着华丽的男人女人，他们喷着香气在她面前走动使她感到世界的美好。这样，米兰在那里即使只喝一杯啤酒也感到心满意足。可是圣德却不同，他恨高级酒家里酒的昂贵价钱，每次上酒店，他都要吃饱喝足。这样，米兰只好神色黯淡地跟随他到那些肮脏的小酒馆。

小酒馆使圣德如醉如痴。打情骂俏的女服务员、布满茶渍菜汁的桌布、肮脏的水泥地板、缺了口的茶壶，这些都使圣德感到置身在一个活生生的世界里。他找一张靠窗口的桌子坐下，撩开破旧的窗帘，以便能看到街上川流不息的人们。观察街上的人们是圣德的一大嗜好，他逐一判断每个行人的职业、年龄、思想层次、忧虑和欢乐，这项工作使圣德多余的精力能够得到发泄。观察久了，他对日趋时髦的女孩子感到恐惧。这天，他指着一个把头发蜡成蓬式的女孩子对米兰说：

“这些女孩子长大了怎么当别人的老婆？她们成人后一定会感到十分失望。因为她们这么追求新奇，而世界却愈来愈缺少新奇。”

他说完转过头来，却发现米兰正伏在肮脏的桌布上呼呼大睡。他注视她很久。他不明白一个人怎么可以把宝贵的生命都浪费在睡觉上，他不明白如此杂乱无章的世界怎么在对面的那个人心里激不起一点波澜。

圣德站起来，趁服务员在聊天，悄悄拉开放茶叶的抽屉抓了一大把茶叶，不动声色地把茶叶放在桌上的茶壶里。他每到一个酒馆都抱怨茶水没有味道。

当他坐回位子上的时候，米兰已醒过来。小酣了一会儿，使她看上去精神焕发、美目流盼。这时，菜已经上来了，半只白切鸡，一小碟青椒炒猪肝。圣德要了些白酒，就开始讲他的人生哲学，讲他过去的故事。他讲过去的故事从不带伤感情绪，他讲述过去的人们只是为了从某甲某乙的人生轨迹中总结出人生的哲学。圣德一小口一小口地呷着酒，有时激动起来就大声吼叫，弄得酒馆里的酒徒食客都把脸转过来，他们先是奇怪地看着圣德，到最后目光总是集中到美貌的米兰身上。

圣德一生怀才不遇，于是产生了一个伟大的抱负，要结识一个富有聪颖的女人。那个富有聪颖的女人苦于无所事事，一旦发现他这个被贫穷所困的天才就芳心大动、慷慨解囊，资助他到国外办事业，不久他就可以富甲天下，甚至可以到南美去策划革命、竞选总统。他一直相信这个女人在冥冥之中，他一生的任务就是寻找她。他对米兰说，这个地球上有五十亿人口，其中一定有这种伟大的女性。虽然米兰不断暗示他，现在的女人都是很势利和没有灵性的，最富于同情心的分子就坐在他的对面。可圣德依旧无动于衷，继续去寻找他那个梦想。这使得米兰非常沮丧。因为她也是一贫如洗，不能帮助他去美国或者巴西，不能帮助他在世界上传播他那通透的人生哲学，因而她的同情和浪漫也变得一文不值。在沮丧之中，米兰第一次悟出了自己为什么会嗜好睡觉。

3

《爱斯基摩人》杂志的撰稿人自流行了爱说话的瘟病后，几年后的某个秋季又开始流行另外一种瘟病——寻找痛苦。这大概和某部外国电影的上映有关。这部电影中的男主角是历遭磨难、经历坎坷的中年男人，奇丑无比且面无笑容。但就是这个面无笑容的男人征服了无数个《爱斯基摩人》杂志撰稿人的心。女撰稿人在他身上发现了理想的男人，男撰稿人在他身上则发现了如何赢取女性青睐的奥秘。而他们对电影男角的崇拜很快又扩展为对苦难的崇拜。一时间，娃娃脸和娘娘腔遭到了一致的蔑视，每个人都刻意去追求痛苦的不凡。但在这个平凡和无聊的城市中，一时半刻要找到内容深刻的痛苦并非是一件容易的事，于是许多人同时想到了爱情。

医学院的毕业生子辛是在寻找痛苦的人群中表现得最为执着的一个。他翻开自己的人生卷宗，发现里面并无痛苦可言。他是个独生子，父亲在香港经商，母亲是音乐学院的一个提琴教师。他从小不愁吃不愁穿不愁爱，小学毕业上中学，高中毕业上大学，一生中没有一件突发事件。没有仇人让他追杀，也没有警察来追捕他。他过得逍遥自在，喜爱一切时髦的东西。近来他喜欢吃涂了果酱的面包，穿直筒白西裤，在后来席卷全中国的经济浪潮中，他发现了自身价值的跌落，决定重创自己的历史。

正当他为寻找痛苦的突破口而百般踌躇的时候，那位笔名叫“蓝鸟”的女朦胧诗人却向他寄出了十五首情意绵绵的诗歌。其实，“蓝鸟”女诗人并没有加入到寻找痛苦的队伍中，在那部名扬四海的外国电影在广州放映的期间，她正好在北京参加朦胧诗研讨会，当她回到广州时，那部电影已经不放了。虽然许多人都向她描述过那个著名男主角的形象和气质，但由于每个人的描述都加入了主观色彩和理想色彩，因此呈现在她面前的著名男主角的形象是五颜六色、一派混乱。有人把他说成是骑马能手，有人却说他融汇了西方剑术和中国武功，有人说他虽然不笑却含情脉脉，也有人说他是个独眼的色情狂。这样，女诗人便无法掌握人们崇拜的真正的男子汉。在北京开会期间，她发现所有到会的诗人和评论家都在传看《射雕英雄传》，并为黄蓉和郭靖的爱情感叹不已。这使她想起第一次参加《爱斯基摩人》杂志撰稿人的聚会时，看见一位长相聪明的小伙子靠在长满青苔的墙壁上，手里拿的就是这本《射雕英雄传》。在北京十五天，这个小伙子聪明的长相和超前的意识激发起她澎湃的诗情。她一连写出五十首爱情诗，并挑出其中十五首复印下来，回到广州后马上寄出。

对于子辛来说，和“蓝鸟”谈恋爱是他在寻找痛苦的过程中迈出的十分艰难的第一步。女诗人长相丑陋，还经常有几根鼻毛伸出鼻孔。为了避免看到她的鼻毛，子辛从不敢正面看她的脸，但后来发现侧看更糟，于是只好不看了。但由于子辛和丑陋而有才华的女诗人谈恋爱，他的身价便陡增几倍。一些美丽而浪漫的女孩子猜测他的人生经历中必定有某种隐痛，所以自觉逃避鲜花和美丽；由于他的父亲在香港，还有人猜测他是个私生子，所以嫉恨完美，寻找心灵美。子辛还把十五首爱情诗复印了许多份，逢人便送，并说：“这是真正的爱情啊。”

圣德并没有注意到圈子里流行的这种病。他受苦太多，因而对苦难已不再敏感。然而，他终于发现了。在他编辑最新一期《爱斯基摩人》杂志的稿件时，发现所有文章都在描写痛苦，各种各样的痛苦。有关于男女之爱的，有关于两代人间的代沟的，有写残废后的绝望，有写非婚人工流产时所受的羞辱，甚至还有人写当自己孤独时听见猫儿叫春时的感受。圣德看完了这些稿件后惊讶不已，继而勃然大怒。他召集全体撰稿人开了一个大会，他在会上奋力抨击他们这种时髦的浅薄的行为，并指出这种无聊的行动必将给他们自己带来真正的痛苦。

然而，没有一个撰稿人肯听从圣德的劝说，他们反而认为他这样做是出于虚伪和恐慌。他们嫉妒圣德无人可取代的经历，羡慕那张忧虑重重的脸，甚至连圣德喝啤酒时的神情他们也会在夜里模仿。

当然，并不是所有的人都像子辛那样去寻找苦难的爱情。一个月明星稀的晚上，一个专门写杂文的男撰稿人深更半夜来敲铁皮屋的门，告诉圣德说他已经辞了职，准备独自去流浪。米兰听见那个人在铁皮屋外对圣德说，他在机关干了十几年厌烦透了，觉得自己是只甲虫，不是一个活生生的有创造力的人。他并不奢望能成就什么事业，但只要能看到“长河落日圆”或“风吹草低见牛羊”的景色，他也不枉过这一辈子。他的话使圣德非常感动，圣德便请他去喝酒，这两个对苦难有着不同见解的人开怀痛饮一直到凌晨 4 点。

在圣德看来，在所有寻找痛苦的人之中，只有那个要去体会“风吹草低见牛羊”的人能够在这个过程中完善了自己，其余的人除了做出一堆忙乱的动作，都只会使自己徒添彷徨和烦恼。子辛很快证实了圣德这个论点。他在一个黑夜里吻了女诗人之后，他们之间的爱情便陡然升级。女诗人对于和他接吻着了迷，不论在白天黑夜，或是各种场合都要求子辛吻她。可子辛鼓不起在白天看她的脸的勇气，就只好闭着眼睛吻她，所以经常吻错了地方。或吻在鼻子上；或吻在耳垂上；或吻在额头上；有一次甚至吻到了前胸。这些行踪不定的吻都使女诗人更加激动，她提出要和他一起去未开发的海边旅行，在渔村找间房子住下，然后在黑夜里裸泳。而她热情的浪漫的描述只会使子辛不寒而栗。他手足无措地找到圣德，请教如何摆脱女诗人的主意。

自从去海边渔村裸泳的要求被断然拒绝后，女诗人感到自己的痴情受到了嘲弄。她闭门不出，很快患了忧郁症，对每一个去看她的人都无言垂泪，她那些美丽的爱情诗篇不再出现在《爱斯基摩人》杂志上。于是，所有的撰稿人都一致谴责子辛，痛骂他的不负责任和玩弄爱情。在一次集会上，每个撰稿人手里都拿着一只圆形的塑料飞碟，准备一起把飞碟打到子辛的身上，幸亏那天子辛没到。

子辛没有想到痛苦的成分这么复杂，他现在感到非常难堪。人们把天平都倾斜到一个想入非非的女子那边，却丝毫不理会他曾做过的努力。当子辛知道人们企图用飞碟打他时，他觉得又可憎又可笑。在很长一段时间里，他每天晚上都到铁皮屋找圣德，然后三个人到大排档喝酒。

米兰第一次见到黛玲是在一位女撰稿人的生日酒会上。当时，黛玲已作为莫名的情妇公开和莫名出双入对。她把手伸给米兰，居高临下地说：“听说你写诗歌？我可没有这么多愁善感。”

这天晚上，所有男人女人都被黛玲的美貌征服了，只有米兰看到她的额头有一个紫色的唇印。紫色唇印印在她光洁的额头上，看上去十分诡秘和邪恶。米兰十分惊恐，她想起莫名腹部里的那条四节蛇，整个酒会她一点东西也没吃。

从一开始黛玲就挑剔米兰。先是说她多愁善感，然后嘲笑她裙子和衬衣的颜色不相称。她这些露骨的挖苦使圣德也感到不安了，他不断偷眼看米兰，看到她神态自若很吃惊。其实米兰并不是没有听出那个美丽的小妇人话里所含的恶意，但她知道为什么，因为对方知道了她看见了自己额头上的唇印，黛玲以为这个紫色的唇印是属于自己的，是她一生中最隐秘的一件事，可当女主人打开门让圣德和米兰进来时，黛玲就看见新来的美貌如花的女子紧紧盯住了她的前额。她又羞又恼，所以怒气冲冲。

连莫名也看出了黛玲眼里的怒意，这使他很不高兴。近来他觉得黛玲的妒意愈来愈重了。他和她已相好半年，已经超过了莫名以前和其他女人单独相处时间的五倍，黛玲完美无缺的胴体和阅历熏陶出来的柔情使他非常迷恋。半年来，他并没有再去拈花惹草，这在他的情爱历史上已无先例。可现在，他看着充满怒意的黛玲，觉得她很丑，额头太高，嘴太小没有性感。酒会一开始，他就离开了黛玲，坐到钢琴前面，弹些轻松的小调，边弹边向女主人飞媚眼。崇拜天才的女主人受宠若惊，幸福涌出面孔，不断亲手把酒杯端到莫名的嘴边。

“你太过分了！”酒会结束后，黛玲走出门外，还没等旁人走开就在黑暗中大声叫嚷起来。在愤怒之中，她的自行车车把给撞歪了。她穿着白裙子，无法去修理撞歪的自行车，而莫名却站在旁边冷眼相望。黛玲更加气愤，眼泪流了出来。她把自行车推倒在地，哭泣着坐上了出租小汽车。

当司机问她去哪里时，她更加伤心。自从和莫名相好后，她就从家里搬了出来，搬回单位的单身宿舍，以便享受爱情。但由于他们在房间里幽会的次数太多，近一个月单位的同事已风言风语。在他们的眼神里，黛玲看清楚了自己已由一个美丽清高的高尚女子堕落为一个偷情的“破鞋”。但她无法放弃莫名。每次和这个马眼乌黑、精力旺盛、才气横溢的小伙子偷欢，她的身体都像有火焰在燃烧。虽然有人告诉她，这半年来她憔悴了许多，但每当她照镜子，却看见自己脸颊上的两朵少女般的红晕，她一想到没有了莫名就全身发冷。然而，当司机再次问她时，她却说出了家庭住址。

在许多人私下嘲笑女诗人的时候，米兰决定去探望她。

米兰从没有嘲笑别人不幸的能力。她看到许多女人靠尖酸刻薄来维护自己，觉得非常羡慕，因为她从来不知怎样去保护自己。有一次她和别人去参观一个被公众认为幸福的新婚家庭，一个小个子的女撰稿人像只老鼠一样钻遍了主人的厨房、洗手间、卧室、客厅、书房，仔细看清楚了所有的东西，最后她终于发现了这家人还没购买音响。于是，她等所有人的恭维话讲完的时候，便清理一下沙哑的喉咙，尖起声音说：“等我结婚的时候，第一件事就是要买音响。”其实她自己倒有许多丑陋的地方足以让人嘲笑，个子矮小、深度近视眼、布满皱纹的脸。她具有这么伟大的嘲笑别人的勇气，却没有给自己增光，在那几秒钟的难堪里，她变成了一粒老鼠屎。

就在她用音响来攻击幸福的主人时，米兰想到了写朦胧诗的女诗人。

有许多人说，能写爱情诗的人居住的地方一定有小鸟。但米兰在女诗人的阳台上看到的却比小鸟更进一步，女诗人用一只铁笼装着一只猫头鹰。在倒了咖啡给米兰后，女诗人就告诉她，猫头鹰是如何飞进她的客厅的。是在一个什么样的黄昏，当时她怎样倚窗而立，有着什么样的心情，正准备写一首什么诗歌，猫头鹰飞进来时怎样的动态，给了她如何的活力和领悟，她对于这个论题足足讲了一个小时。米兰为了打断她这一话题，便劝她把猫头鹰放走，让它继续在树林里啼叫。可这一来更糟糕，女诗人马上为猫头鹰出去后的遭遇担心，她替猫头鹰设计了一百种可能，主要焦点是目前人类大多有杀生的嗜好。米兰在猫头鹰的氛围里无法和她讲述关于爱情的论题，而她一直相信这位女诗人曾经深爱过。她还带来了一盒录音带准备送给她，名字就叫作《曾经深爱过》。她看到女诗人还在为猫头鹰的归宿烦恼，便走到音响前，把带子放进去。不一会儿，有个女中音就唱起了抒情流行曲《曾经深爱过》。

事后许多人都指责米兰不应该在那时候放《曾经深爱过》，并断定女诗人肯定是听了这盒磁带才引发她的精神忧郁症，这使得米兰非常难过。她想起当时的情形，女歌手唱完第一遍后，女诗人突然潸然泪下。在米兰印象中一向装模作样、叽里呱啦的她那瞬间变得非常温柔，软弱无力，一副摇摇欲坠的样子。米兰突然悟到她负担太沉重，她的生活是一个大包袱，她已经竭尽全力在公众面前扮演了一个女强人的角色。看着她潸然泪下的样子，米兰很希望子辛马上赶到，如果他看到她这副真实的面孔一定会真正爱上她的。米兰离开的时候很轻松，她认为女诗人也在那瞬间领悟到了真谛，往后不用再去强求爱情，不再为情感受苦。却万万想不到她重发精神忧郁症被送进了医院，听说她在医院里还写信给子辛，指责他玩弄了她的爱情。

4

当米兰知道了女诗人在医院里继续给不爱她的男人写信时，她的嗜睡症又发了。她在铁皮屋里整整睡了一个星期。

由于米兰和圣德同居，因此外面对圣德不利的谣言四起，其中有些聪明的对手把圣德归结为六个字：酒鬼、色鬼、魔鬼，意思是说他嗜酒如命、追逐女色和操纵《爱斯基摩人》杂志。圣德听到了以后非但没有恼火，反而自愧不如。他虽然嗜酒如命，但又觉得自己远没能达到全国第一或者全省第一甚至全广州第一。他经常听到一些关于东北人喝酒的故事，如一个生产队长喝到半夜，然后骑车回家，半途中醉倒在坟地里，当人们找到鼾声如雷的他时，他的两只脚还在作蹬车状。圣德认为自己无论是酒量和酒后的状态都无法和这些人相比。至于追逐女色，他更认为自己的一生中无成功的例子。他清楚自己并不风流倜傥，而且缺乏落难才子的忧郁。他虽然一生历经坎坷，但由于自尊心太强，而且害怕同情，因此他在女人面前总是口若悬河，把自己淋漓透彻地剖析给对方。但因为他的理论太复杂、太高深且变化万千，使得许多头脑简单的女人无法弄懂面前这个人。而他过于冗长的议论、自卑和自傲在身上激起了矛盾又使得她们非常不耐烦。他永远也弄不懂大多女性只需要温情和神秘。而圣德又非常需要女性的理解，这样，他追逐女色便成了一个恶性循环。

只有米兰看懂了这一切。她第一天走进铁皮屋里就看见了圣德脑中的那只孤独的绵羊，所以她明白不管圣德以什么形式去追逐人生，他始终都是孤独的。绵羊鼓励了米兰留在圣德身边，但他追逐女色又使米兰经常感到难堪和痛心。她不明白这么聪明绝顶的人怎么看不出许多所谓优秀的女性其实都是一些素质良好的女演员，她们聪明而又受时尚摆布，她们的热情和坚贞常常会被人生的痛苦所击退。

那黛玲呢？黛玲是否冒牌货？她是否借爱情游戏来扩大自己的名声和达到毕生都无法实现的愿望？当米兰想起在她光洁的额头上那个邪恶的紫色唇印时，米兰总感到她是一个受害者，是紫色唇印的受害者，亦是这个急剧变化的新世界的受害者。紫色代表神秘和轻佻，而那个张开的嘴唇则是性的暗示。美貌和平凡的黛玲面对着如此神秘复杂新鲜的世界心跳加速，她竭力想身体力行走进那个世界，以致失重，以致使自己的滑行偏离了轨道，到底是不是这样？

自从《爱斯基摩人》杂志的撰稿人加入了寻找痛苦的队伍中以后，《爱斯基摩人》杂志稿件的质量每况愈下。许多撰稿人都因为无聊和空虚而陷入了真正的痛苦之中，他们无暇写稿，即使稿子写出来也是一些梦呓般的东西。这样，《爱斯基摩人》杂志便失去了许多读者，而市场上又有许多新的杂志面市，有关于社会新闻、色情、武打，等等，愈来愈多的读者对新观念已不感兴趣，有人在《晚报》上撰文说其实许多新观念都是30年代某些观点的翻版，毫无创新可言，他还举了许多例子，如性解放、人权、法治，等等。还有人来信劝告把《爱斯基摩人》杂志改成时装杂志或者娱乐周刊。

为了弄清楚到底还有多少人对新观念有兴趣，圣德和杂志社的几个骨干印出了几千张民意测验卷，连夜派人送出去，塞进市民的邮箱里。半个月后，他们收到了许多张测验卷，里面有不少人问某某女明星到底有多少岁，她是不是做了双眼皮手术。还有人关心西装是否将要被取代，将被什么取代。还有人在卷子上写道："新观念如泛滥的洪水，把我们脚下坚实的土地冲垮了。"

由于当时没有把卷子捆起来或烧掉，诽谤新观念的那张卷子趁黑夜从窗户飞了出去，很快被心怀叵测的人复印成数百份，贴在电线杆上治疗男性阳痿症的街贴下面，用意是说新观念造成了男性的阳痿。

当消息传来，疲于寻找痛苦的《爱斯基摩人》杂志的男撰稿人情感找到了转移点，他们愤怒之下蜂拥而至，在黑夜里四下出动，准备去撕掉贴在电线杆上的东西。可肇事者早有预谋，他放出风声，说他是出了钱去贴治疗阳痿的街贴的，如果哪一张街贴被撕去了一个角，就准备与《爱斯基摩人》杂志打官司。于是，出现了两个难题：一个是街贴与卷子的边角紧贴在一起，撕卷子不可能不撕烂街贴；另外就是要是杂志社跟治疗阳痿的江湖医生打官司，实在有损杂志社的名誉。在无可奈何和盛怒之下，一个撰稿人因为着急而引起了生理反应，但他决定就地解决这件事——在电线杆下撒尿，他这个行动得到了去撕卷子的全体撰稿人的赞赏，他们把这个举动称之为“举枪致敬”，并纷纷加入“举枪致敬”的行列中。到后来有许多小孩和性压抑者也参加进去，广州市的大街小巷中无论是多隐蔽的电线杆下到第二天早上都会发现一摊尿迹。

圣德并没有加入到“举枪致敬”的行列中。在那些臭气熏天的日子，一个傍晚，他在珠江边发现了一幅动人的画面：两群十三岁左右的女孩子各自站在马路的对面挥手齐声叫“bye bye”。她们年轻的躯体、快乐无比的面孔、用英文讲“再见”时的毫不做作，都使圣德感到一股来自太阳和永恒宇宙的强有力的冲击。

一个星期后，圣德把来自十三岁女孩们的冲击归结为一个思想：我们即将，或者已经落伍。

他召集所有的撰稿人开会，向他们阐明自己的这一思想，指出一个全新的时代即将到来。我们历年所经历的各种思想运动、痛苦的裂变、为新观念发生的种种争执，在这个全新的时代里变得毫无意义。新一代以他们全新的感受方式，正绕过我们至今还未完成的裂变去拥抱新世界。由于他们具有全新的感受方式，他们将比我们快二十倍地掌握打开这个新世界的金钥匙。现在，已经出现的二十岁的经理、皮鞋推销员、烧鹅店的小老板、几人合伙办的“集团”、迪斯科舞厅里十一岁的少年，以及蜂拥出国的男士女士，他们今后都将对我们的生存和发展造成极大的威胁。我们这些长期以来习惯于搞文字游戏、自以为探索灵魂的人的出路在哪里？我们必须更新自己、重新入世。

第一个响应重新入世的号召的是子辛。自从发生了女诗人事件后，他一直都在苦苦地寻找出路。而当现实愈来愈明朗时，他看出了永远穿着破裤子、做一个放荡不羁、醉醺醺的浪人，毕竟没有一个衣冠楚楚、满脸油亮、出手大方的富豪来得有魅力。他便毅然利用自己的先天条件到香港，准备接替他父亲的丝绸生意。

但是，并不是所有人都像子辛那样有条件重新入世，而且重新入世的紧迫感在《爱斯基摩人》杂志的撰稿人身上也并不是体现得那样紧迫。他们怀念一个冬天围着火炉谈天说地的日子，珍惜好不容易才建树起来的小名气；他们看到依然有许多人在读诗歌、散文、小说，便毫不置疑地否定了圣德的说法。当他们知道圣德准备把杂志办成不定期刊物，并利用杂志的账号来办公司时，撰稿人中有人聚起了小团体，准备赶走圣德，把《爱斯基摩人》改为名叫《春夏秋冬》的纯文学杂志。

秋天愈来愈深了，广州的秋天短暂得令人伤感。大概所有的广州人都意识到了秋天的短暂，于是许多人都早早起床，走到阳台上，欣赏那万里无云的明丽的蓝天。刚好这个时候雀巢咖啡公司在某部电视连续剧的开头大做广告，许多市民便以喝雀巢咖啡为荣；而西方广告片中渲染的情趣又使得他们知道在喝咖啡的时候最好要有美妙的音乐。这样，秋天的广州的清晨到处弥漫着伤感的音乐；这样，每个早晨圣德都看见米兰在潸然泪下。

不断地潸然泪下使米兰身体变得很虚弱，而偏偏这个时候又有许多人来找圣德讨论人生问题，因为再愚钝的人也看出了一个新世界即将到来。那么，他们自身的素质和学识是否能应付这个新世界？十几年对形而上的探索已使人生中的虚像咖啡因那样使他们上了瘾而无法解脱，然而，在新世界中，虚是无价值的，而他们又不甘心无价值。他们要像所有人那样经商、赚钱，以便购买社会流行的商品：摩托车、组合音响、录音机、空调、日本产的风铃等等。这样，他们的人格会不会分裂？他们应该怎样找出路去协调？其实，作为他们心目中的教父圣德，对这些问题的解答也显得虚弱无力，他明白自身马上也会陷进这些矛盾之中。但圣德发现和他们讨论的时候常常会思路豁然开朗，经常都得到一些苦思冥想也想不到的结论，为此，他鼓励他们常来。这样，成群结队的人便常常在深更半夜来敲铁皮屋的门，使身体衰弱的米兰无法忍受。她一向厌恶那些没完没了的讨论，她认为没有这个必要。她在圣德和对手们热烈的讨论中连连打哈欠，不断暗示她要睡觉。某个晚上，他们讨论起重新入世的问题，认为原来害怕走进传统的圈套，一生一世做个死板的人，好不容易挣脱了出来，但现在又要重新走进去岂不是前功尽弃？圣德这时灵感大发，他叙述到重新入世并不等于重新走进传统的圈套，从前的你是糊涂的你，现在的你却是清醒的你，做起事来已大不一样。虽然追逐女人但你心中却明了会有什么结果，虽然去拍名人马屁你也知道这只是手段而已。在他说得最兴高采烈之时，米兰却因为缺乏睡眠昏倒在床上，这才阻止了流向铁皮屋探求真理的人流。

当米兰嗜睡症发作的时候，广州掀起了出国热。虽然到澳洲留学的费用由一万港币涨到三万港币，但是，还经常有撰稿人不辞而别的消息传到圣德耳中。某天圣德坐在黑暗里，看到一颗流星划破墨蓝色的天空陨落在不知名的地方，很快就有一粒晶莹的水状物滑到了他的眼角。这颗晶莹的泪水使这个伤感的夜延续了下来，第二天广州竟出现了日食。当许多市民欢呼雀跃拥到街上看日食奇观时，准备出国的《爱斯基摩人》杂志的撰稿人都从日食中看到了某种危险的迹象，但这时他们已卖掉了单车、家具甚至是 W. 考夫曼著的《存在主义》，他们的脚已套上有新内容的红舞鞋。在深圳罗湖桥，一个预备到巴西的平时守身如玉的女撰稿人对着天空打飞吻，自从听说她将要到的那个城市只有八十个华人后，她就一直对着天空打飞吻。

圣德依然坐在黑暗里。即使他把门窗紧闭，在应元路三元宫前装瞎的算命先生煽动香客出国的声音依然传到他的耳中。算命先生说："你眉骨距宽，腰板挺直，走起路来脚板虎虎生风，适宜远游。你出门在外，必遇贵人。"

很快，铁皮屋就飞进了许多花花绿绿明信片一样的照片，原来脸黄肌瘦终日不得志的撰稿人笑容满面地站在澳大利亚花园般的街道上。关于他们在外谋生的各种消息也不断传来，这些在国内习惯于讲究形象思维的人在那个美丽的国土上变得无话可说，彬彬有礼的白种人并不知道也不愿意知道他们所经受的磨难。在腰缠万贯之后，他们写信给圣德，说他们怀念广州，怀念玩玩文章、喝喝啤酒骂骂街的生活。

圣德并不热衷于出国，他认为对于探寻灵魂的人来说，这个世界没有一块乐土，最大的区别是在这里喝珠江啤酒而在美国则喝蓝妹啤酒而已。他看见三分之二的《爱斯基摩人》杂志撰稿人像蚱蜢那样焦躁不安地跳来跳去寻找出国的机会，看到女人容易出国就恨不能做变性手术。他就坐在沉睡的米兰身旁对她讲这个国家变成了蚱蜢国度，所有人都焦虑不安。

圣德坐在寒冷的铁皮屋里，坐在沉睡了一个季度的米兰身边，看了她很久，然后用嘴唇碰了一下她那如花的脸颊。

5

当米兰被圣德吻醒时，《爱斯基摩人》杂志的撰稿人已经走了四分之一。

在出国热潮席卷全广州的时候，黛玲曾经来找过圣德。当圣德隔了一年重新见到这个美人时，他大吃一惊。黛玲绚烂的美貌已成为过去，她非常消瘦，以至于整张脸只剩下两只充满忧虑的眼睛。她的皮肤变黄变松弛，嘴角耷拉下来，昔日欢乐纵情的黛玲变成了一个忧心忡忡的妇人。她告诉圣德，自从出现了出国热，莫名就变得极端焦虑不安。他往日毫无目的寻花问柳变成专门获猎那些预备出国的少女、少妇、老处女。莫名刚开始这个工程时兴高采烈，因为他一向轻视女性，认为她们虚荣、情绪化和愚蠢。他不断向新的猎物暗示自己以后的光辉前程，只要她帮他出国，他们两人将可以在欧洲巡回演出，共同在舞台上接受鲜花、掌声和飞吻，将共同登上国际大赛的领奖台，将会有别墅、游泳池，将会有五个高智商的孩子，他在女人面前变得温顺、文雅、含情脉脉。但是，第一个许诺他的女性到了美国后三个月没有来信，后来传来消息说已和当地一个小店主结了婚；第二个女性在莫名表演全部伎俩后告诉他，她是莫名和黛玲浪漫爱情的崇拜者。两年前，她就久闻他的大名，以至于他追她不管是真是假，她的虚荣心都得到极大的满足。当然，受了伤的莫名马上转身离去，重新找一个。由于莫名追求的女人去的国家太分散，以至全世界都有他的情人，这些情人每个月都来信鼓励他，叫他耐心等待。

莫名对黛玲明显的背叛使她变得非常狂暴。有一次，黛玲冲到一个即将出国的小妞那里，打了她一巴掌，并告诉她莫名是自己的。但另外的那些人呢？黛玲因为终日被嫉妒、痛苦和爱所困，渐渐她觉得自己的生活无法忍受，于是下决心回到丈夫身边，重新做一个贤妻良母，想以平淡来了结终生。她和丈夫谈了三个晚上，使丈夫重新接纳了她。他们悄悄搬了家，购买了新家具，然后黛玲在原单位辞了职，在一家中外合资的公司里当上了会计，每天接送她的女儿上学。

但是，紫色唇印并没有消失。两个月后，莫名找到了黛玲的新住所，光天化日下撞她的门、打烂玻璃窗，使黛玲不得不答应和他最后谈一次。他在她面前跪下，痛哭流涕，告诉她世界上只有她才能和他构成永久的爱情。他希望黛玲能理解他，体谅他这个天才在世界上所受的苦难和所处的特殊环境。到最后，紫色唇印再次出现在黛玲高高的额头上。她搂住莫名放声大哭，再次跌进苦难的深渊。莫名并没有因重新找到黛玲就中止了他的焦躁不安，在一个个幻想破灭之后，他在一个晚上用穿着皮鞋的脚猛踢黛玲的阴部。

黛玲在叙述的过程中两眼发直，说话前后矛盾。一会儿把莫名说成是天才，一会儿又痛数他的种种劣迹；一方面为自己的爱情权利辩护，一方面又后悔自己抛夫弃子。

在她痛哭流涕的过程中，圣德却恍然大悟。他仿佛透过重重迷雾看到了莫名的内心深处，洞察了他的弱点。他原来以为莫名是个绝对空虚之人，但他在新世界来临之前表现出来的狂躁不安，却表明了他对这个世界具有强烈的占有欲，而他的聪明过人又妨碍了他像正常人那样应付生活。

但是，圣德并没有把这件事告诉米兰，因为他意识到在这个事件中人和物表现出来的巨大的悲剧性，他现在很想看到米兰脸上快乐纯真的笑容，他看到的苦难已太多太多。

令人奇怪的是莫名对米兰的潸然泪下和嗜睡症大加赞赏，说这是她的超前意识在生理上的反应，是对人生质的把握。这段时间广州掀起了钢琴热，莫名是其中最大的受益者。他受聘于三间酒店，每个酒店给他一个月五百元的薪水。他穿上白衬衣，打上黑领结，满心愉快地在豪华的咖啡厅里弹奏各种轻松的流行曲。他马眼乌黑的脸变得温文尔雅，服装也非常入时，他对米兰说："该轮到我享受生活了。"

可当米兰问起黛玲时，他就显得很不耐烦。米兰告诉他，他和黛玲的爱情故事已传遍全广州，比罗密欧和朱丽叶的故事更为迷人。黛玲—— 一个美貌的少妇为了爱情抛夫弃子，并用自己可怜的薪水来资助天才的情人，使他能够继续不用去工作，不受世俗的烦扰，不用打上奴才的烙印。莫名听了之后，用一种极端无聊的神情看了一下米兰，问："你相信吗？"

他的神情激怒了米兰，当她看见印在黛玲光洁的额头上的紫色唇印时，她就知道了黛玲是在为爱情受苦。不管黛玲如何排斥她，她对黛玲总有一种惺惺相惜的感觉。第二天，米兰打了个电话到黛玲单位，告诉黛玲自己想去看她。话筒那边的黛玲突然轻浮地笑了起来，轻声说：“你不怕见到我和陌生男人在床上做爱吗？”

自从和黛玲通了电话后，米兰一个月都不敢去找朋友。流行过两次瘟病后，她不知道这次是否流行尖酸刻薄。正好这段时间圣德在四处找门路来筹建公司，已经有一个月没回铁皮屋了，米兰感到非常孤单。这天傍晚，她坐在空寂的铁皮屋里，透过小窗看随风摇曳的夹竹桃树。不久，小窗和夹竹桃树隐去，出现了年老的米兰，站在一个寸草不生的山坡上，在阳光下手里拿着一个放大镜正在研究一块化石。近来米兰常常看到年老的自己，有一次她梦到自己挖掘到一具古尸，把古尸搬上来时，竟发现古尸的拇指能动。

3月间，一位日本歌星要来广州开个人演唱会，票价高达五十元人民币一张。米兰对这个歌星向往已久，他那闻名四海的放荡不羁的台风印证了米兰对天才的猜测。她拿出《爱斯基摩人》杂志印制的红色封皮的记者证，手持一束鲜花，想以记者和歌迷的双重身份混进去，可在大门口就被一个毫无情趣的门卫挡住了。那家伙对米兰如花的美貌视若无睹，并指出米兰的记者证上盖的不是钢印，而是水印——是冒牌的东西，他对米兰说，已经有一千人捧着鲜花进场，最后还恶狠狠地说，想要看到好东西就去用钱买，没钱别来凑热闹。米兰一生中很少遇到这种场面，她眼泪流出来，还准备唱《夏日里最后一朵玫瑰》，幸亏这时有人拉了拉她的衣角，她才看见她的周围站着《爱斯基摩人》杂志三分之二的撰稿人，而且每个人的手里都拿着红色封皮的记者证。

那个晚上，他们讨论的论题是是否还要坚持做一个理想主义者。

灾难才刚刚开始，他们是否真正具备了圣雄甘地那样的素质，当然是所有人都无法对这个问题做出确切的回答。话题又很快扯到世界大串联上，现在流行艾滋病，他们这些无其他谋生手段的文人是否可以去做一个避孕套推销商？一个撰稿人说自己的姐姐到了象牙海岸，开了一间餐馆，还雇了六个黑人，连衣服也要黑人来穿。“那内裤呢？”另一个撰稿人问。于是，两人开始了一场恶语中伤的谩骂，用词都极为下流和恶毒。

后来，米兰用六个字对圣德描述了她当时的感触：无聊、彷徨、绝望。

米兰对《爱斯基摩人》杂志撰稿人在新时期的状况下的精确到家的描述，更坚定了圣德寻找新世界的决心。有三个月，圣德都销声匿迹，他不再召开撰稿人大会，也不出现在街头巷尾的大排档上高谈阔论。

圣德去了哪里？

6

只有米兰才知道，圣德此时此刻正坐在一个奇丑无比、智商低弱的女人的家庭聚会中。这个女人三十五岁，身材肥胖且是个老处女，她正准备移居到美国去。她的家族在美国掌握着一个庞大的财团，从事的生意从啤酒、羊毛到军火无所不至。老处女是这个家族留在中国的唯一的年轻女性，她和她的爷爷奶奶住在广州西关的一幢古老的房子里。她从不去上班，每天的日程都是不变的。早上和两位老人到陶陶居饮茶，中餐和晚餐都在已经订好位子的泮溪酒家吃饭，一般都订五个位子。空出来的两个位子留给一些远房亲戚或朋友，因而那两个位子从来没有空过。圣德就是由其中一个食客介绍认识了女主人。

圣德一生疲于奋斗，他现在才知道在芸芸众生中原来还有人过着这样悠闲的生活。他对米兰说："这不是寄生虫吗？"

而他现在却把寻找重新入世的出路寄托在寄生虫身上。他和老处女见过几次面了，并经受了两位老寄生虫苛刻的审查。最后，小寄生虫和老寄生虫碰了头，一致认为他还比较令人满意，便把在泮溪酒家另外两个位子的其中一个给了圣德。每天中午，圣德都强忍着极度的不耐烦，耐心地和两位老人谈鱼虫花鸟，唏嘘他们过去的光阴如何之快活、现在的年轻人如何之没教养。当圣德提出要美酒时，大小寄生虫马上瞪圆了眼睛，说："你怎么学会了那种不正经的嗜好！"

圣德的时间并没有白费。他已经了解清楚了相貌丑陋的老处女每年从美国那里得到多少补贴，但他发现，从美国寄回来的美元多数是寄到两位老人那里，再转给她的，只是饿她不死养她不活的可怜的一点点。圣德还知道她在美国的家族经常回国投资，这里办一所学校，那里资助一间医院。他终于明白了新时期生意人奉行的宗旨：宁可把钱花在慈善事业上，也不给窝囊懒惰的亲属，因为新时期的标准是推崇个人奋斗。这个崇高的准则却使圣德感到沮丧。他奋斗了十几年，从来没有人对他的奋斗表示赞赏，而当你准备请他们资助时，他们却无视你几十年的奋斗经历，把你划入窝囊懒惰的一类。但圣德还是盼望着尽早能和在美国财团的董事经理之类的人会面，让他们发现他的天才，接纳他，或者把投资乡间小学的钱让他办企业。他为了这个理想，天天中午陪着三条寄生虫在泮溪酒家吃东江盐焗鸡。

子辛临去香港时，曾说过一句话："加盟进《爱斯基摩人》杂志的女人都是为了找老公。"当然，这是由于他对女人的蔑视。他特别蔑视有知识的女人，认为女人有了知识就非驴非马。以至他的生意稍有起色，决定邀请圣德去观光一下资本主义的地狱时，一再声明不能带铁皮屋的那个女人，因为"她会妨碍我俩彻夜谈心"。

这样，圣德只好单枪匹马地杀去香港。过海关时，他因在鞋里藏了别人托他买金器的五千元港币而惶惶不安。

到了香港，圣德才知道他的朋友做的是气功生意。子辛压低声音对他说：“其实气功就是巫术，明白了这点就可以赚大钱。”他在那间简陋的诊所里，对一些低智商的女人发功算命。他还兼做大陆一些著名气功师的经纪人，替他们在香港组织讲座以从中渔利。圣德在香港期间，子辛带他去参观红灯区、无上装酒吧，看成人电影，买《龙虎豹》杂志，然后两人买一打生力啤酒，坐到街头小摊旁喝个够。酒至七八成，子辛嘶哑着喉咙对圣德说：“要想探索灵魂就来玩气功吧，灵魂倒有些巫术的气味。你笑？这里和那里一样，都没处升华，我们永远也没有升华的土壤和空间。”

后来有个知情人跟他俩画了一张题为《教父在香港》的漫画，漫画里子辛坐在客厅的地板上练气功，圣德则坐在房间的单人床上看《龙虎豹》杂志。

《教父在香港》的漫画虽然没有贴在电线杆上，但谁也无法估计它产生的影响力。因为当圣德满面春风并偷带了两个手表从香港回来时，内地已经刮起了气功热和性文学热。“我们是殊途同归。”圣德站在海珠广场大声说。所有在草坪上热恋的男女和过路的行人是他的听众，他再说一遍：“我们是殊途同归。”

圣德说“殊途同归”是想告诉那些没有经历精神磨难的人们，虽然各自生活的进化过程不同，但等待他们的都只有一个结果。他却没有想到这句话在某种程度上概括了《爱斯基摩人》杂志全体撰稿人的命运。这个时候，名噪一时的《爱斯基摩人》杂志其实已分崩离析，许多当时地位低下的撰稿人通过杂志走向社会，并纷纷跳槽，找到了适合自己的位置。新的工作、新的世界使他们无暇去探索精神世界，而长久的关于精神世界的探索又使他们非常厌倦。他们将自己曾经有过的骚动、苦恼和追求交给冥冥，他们要跨入新一代的行列中：抽三五牌香烟、穿宽身时装、喝可口可乐、跳迪斯科。在某月某日，黛玲的征婚广告将刊登在美国的华语日报上；而在某个礼拜日，莫名则会挽着一位信奉无政府主义的加拿大籍少女的手，一同走进教堂举行最隆重的婚礼。他们包了白天鹅酒店的两部劳斯莱斯、一部奔驰的豪华车队在广州的街市上喧闹而过，而他们又商定一踏上加拿大的国土便举行最隆重的离婚仪式；而圣德自己，在泮溪酒家苦熬了半年后，小寄生虫在美国的家族终于正视这件事，派了两个西装革履的中年男人来和圣德对话，审查他到底有没有资格进入到这个家族中时，圣德却酒瘾大发、悟性大发、潇洒无比地教训起那两个中年人，从而使他半年的努力前功尽弃。

当圣德心急如焚地回到铁皮屋寻找米兰时，铁皮屋已人去楼空。那扇锈得斑斑驳驳的铁门在凄凉的雨季里兀自敞开着，院子里，那些有毒而又美丽的夹竹桃花在继续怒放，空气里弥漫着一股奇特的芳香。这芳香使圣德更迫切地需要米兰，他第一次和她做爱时，他就闻到她的皮肤沁出的这股特殊的香味。他记起了米兰第一次走进铁皮屋时那完美无缺的美貌、她唱《夏日里最后一朵玫瑰》时孤独的神情、她在清晨的潸然泪下和嗜睡症，以及一切一切。

后来，有人告诉圣德，当他去了香港时，米兰就迷上了气功，凡是有气功表演的地方都可以见到她。不久，米兰认识了一个从西藏来的玩密宗的禅师，他无限推崇和欣赏米兰，认为她是一个天人，同时具备了下意识、潜意识和超前意识。米兰原来是想叫他给自己治疗潸然泪下和嗜睡症的，而禅师却教她练金刚圈，拇指和中指接起来成一个圆圈，小指头翘起来，一边练一边吹口哨。

某天，远离广州的米兰十分想念圣德，她问禅师她还能不能见到她想念的人。禅师说：“当然可以，我们都是殊途同归。”

第二部
破碎的激情

7

十年后的9月的一个下午，黛玲正坐在刚从新加坡开过马来西亚的豪华大巴上打盹。窗外一片一片黛绿的橡胶林和棕榈树林在她戴着的最新流行的蓝色的墨镜外驰过。她打着盹，心里突然升起一种惶然的感觉，觉得自己是那样孤独，而且为自己在下午的太阳中身处异国而觉得人生无常。她感觉到自己像一只流浪的猫，正在阳光下无目的地流浪，无节制地打盹。

她睁开眼睛，看到窗外那一片片黛绿色的林子，突然感觉到这个地方怎么没有人呢。

黛玲乘坐的豪华大巴在去马六甲的途中停在一个路边的市场旁。

黛玲最后一个下了车，在这个充满异国情调的露天市场里买了两块沾了酸梅粉的冰冻的石榴，然后找了张凳子坐了下来。她看到许多男人的眼光在她身上飘来飘去，她被这些眼光撩得坐立不安。这时，她看到一辆黑色轿车停在露天市场旁，车上走下来一个蓄着胡子的年轻的马来西亚人。这个马来西亚人长得非常英俊，皮肤很黑，穿着黑色的丝绸衬衣，很气派地靠着车门站着。黛玲马上就被这个马来西亚人吸引了，这是她进入到这个国境后见到的第一个像样的男人。和这个马来西亚人相比，和她坐同一辆车的男人都显得畏头畏脑。她刚刚在车上听导游说，当地的回教徒可以娶四个老婆。黛玲想，这正好够一桌麻将了。但回教徒肯定是不允许打麻将的。她看着这个年轻男人想，那他也要娶四个老婆吗？还是跟上世界进步潮流，娶一个老婆？

这时，她一直放在泰国买的鳄鱼皮手袋里的也是从泰国买的两颗红宝石很不安分地在手袋的黑暗里闪闪放光，连她也感觉到了。她一手捂住手袋，再看那个马来西亚男人，脑子里突然升起了一个浪漫的念头，这个又年轻又英俊的男人是不是像传说中的那样，是我买的这两颗宝石的主人呢？不然，为什么这一路两颗宝石都是沉默的，可是这个男人一出现，宝石就大放异彩呢？啊，宝石的主人，宝石的主人肯定都是漂亮的。

马来西亚男人也注意到了黛玲，眼睛一直看着她，看得黛玲热血沸腾。黛玲想，他是看我，还是看宝石呢？这时，导游叫上车了。黛玲依依不舍地边走边看着年轻的马来西亚男人，年轻的马来西亚男人也含情脉脉地看着她。天哪，黛玲想，一段好好的浪漫之情就这样结束了，只可惜还没开始呢。我和他肯定可以碰出火花的。他看上去是那样高贵，那样富有激情。

只要有激情，额头上的紫色唇印就会出现，黛玲的美貌就可以延续。

十年后的黛玲与十年前莫名迷恋的黛玲是一模一样的：光洁的额头，黑而亮的头发梳成一条辫子垂在脑后，额头上紫色的唇印在她激情迸发的时刻时隐时现，而一旦出现就闪闪发光。有许多女人诧异她为何能使美丽的容颜保持不变，于是想方设法来接近她，讨好她，做她的朋友，以图换取收藏于她内心的关于美容的奇妙的方子。这次黛玲到泰国、新加坡、马来西亚旅游，就是这群女人当中的一个出的钱。

黛玲离开莫名之后，已经和四个男人结过婚，又离了婚。她利用四次婚姻带给她的不算丰厚的财产开了一家小小的美容院。美容院设在中山路旁边一条十分陈旧的巷子里的一间“士多”的二楼，然后在窗子旁伸出一面写着“黛”字的旗子做招牌。

自从这面旗子伸出来后，这条陋巷日渐热闹。因为巷子的地面铺的是青石板，一拨拨赶来美容院的女人们的高跟鞋踏在青石板上声音像马蹄子踏在青石板上一样。黛玲第一次听到这种声音时，是个月黑风高的黑夜。她在梦中被这种马蹄过街般的声音吵醒，并在醒与未醒之间做了一场噩梦，梦到城市发了大水，大水把她住的房子团团围住，她刚刚竖起的那面“黛”字旗却在很远的水面上飘着。她醒来后身上出了一身冷汗，这时她就听到了从美容院的楼下传来的马蹄过街的声音。

黛玲就住在美容院的后面，她用一套大房子隔成两间，在前面的一间大的用作美容院，她住在后面小的一间里面。大的那间其实就是一个大厅，里面摆着四张钢丝床和一架负离子喷雾器。这时，她爬起身来，穿过钢丝床和喷雾器，走到窗前往下看，看到听闻她开了美容院而蜂拥而来的女子盲目而凄然地行走在她家楼下的情景，不由感到惊心动魄。她在黑夜里掀开帘子，而那些焦躁的女人在伸手不见五指的黑夜里，却没有看到她们正一心要寻找的人在一间二楼的窗户后闪耀的眼睛，更看不到因为她们的行为激发了她们所崇拜的女人额头上那个著名的紫色唇印也在闪闪发光，而她们的美人会因为这一晚再把衰老又一次往后延迟。

因为黑夜，黛玲看不到她的女崇拜者们都是一些脸上长着黄褐斑的人。她们打开随身所带的行李，毫无怨言地顺着秩序睡在她的楼下。她们做这一切的时候，都是悄无声息的，像当年解放军入城那样安静。

黛玲继续躲在帘子后面，在一片漆黑中，她什么也看不见，只听到楼下的街道传来一阵阵窸窸的声音，像有千百条蛇在游戏。于是她想起女人和蛇的种种密切关系，想到夏娃，想到莫名，因为那个米兰曾对她说看到莫名肚子里有一条蛇。当时，她听了嗤之以鼻。但现在在这个月黑风高之夜想起米兰这句话，突然觉得很有道理。她那段惊心动魄的恋爱到头来不过是爱上了一条蛇。她为这样的想法恨起米兰来。这个小妞，听说跟了什么气功师走了，其实不过是替她自己和圣德的无结果之爱找一个台阶罢了。这些男女情怀的东西，怎么瞒得住黛玲呢？黛玲甚至想，在楼下那一群等待治疗黄褐斑的人当中，不会有米兰吧。

因为浮想联翩，黛玲躲在帘子后面兴奋不已，而又因为过度兴奋引起了疲惫，不知不觉就抱着深绿色的帘子睡着了。

第二天醒来，阳光照在深绿色的帘子上，帘子透出像蝴蝶一样的花纹。黛玲看着那蝴蝶般的花纹，一时产生了错觉。看到当初的美少年莫名正弹着贝多芬的《月光奏鸣曲》从门廊外走进来。不管人们日后怎样诋毁莫名的容颜，但黛玲始终相信莫名当初的的确确是一个才华横溢的翩翩美少年，她的生命也因为有了这个美少年而永不枯萎。黛玲站起身，做出像电影《日出》里女主角陈白露的夸张的动作，两手张开，秀目微睁。她正准备走出门廊迎接莫名时，身上卷着的帘子却把她绊倒了。黛玲倒在绊倒她的长长的帘子里，因为看到身旁满是深绿色的蝴蝶，随即又产生了另外一个错觉，觉得自己是一个被残忍的丈夫锁在深闺里的怨妇，天天早上起来要靠读唐诗宋词才能度日。一时黛玲小时候读过的唐诗宋词一首一首地翻开在她眼前，黛玲像一个才女一样随口诵出一首南唐后主的《忆江南·怀旧》："多少恨，昨夜梦魂中。还似旧时游上苑，车如流水马如龙，花月正春风。"一首读完，黛玲就觉得自己真正是一个像李清照那样的才华横溢的深闺怨妇了。

但她这时感到十分伤感，眼泪在清晨的阳光的照耀下无节制地流下，一直流到卷在她身上的深绿色帘子的蝴蝶身上。染了她的泪水的蝴蝶似乎也染上了她的伤感，颜色迅速暗淡下来。黛玲看着迅速暗淡下去的蝴蝶，不由感慨生命的短暂。她想起第一次见米兰，自己居高临下地伸出手说："听说你写诗写得不错？"于是，黛玲觉得自己那时真是浅薄。她因为刚刚读了宋词，便想起了喜欢读宋词的米兰，于是在瞬间也就理解了米兰的孤独。

黛玲站起身，摇摇晃晃地走到窗前，看到脸上长着黄褐斑的女人们正静静地排着整齐的队伍等待在她的门前，一时黛玲觉得自己责任重大。

因为黛玲的美容院的名字叫"黛"，一天上午，一个中年男人走进黛玲的美容院，要求和黛玲严肃地谈关于"黛"这个名字的问题。男人操一口湖北口音，这至少使黛玲放了心，因为不过是又一个从外省来的流浪文人，而不是什么工商局的老爷们。她请男人坐在给小姐们化妆的转椅上，男人则把身子转过来，避免让自己看到镜子。男人从破旧的挎包里拿出一本崭新的杂志，然后递给黛玲。黛玲不接，她那段时间正好对外人的手有一种恐惧感，觉得充满了细菌。男人看到她不接十分恼火，认为是轻视他，就把话题转到对南下的充满了激情而又受到本地人冷遇的外来文化人的问题上。当时，黛玲的四张钢丝床上都躺着治疗黄褐斑的妇女，四个妇女的脸上都敷着加了中草药的石膏面膜，连脖子上也敷了黄黄绿绿的中草药，因为最近有妇女说连脖子也长出了黄褐斑。黛玲问愤怒的男人，你说本世纪除了艾滋病还有什么病是最可怕的？男人愤怒地说，红眼病。黛玲则说，不对，是黄褐斑。他们的争论惊动了正在治疗的妇女，她们也很想加入，但因为石膏面膜把她们的嘴都封住了，她们只好在石膏面膜下发出吱吱呀呀的声音。黛玲连忙对她们加以制止，然后对愤怒的男人说，你找我到底有什么事？男人清了一下喉咙，说，我想对你说，你的美容院用“黛”来做店名是违法的，因为台湾已经有一本时装杂志叫作《黛》，所以你不能用这个名字做你美容院的名字。

离了四次婚后，黛玲对谋生已经感到十分厌倦。现在她对着这个固执而又可怜的背着一个破旧军用挎包的男人再次感到谋生的可悲。她问自己，我为什么要和这样的人打交道呢？这个白痴凭什么就以为自己可以这样大模大样地坐在我干净的转椅上来讨厌我呢？为什么我就不能过那种上午弹弹琴、下午调调情的生活呢？为什么我要照顾这些脸上长满黄褐斑的女人？

在这一连串的为什么之后，黛玲早早把店子关了门。关了门后，她看看天色还早，就很想找一个人在今晚一起吃饭。

但她只想起莫名。

早晨6点，圣德被电话铃吵醒的时候天还是阴着。在他醒来的时候，遥远的天边镶着一条玫瑰色的边。

电话里一个男人对他说，他在广东边远的一个城市里开了一间名叫“金银世纪”的酒店。目前他正坐在火车站旁边的流花酒店的餐厅里。他身边坐着六个女人，都是他未来的金银世纪酒店的主管。

圣德这时睡意正浓。他一时想不起这个自称开了一间酒店的男人和他有什么关系。他正要把电话挂上，男人又说，你忘了那次公关小姐比赛了？你是评委，还是我发的邀请呢。现在那前六名都坐在我的身边呢，我已经把她们网罗进我的酒店了。他突然用变了调的声音说，她们都在等着你呀。

因为他提到了“她们”，圣德的睡意顿时消失。这使他想起了一连串女人。这一连串女人形态不同，却戴着相同的假珍珠项链，在一个搭起了花棚的舞台上，接受他和其他五个评委的问话。他记起了其中一个问题是：假如你是一个五星级酒店的公关，而住在总统套间的一位客人拿走了放在房间里做摆设的一匹明代的陶瓷马。现在，酒店的总经理要你很体面地把这匹马从客人处要回来，你会怎样做？回答开始了。但令他们失望的是，这一连串的女人显然是对这个问题早有准备，她们摆出各种体面的姿势，又做出了同样体面的回答。她们异口同声地说，自己会请那位客人回到房间，然后说总经理要送给他一样名贵的礼物，就是房间里的那匹陶瓷马。然后，她们会假装碰巧看到那匹早已落在客人手里的马的样子，欢喜地说，到底是高贵的客人，连我们总经理的心思也猜得到，不过，路途遥远，这件珍贵的礼物我们要替你包装好了才好上路。然后，重新包一件便宜的东西给客人，把名贵的明代陶瓷马拿回来。大团圆结局。

台上的女人圆满地回答了这个问题后，脸上带着圆满的笑容，看着台下面面相觑的评委。这时，圣德来了一个灵感，站起来大声问她们，假如你是广州市市长，看着天天被挖烂的道路，你有什么好主意？

六个女人中的五个女人因为智商所限，全部是答非所问。只有一个脖子很短的女孩子用和她的形象截然不同的浪漫气度回答道："我要把所有的道路变成一条拉链，要挖的时候，就把拉链拉开，修好了，再把拉链拉上。"一时间，全场的人，包括随时准备吹毛求疵的人，一起站起来为她鼓掌。一时间，智慧战胜了美貌，短脖子女孩拿到了冠军。

圣德因为短脖子女孩而完全消除了睡意。在这样一个平常的早晨，只有短脖子女孩身上迸发出的激情才能使他感觉到生存的意义。短脖子女孩身上的激情在这个黑暗的早晨中，像抗战时期的延安窑洞的灯光撩拨着千百颗麻木的心。圣德根据以往的人生经验，知道这个女孩身上的激情将要在这未来的二十四小时内被火车站那混浊的空气所熄灭。他知道自己今天唯一一件有意义的事情就是要赶快到流花酒店，去拯救那个女孩。

这将是一个有意义的早晨。

而圣德在这个早晨醒来时，发现自己只剩下一副臭皮囊。他起身就着早晨微弱的光线，细细打量着自己身上这副皮肉，当其意志、欲望、激情消失以后，这副皮肉竟显得如此颓败、衰老和丑陋。两腿间的股癣呈现出倒霉的暗色，鸡眼像泉眼一样突满右脚，使他走起路来一拐一拐的。他的身体开始发胖，脸上长了许多意味着衰老的痣。

这是个冬天的早晨，没有太阳。夹竹桃在阴暗的冬天里沉默着。圣德感觉到这棵夹竹桃在冬天里生长得特别快，那些叶子将要盖住他的著名的铁皮屋了。他听说在新加坡的夹竹桃会开出黄色和紫色的花，不像他身边这棵夹竹桃只会开粉红色的花，就意识到单调不仅反映在人生里。

但圣德是个坚强的人，他不会被身上的皮肉所反映的假象所打击。这个早晨，他要做两件事，一件就是赶去火车站拯救激情，另一件就是要和夹竹桃所散发的毒气做斗争。

他从简易衣橱里拿出一套价值不菲的西装。这套西装是一个香港商人送给他的。这个香港商人是做人工宝石生意的，赚了钱后想回来投资一间信仰学校。当他结识了圣德后，就想请圣德去当这间学校的校长。他们两个人喝下了一瓶茅台酒后，商人对圣德说，你要收的第一个学生就是我。然后，他像一个受了重创的人一样痛哭流涕，用他身上穿的在法国巴黎买的上万块钱西装的袖子来擦他的鼻涕。这使本来已经激情万分的圣德感到不寒而栗。原来他们已经谈到去哪里办学，要投资多少钱，学生一进校就要参加军训，学生要读《毛泽东选集》等等。圣德看着痛哭流涕的商人，想到学校办起来后，充其量不过是成为另一种意义的疯人院而已。于是他趁着商人还在痛哭流涕之际，拿着另外一瓶已经喝开了头的茅台酒离开了。

现在，在寒风凛凛的早晨，圣德想起了这个商人。听说后来他把钱拿去在山区办了一间希望小学，自己当了校长。圣德不得不承认这个香港商人是一个有激情的人。

圣德站在楼下，穿着高级西装，提着一个装着手提电话的皮包，很像一个发了财的遍布广州市的小商人。他住的这个区是旧广州的高尚住宅区，绿树成荫，但很少有出租车经过。圣德在寒风中足足等了半个小时，才坐上了一部白色的夏利出租车。

圣德因为在寒风中站了半小时，手脚都冻麻木了。他一上车就感到出租车里的温暖。他陶醉在温暖里不知有多少时间，才发现车子并没有开。

他一发觉这件事身上就开始出冷汗，他想起这个被人称为“罪恶之城”的城市近来频频发生的出租车凶杀案，突然非常憎恨这个在早晨 6 点钟的电话，也突然想到关于骗局和恶兆的问题。他轻手轻脚地俯到把司机和乘客分隔开来的不锈钢防护栏上，却欣慰地看到司机背后的一头秀发，在这个密封的汽车里面，他甚至能闻到从秀发上散发出来的洗发水的香味。

这时，司机突然把头转了过来，吓了一跳的圣德只看到一副巨大的几乎把她的脸遮住的墨镜。司机悲愤地对他说，你不要看我的脸。你知道我是谁吗？我是新时代的夜半歌星。说完就猛地发动了汽车。

圣德给她几句没头没脑的话弄得不知所措。总之，他认为自己今天又碰上一个激愤的女性了。

在圣德看来，女性身上寻求革命的因素要比男人多，因为女性通常都是容易激愤的。她们常常认为自己应该拥有所有人类美好的一切，但到头来常常是一无所有。所以她们是激愤的。而且她们常常喜欢类比。你看这个女司机吧，她在这个早晨把自己比成是《夜半歌声》里被人毁了容的不幸的歌星，明天她就会把自己比喻成《雷雨》中的四凤。

圣德继续沉浸在出租车的温暖里。他听到女司机开着收音机在听《聊斋志异》，放一段《聊斋志异》，电台的女主持就会奶声奶气地问听众你喜欢这个女鬼吗？圣德最近读到一篇文章《闭嘴，DJ》，大意是说现在的主持无聊透顶，不断在自己主持的节目里粉墨登场，然后一对男女主持在节目里互相调情，一个说对方的衣服有型，一个说对方今天的发型悦目，十分钟后还没有节目出来。然而，这个女司机却好像很有耐心地听那个女主持的无聊话，有几次把车子都开歪了。圣德想起几年前有一个南下遭遇不好的民工，手持炸药上了出租车，最后拉响了炸药，把出租车炸了个粉碎，当然司机也死了。

圣德这时有一种听天由命的感觉。有谁知道你现在坐的是不是一辆放满了炸药的车呢？有谁知道现在和你正在一起的是不是一个愤世嫉俗准备以死抗世的人呢？而电台在清早播放《聊斋志异》，是不是想以此松弛激愤者的神经呢？

一切都有可能。

因为我们处在一个什么都可能发生的世界当中，所以我们变得什么都不可能。圣德想，这是个好话题，可是今天并没有人请他去演讲。

于是，圣德就这样和一个戴着巨大墨镜的愤世嫉俗的女司机一起听着并不愤世嫉俗的《聊斋志异》到了火车站旁的流花宾馆。这时，天已经开始发亮，那些睡在火车站广场上的人已经苏醒，肮脏的头发和身体散发出来的臭气使得广场的空气都有了颜色。圣德想起十年前自己站在海珠广场向所有过路的人高声呼叫：“我们都是殊途同归。”他再次为十年前的激情所感动。

圣德一下车，就被一群衣衫褴褛的人围住，问他要钱。他朝四周看了看，所有睡在地上的衣衫褴褛的人都抬起了头，愤愤不平地看着他身上穿的那套价值不菲的西装。

但他不能向他们解释，这套西装是一个理想主义者送给他的，而这个理想主义者已经把自己的所有钱财都捐到了一个山区里建了小学。这个理想主义者若是见到他们在乞讨，一定心痛如焚。而他今天穿了这套西装是因为西装的主人的理想主义的气息还保留在衣服上，他需要穿上它来振作自己的精神。

但他无法和这群衣衫褴褛的人沟通。因为这群人是心灵没有开天窗的大众，他们只能承认西装是贵的这个事实。

圣德在步入流花宾馆的中餐厅前，在宾馆的大堂里遇到了年轻英俊的大堂副理。圣德在见到大堂副理时，脸上的表情马上严肃起来。

这时的圣德，身份是广州市蓝箭公关学会的会长，因为成绩卓著，曾经被选为十大杰出青年和十大青年企业家。在他主持的蓝箭公关学会的名下，有一所成人大学，有公关公司，有广告公司，有模特中介公司。从腰缠万贯或名声卓著的意义上来说，圣德都可以功成身退了。

在这个年轻的大堂副理眼里，圣德是高不可攀的。他在旅游专科学校读书时，曾听过圣德讲过一堂课。中国有句老话，说是听君一席话，胜读十年书。年轻的大堂副理那天是真正地理解了这句话了。从那一天后，他对旅游业重新有了认识，并认为是自己施展才华的场所。

他今天见到圣德，十分惊喜。虽然圣德比起跟他讲课的时候，又衰老了许多，脸上多了好些意味着衰老的痣。但是，在圣德身上的那股导师的派头还依然存在，而且因为成熟了，大堂副理觉得圣德像一个香港的老板。

副理迎上前，递了一张名片给圣德，然后谦恭地站到一边。

圣德问他，你就是在我讲课休息时的十分钟里倒了一杯茶水给我的人？副理一听，惊得说不出话来。这件事，他一直以为圣德是不知道的，他自己也为做了这件事得意了良久。圣德看着他笑了笑。在这个年轻人的谦恭中，他突然感到了年轻的力量。

圣德也拿出一张名片给他。

在这两个人互相看对方的名片的同时，中餐厅里的一个兴致勃勃的男人正对着六个年轻的女子大讲他的发家史。他说，你们知道我是怎样混出个人样来的吗？我开始是做泥水工的，帮别人递灰沙递砖头的。可是现在，还有哪个记者不认识我的？

他说这句话时，中餐厅因为太早而显得空空荡荡，那六个年轻的女孩子因为等圣德而等得心烦意乱，头一起靠在了凳子的靠背上睡眼蒙眬。她们的领导者的发家史，她们听得都可以倒背如流了。光是这次来广州的路上，她们已经听了四次。因为听得太多，她们总把他的发家史和香港的一个电影明星的发家史混在一起。她们这一代关心的只是香港的电影明星，而这一个电影明星又是她们所崇拜的。这样，她们对老板就开始心怀怨恨，因为是他使她们对自己所崇拜的偶像的身世产生了混乱。而在这之前，她们还是记得一清二楚的。

她们六个人一起整齐地把头摆在一边睡觉，以表示对老板的不满。

于是，当圣德和大堂副理步入中餐厅时，他们便看到了这幅奇妙的图画。

圣德站在门口很耐心地听完老板的发家史。所有感人的细节在老板充满感情的叙述中一一得到完善，而老板本人，也因为这美妙的历史而深深陶醉。

老板为什么要在深夜带着六个女孩子来广州，这是为了培养她们日后的独立性吗？

圣德走到沾沾自喜的老板身后，用手拍了拍他的肩膀。

老板转过身来，和圣德握手，并大呼小叫以表示亲切。然后，招呼圣德坐下，亲手倒茶给圣德。圣德喝了一口，老板说，这茶好吧？圣德说，这不是酒店的茶叶。老板大笑说，果然是公关会长，见多识广，这是我们家乡的茶。你知道吗？我在乡下的时候就是种茶的。广州人有什么了不起，不就是会喝茶吗？他们有本事就种出好茶来给我看看。

这时，大堂副理还站在圣德的后面。圣德叫他坐下，他才坐到圣德的旁边。

这时，六个女孩子全醒了过来。她们看到圣德终于坐在了面前感到十分兴奋。老板向圣德逐一介绍，这是酒店的财会，这是酒店的公关经理，这是总经理助理，这是大堂副理，这是餐饮部经理，这是人事部经理。

六个即将当经理的女孩子坐在餐椅上， 不知所措地向圣德咧开嘴笑。圣德看那天晚上的佼佼者短脖子女孩，也有同其他五个人一样的笑容。圣德感到她身上的特质在这不知所措的笑容里渐渐淡化，于是圣德想起了今天来这里的主要目的。

短脖子女孩隔着餐桌坐在圣德的对面，向圣德展示着一副天真烂漫的笑容。这种笑容使圣德想起外国人形容在参观中国的幼儿园时看到的整齐的、可怕的、成人的、统一的笑容。于是，圣德想起在那个遥远的城镇里，在一个搭起来的棚子上，这个短脖子女孩在最后一刹那表现出来的激情和智慧，那语惊四座的回答。只是现在，她却成了一个与别人有同样笑容的没有标志的人。于是，圣德想到她日后要当的公关部长，不外乎就是用现在这样的笑容和每一个不同的人打交道，最伟大的理想也不过是写一本虚伪的日记交给电视台来拍电视，用同样的笑容来接见采访她的记者，宣布自己是一个独身主义者，在现代社会所策划的道路上愈走愈远。

而那个总经理助理呢？这一个公关小姐大赛中最美丽的女孩，有着天鹅般美丽的又长又滑的脖子，一双黑眼睛像宝石一样熠熠闪光。圣德已看出来，她已经是老板的情人。这也是渴望出人头地但又美丽的女孩共同的归宿。这时，圣德对于这个男人的世界深感痛恨。这些浑身发臭的男人，用他们发臭的权力和肉体玷污了多少女孩子的纯洁，但他们还为此沾沾自喜。

而另外四个女孩，已经成为老板的心腹，成为那间未来的金银世纪酒店里的四条蛔虫。

老板长得很瘦，不断叫未来的餐饮部经理看着小姐上茶杯和上点心时的种种次序和动作的规范。为了进一步看示范，他破例叫了一瓶酒，叫了一瓶长城白葡萄酒。当小姐拿着瓶子外面包着纸的酒瓶走来时，老板说，这就是正规的喝酒方法，这种白葡萄酒，一定要冻过才好喝的。客人看有没有冻过，就是看你的酒瓶是不是用纸包着。然后，他又训斥拿杯子倒酒的侍应，说，没看到这是葡萄酒吗？喝葡萄酒用的应该是大口的低脚杯，你现在摆的这种杯是喝白酒的。

侍应很不高兴地收起小杯，脸色自然是不好的。老板等她走了，又大声说，你看你看，拿这种面孔给客人看。要是在我的酒店，早就把她炒了。

一时间气氛就僵住了。圣德看到餐饮部经理一副提心吊胆的样子，就连忙把话题引开，问老板这次到广州到底有什么事。老板把下巴一抬，说，带她们出来见见世面吧，然后又问圣德，到什么地方好呢？圣德说，做酒店的，当然是去看最好的酒店了，花园酒店、白天鹅酒店、假日酒店、中国大酒店，在里面住一晚，吃一顿，比上什么课都好。

圣德后来听说那六个女孩子中的五个都在广州这个花花世界里背弃了她们的老板，只剩下美貌的总经理助理跟着他。当然，这种时候，她也不会去当什么总经理助理，而是一心一意地等待老板与原来的老婆离婚娶她。

于是，圣德就有些挂念那个短脖子女孩，她两手空空地去了哪里呢？

8

米兰和气功师同居了一年后，就发觉气功师是一个不折不扣的骗子。他曾经答应带她去西藏邂逅会在空中行走的高僧，但后来老是推说经费不够而不去。又因为气功师常常无休止地和她做爱，使米兰觉得自己成了一部性机器。更不能容忍的是，米兰发现气功师和许多女徒弟有染，使米兰认为他练气功的主要目的是为了勾引女人。

米兰的情绪愈来愈沮丧，她跟着气功师过着漂泊的日子，这个城市走几天，那个城市走几天，还要替气功师布置场地，然后看着千万名手舞足蹈的崇拜者欢呼跳跃。米兰常常问自己，是不是当了邪教领袖的压寨夫人。

有一次，她跟随气功师到一个乡镇，那是个秋高气爽的日子，当地的崇拜者为气功师请来了九个戏班，并在收割了庄稼的空旷的田野上搭起了九座戏台。黄昏时，还举行了隆重的游神活动，以表示对著名气功师的尊敬。

米兰和气功师七八个人坐在一部面包车里，开往演戏的乡村，一路颠颠簸簸的。拐了两个镇子，汽车嘎地停在坑坑洼洼的泥沙路上，七八个脑袋一起伸出窗外，七八张嘴一起说，到了吗？就是这个地方？

这时，夜幕刚刚拉下，广袤的田野模糊一片，好似有无数幽灵从暮色中走出，对米兰使着眼色，瞬间又消失在空气里。

米兰一直在车里打瞌睡。但她感觉到那些乡村的纯洁的幽灵闪进了汽车里，对她使着无数个暧昧的眼色。这使她想起她第一次见气功师时，气功师无限推崇和欣赏她，说她是天人，同时具备了下意识、潜意识和超前意识。她那时以为自己就要永远地远走他乡了，还伤感地问气功师，她日后还能不能见到她思念的人。气功师说：“当然可以，我们都是殊途同归。”

当时，米兰就为他这句话所感动，因为这句话大大安慰了她伤感的心灵。她现在想起了当时的情景，还想起了圣德，却感到十分生疏。

她看看窗外，这时稻子刚刚割走，大片大片的田野裸露在她的面前。她突然听到从田野上飘过来一句歌词：“莲杯注满黄滕酒，对酒当歌反生愁。”这一句歌词就让米兰黯然神伤。

车子旋即又开，经过一间草棚，棚里搭起一个小台，台上台下均无人，却有明亮的灯光。带路的人不大看得起地说，这是演木偶戏的，今晚不会有人看。

米兰听说有木偶戏，哗啦一下拉开玻璃窗。她记得小时候看过的一出木偶剧《小铃铛》，是讲述一个木偶和一个小女孩的友谊。她那时常常把自己想象成是那个小女孩，引出许多孩童的浪漫。

米兰因木偶而回忆起身心纯洁的从前——她那时身上常常散发着莫名的香气，并痛恨目前这种生活。就在她坐在田野上看乡村大戏的时候，她就决定要离开气功师了。

米兰在一个西南方向发生地震的日子回到了广州。她这时两手空空，身上只有两条母亲留下来的金链子。她回广州前，已经听闻这个城市变成了强盗的乐园，所有女人脖子上的金链子都成了小偷的目标。她还听说抢金链的小偷对分辨真假金链已经十分有经验，大大小小的小偷互相说，在太阳下发黑的就是真的，在太阳下闪闪发光的就是假的。米兰把手上的两条金链子举到太阳下去照，看到金链子果真发出黑色，于是像抗战时期逃难的妇女那样，用手绢把金链子包好，再绑在腰上。

腰上绑着金链子的米兰回到广州时已经姿色全无，她那把闪闪发光的黑缎子一样的头发因为长期缺乏照顾而变得枯黄，眼袋因为落寞像中年妇女那样垂了下来。

但她很意外地得到了父亲留给她的房产，一幢带天井的老式的旧房子。这幢房子原来是属于她的爷爷辈的，总之像天上掉下来的馅饼一样。

房子在广州西关一带。这段时间正好广州有许多作家在写关于西关的故事，才使米兰对这个不熟悉的环境有了了解。

然后，米兰就住进了这幢古色古香的房子，她第一天住进去，就看到天井里种着一棵芭蕉树。

房子已经很破败，发出一股潮湿的味道。米兰上街买了一些石灰，刷了刷墙，就住了进去。

大睡了一个星期后，米兰把其中一条金链子卖了，买了一些大减价的衣服和胭脂水粉，剩下一半的钱买了一件黛安芬牌丝质纯白睡衣。米兰花了这么多钱买这件睡衣，是因为只有穿上这件睡衣才能使她回忆起从前如花的美貌。

米兰这天穿了一件麻质白色连衣裙上街，这时，她身上只剩下很少钱了。她先去吃了一碗猪肠米粉，在米粉上放了许多辣椒酱。

这时，天气有些转凉，米兰走在街上，看到书摊上摆着许多杂志。她百无聊赖地走过去翻杂志，看到许多自己没见过的杂志，花花绿绿的。她想起从前那本积聚着无数人激情的《爱斯基摩人》杂志，竟这样烟消云散了，米兰站在灰尘滚滚的马路边，不禁像一个旧时代的落难公子那样感叹起来。

这天晚上，米兰睡到半夜，听到一个女人在她耳边小声说："我们都是垮掉的一代。"米兰在黑夜里笑了一笑，想，是谁在讲这么严肃的话题呢？然后，又睡着了。

黛玲有一段时间认识了一个来治脸上黄褐斑的女作家。女作家为了这些可恨的黄褐斑已经跑了四间美容院，其中一间还把她脸上的皮都磨破了。

虽然女作家说自己从未结婚，但黄褐斑却无时不在地告诉他人，我们是她生小孩的见证。黛玲为治疗她的黄褐斑绞尽脑汁，她采用了十八种中草药做成一种面膜，用来敷她的黄褐斑，又用蜂蜜和酸奶调成石膏模来跟她倒模。但只做了三次，女作家就告诉黛玲，她没有钱来支付这笔昂贵的开支了。

有一次黛玲问女作家，她每日靠什么来打发时光。女作家说，读自己喜爱的小说给她在家里养的一只绿鹦鹉听。于是，黛玲请求女作家以读小说给自己听来支付做美容的酬劳。女作家开始觉得十分痛苦，因为她读小说给自己的鹦鹉听，是她用来逃避世界的一种方式，绿鹦鹉是她在世界上唯一不怨恨的生物。她十分后悔把这个秘密告诉在她看来也是中毒很深的美容院老板。但她照了照镜子，看见脸上那些令她同样十分痛苦的黄褐斑似乎是消退了。这时，女作家彻底了解了世界的无奈。她答应了黛玲的要求，但她提出要在深夜进行这种工作，并且要把她那只绿鹦鹉带来。

这样，黛玲隔天晚上就要和绿鹦鹉待在一个房间里听女作家读小说。

为了把黛玲的热情吓退，女作家决定选一些比较深奥的小说。这一天，她拿来了海明威的《太阳照常升起》，读了一段之后，她对黛玲说，你知道这本小说有一句名言概括了二战时期的整整一代人吗？黛玲摇头。女作家这时是躺在钢丝床上读小说的，脸上的黄褐斑处和眼睑敷满了绿色的草药。女作家的眼睛透过绿色的草药，轻蔑地看了一眼黛玲，大声说："我们是垮掉的一代。"

女作家因为一时感慨，想到自己聪明一世，却没想到为区区几个小钱受制于人，要躺在钢丝床上给别人读小说，她义愤填膺，这一句"我们是垮掉的一代"几乎是怒吼，然后吐了一口黑血，昏倒在钢丝床上。

女作家的这一声怒吼几乎传遍了整个广州。米兰是在睡梦中听到的。一个出租车司机正在无人乘坐的空车里收听一个关于性的节目，在节目的收尾时，也听到了这一句令他感到莫名其妙的话。

黛玲也被女作家那一声怒吼吓呆了。等她清醒过来，看见女作家十分安详地睡在钢丝床上，吐出来的一口黑血染在女作家穿着的那件带有广东潮汕地区风格的抽纱的白衬衣上面，染黑了胸前的一朵抽纱的玫瑰花。黛玲看着那朵黑色的玫瑰花，突然想起米兰，想起那时的小圈子里传说她第一次出现时，就是用花腔女高音唱《夏日里最后一朵玫瑰》，不禁陷入对往事的回忆中。往事以种种面目出现在她面前，使她想到了那个天才的少年莫名，不禁潸然泪下。伤心的黛玲自言自语地重复着海明威的话："我们都是垮掉的一代。"

送走了女作家后，黛玲惘然若失。

她回到房间，颓然坐在梳妆镜前，当她抬起眼睛，却惊奇地在镜子里看到紫色唇印又一次出现在她依然洁净的额头上。在紫色唇印的映照下，她的脸又一次美貌如昔，光彩照人。

黛玲为紫色唇印的降临欢欣鼓舞，她从为女作家治疗的中草药中，挑出一些香喷喷的叶子来煮水沐浴，然后带着一身香气随着音乐声跳起舞来。每逢这种神圣的时候，黛玲就想起她第一次见到莫名时内心产生的美好感情。

黛玲一边跳舞一边唱：

> 唇印呀唇印，我已是你的奴隶。你是我的主人，我听从您的旨意，为迎接您的来临，我不惜付出任何代价。

黛玲边唱边跳的身影印在那间老式房子的印花磨砂玻璃上，在窗外的黑夜里看来，像是里面的人在舞弄那怀旧的皮影。

黛玲边跳边想，怎么连悲伤都会使唇印降临？难道悲伤也是激情吗？

女作家因为激愤吐出了一口黑血，在回家的路上突然觉得神志清醒。她当时因为神情恍惚走错了路，走到了一条光明灿烂的大街上。她站在一间新开的雪糕店前，记得从前这里是一间糖水店，卖一些香草绿豆沙什么的，店前有一棵白玉兰树。每逢秋天，白玉兰树的叶子就会落下，带给她许多灵感。

而现在，白玉兰树还在，糖水店却变成了雪糕店。这在多愁善感的女作家看来，大有物是人非的感觉。她站在那棵白玉兰树下面，突然灵感从心里产生。在这一瞬间，她就给自己起了一个新的笔名“秋天落叶”。

当天晚上，她就用“秋天落叶”这个笔名给城里的一家大报写了一篇关于糖水店变成雪糕店的小散文《旧时的糖水》。

没想到文章十分受用，编辑连续向她约稿，而吐了一口黑血的她此时又文思泉涌，于是在一个星期之内她用“秋天落叶”这个笔名发表了五十篇小文章。于是这一段时间，满城的报纸都是“秋天落叶”这个名字。

而黛玲并不知道现在名满全城的“秋天落叶”就是她曾经治疗过黄褐斑的女作家的笔名。因为紫色唇印的降临，她很长一段时间里都喜气洋洋，容光焕发。她从前替那些黄褐斑病人治疗时，是忍着巨大的恶心进行的。但现在她穿行于她们之间，感到自己像白雪公主那样美丽和高贵。她明白这种感觉是她的病人所给予的。于是，她待她们日益亲切起来，给她们的脸敷药时，她还唱歌给她们听。这使崇拜她的美貌的人受宠若惊。她们透过绿色的草药看到黛玲那永恒不变的美貌而感到头晕目眩。而这时黛玲把从她的崇拜者身上赚到的钱买了一台白色三角钢琴。因为钢琴太大，她住的那幢楼的狭小的木楼梯根本无法搬运，于是黛玲就请了搬家公司用吊车把钢琴吊上她的二楼。搬钢琴的那天下午，巷子里挤满了闻风而来的崇拜者，她们把巷子挤得水泄不通。她们现在才知道自己的偶像原来是一个有音乐教养的人，于是对她的崇拜又加多了几分。她们每个人手里都拿着一个相同形状的旧式留声机的八音盒，成花瓣状的金色喇叭像一朵在阳光下闪闪发光的向日葵。然后，她们在白色钢琴往上吊起的时候，不约而同地拧响了八音盒，于是，这条老式的小巷顿时就充满了八音盒那单调而重复的音乐。

而因为搬运工一时粗心，沉重的钢琴在往上吊时把黛玲美容院的那面写着一个巨大“黛”字的旗子折断了，旗子在一片惊呼声中，被刚好吹起来的一阵大风托住，并没有往下掉进几百个黄褐斑患者的手里，而是悠悠地往上飘，飘过小巷的上空，越过一片灰色的旧房，落进了一户人家的天井中。

黛玲看着那面小旗悠悠地飘走，心里感到一阵轻松。

她打开家门，让那些崇拜者走近她的身边，然后，她把钢琴放进她的卧室，放在她的床边。她让预先叫来的调音师调钢琴，自己就站在门口，逐一接受崇拜者送给她的一模一样的八音盒。没多久，黛玲的身后就堆起了一座八音盒的小山。

等调音师把钢琴调好了，黛玲穿上黑色缎子旗袍，坐在白色钢琴前，弹起一首江南小曲《茉莉花》来。几百个女黄褐斑患者随着她的琴声，像幼儿园的小孩那样整整齐齐排着队，坐在她门前的木楼梯上，拍着手整齐地唱起来：

好一朵茉莉花，

好一朵茉莉花，

满园花草香也香不过它；

我有心采一朵戴，

……

米兰一直睡到一个星期后的下午。

下午的阳光正好透过绿色百叶窗射在她的脸上。米兰穿着那件名牌睡袍，在睡梦中感到温暖的阳光像一只女人的手一样在抚摸她的脸颊。于是，她在半睡半醒之间，听到许多人在合唱江南小曲《茉莉花》。

她起床，走到穿衣镜前，看到自己因为大睡了一个星期而容光焕发、眼波流转。她这时想起天井里那棵芭蕉树有一个星期没有浇水了，心里一急，就去天井看那棵树。走到天井，却看到一面写着字的小旗横躺在天井的地上。那面旗子是浅绿色的，米兰再走近看，看到旗子上面写着一个黑色的“黛”字。

米兰第一眼看到那面突如其来的旗子横躺在有些憔悴的芭蕉树下，心里有一种不祥的感觉。因为不是雨季，天井的麻石地板很干爽。旗子躺在地上，一个角被风刮得卷卷的，像外省人讲广州话一样。米兰久久地看着那个黑色的“黛”字，渐渐感到很亲切。一张像芭蕾舞演员那样光洁明亮的脸就在眼前这片光线中游动起来。于是，米兰想起关于一个女人的激情的故事，想起这个女人第一次见她时，居高临下地伸出手让她去握，然后居高临下地说：“听说你写诗？”

这时，远处的江南小曲还在继续。米兰侧起耳朵听了一下，歌声随即消失。于是，米兰想起那潮汕农村的田野，那些乡村大戏，那些在戏台后面正在描着眉的花旦，那些无人观看又给她以灵感的木偶剧。

米兰穿着那件轻纱一样的睡袍，身体因为一个星期没有进食而轻盈如蝶。她慢慢走到躺在地上的“黛”字旗面前，然后伸出手去摸那“黛”字。

米兰就坐在黛玲被风刮走的浅绿色的旗子上，思考她日后的生活。但因为照在身上的阳光太温暖，她不知不觉地又睡着了，就睡在黛玲的那面旗子上。

9

“来开会的人都没有穿鞋，来吃饭的人都没有带嘴。”这是米兰离开圣德时，留在他的桌面上的唯一的一张字条。圣德一直不知这两句话是什么意思。因为有人讲过女人是谜，也有人说过女人心海底针之类的话，所以圣德并不认为自己读不懂米兰的这两句话有什么不对。但圣德还是隐隐地感觉到这两句话含有的黑色幽默，是对《爱斯基摩人》杂志的游戏性质的讽刺。但我们并没有存心游戏，没有一个人是在存心游戏。圣德知道，正是这种貌似的游戏决定了《爱斯基摩人》杂志的悲剧性收场。

灾难时期的爱情，他想。

每当圣德想起《爱斯基摩人》杂志那段如火如荼的生活时，他的内心总感到很空虚。有时，他会把那段生活和“文化大革命”时期的对大字报的疯狂混在一起。于是，他对热情这种东西感到恐惧。还有对女人的热情，你不知道何时会产生，何时会结束。

因为对热情的恐惧，空虚就产生了。

这天，圣德因为对热情的空虚而萌生了做普通人的愿望。做一个普通人，圣德躺在床上几乎叫了出来。他眼前立即出现了一个没有脸的女人，正弯着腰在淘米，能看到她一只乳房的轮廓。当然不应该在乎脸。女人的脸是一种虚假，常常引你走入迷乱，只有身体是真实的。而圣德却分明看到她的鼻子。他恐惧鼻子扩张的女人，只有鼻子漂亮的女人才是好女人。在淘米的女人身边，在一只熊熊燃烧的灶口前，圣德看到自己穿一身黑色土布衣衫，嘴附在一根竹筒上。

这就是普通人吗？圣德惊讶地问自己。普通人不是空气吗？不是音乐吗？不是随风而去的感伤吗？普通人？普通人不过是一具浮尸，一具在水里泡得发胀的浮尸。普通人是所有人用以掩盖自己的缺陷和懒惰的借口。他轻声笑了起来，普通人可以掩盖我脚上的鸡眼吗？

这天早晨，圣德原是要等待一个电话的。这个电话会来自珠江三角洲的一个地级市。电话里的人会问他要演讲的提纲。

圣德已经对这类演讲驾轻就熟。现在，一张提纲就放在他的桌面上：

1. 可口可乐是如何成为一种文化的？
2. 产品“太阳神”是如何产生它的名牌效应？
3. 中国为什么没有一个世界级的名牌产品？
4. 人生到底有什么意义？
5. 苍蝇从哪里飞来？又飞往何处？

圣德看着那张提纲，想象得到当他讲到苍蝇从哪里飞来这个哲学命题时，台下那些长期浸淫在花花绿绿的物质生活中的各行各业的经理们的脸上会出现一种什么样的神情。在圣德的心里，这些人目前首先要上的就是苍蝇从哪里飞来这一课。这就等于给他们填满了金钱的脑袋输进新鲜的氧气。那些大腹便便的经理们，来自全国各地。而第一次，圣德总是要和他们讲这个笑话。笑话就是一个老外向一个人要名片，当老外看到上面印的是某某商行经理时，老外说，今天已经有十个人给过我名片，而十个人的名片上写的都是“经理”。我看，你们中国人就只有一个职业了，那就是经理。

每次圣德在台上讲这个故事，台下都会有笑声。偶尔会有一个北方人大声地说：“那我是真的经理。”而南方人则一般都在笑。每次圣德讲这个故事时，他都会看到台下一张张肥胖的脸笑成一团。

并没有人因为这个故事而反省。并没有人因为这个故事而羞愧。这使圣德想起鲁迅先生的人血馒头，这使他更加确切地肯定下面这些人需要知道的并不是可口可乐是如何成为一种文化的，而是需要知道苍蝇从哪里来再飞到哪里去。

尽管圣德每次都讲这些令人摸不着头脑的话题，但他仍然大受欢迎。这使得圣德更加确信世界的荒谬和无规则。他因为经常讲苍蝇的命题而被学生在私下里叫作苍蝇先生。

当一次他在一所大学里讲苍蝇的命题时，一个穿着淡蓝色裙子的女学生手里端着一杯热茶走上台，用最温柔的语气对他说：“老师，您多么像孔子先生呀。老师，我给您提一个建议，您的课堂应该设在星空下的田野上，我们这些追随您的学生，盘腿坐在星空中聆听您的教导，那该多美呀。”

圣德有理由相信这就是新一代对他的认识和期望以及他在新一代心中的价值。他所讲的在他们的眼里不过是另一个流派的歌星，而他们总是要找到偶像加以崇拜的。他发自生命和灵魂的对话，在他们听起来不过是又一个新的歌星在唱歌，和那些情情爱爱的歌词同等价值。

但他只能在这种空间里生存。圣德再次感到空虚。但你总得讲，总不能像那些旷世天才般忧郁而死。你再忧郁，那些人依然在星空下唱着肉麻的情歌。只是因为圣德清醒地认识到这点，所以内心万分痛苦。

这些痛苦是消耗生命的，也麻木着人的智慧。圣德一天比一天清楚地看到，思想是无用的。人们只需要一些廉价的言情小说和侦探小说，只要有这些他们就足够了。

这一天等电话的时候，圣德在一张公关学会的便笺上开设了一个话题“在下一个世纪你将做什么”。他曾经因为开设了“假如你是市长”这个话题，在城市里发出了成千上万份调查卷而名声大震，并获得了杰出青年的虚荣，并使他创立的蓝箭公关学会站稳了脚跟。在那次调查里，他惊奇地发现，绝大部分市民对市长的职责认识得很到位，百分之五十的问卷回答的都是一个城市的市长应该干的活，例如修马路呀、盖廉价房呀、给教师加工资呀，都是一些实际问题。似乎没有什么人有浮夸的嫌疑，也没有人说出要把城市变成巴黎的这种废话。于是，这使他觉得人民是质朴的，这是人民的可贵的本质。即使他们爱看言情小说和侦探小说，这种质朴也会使生活在他们中间的思想者感到自然。

而圣德就是生活在他们中间的思想者。

到今天为止，圣德感到了在这个时代的思想者的困惑。他曾经想发出另外一张调查问卷，看看在这个城市里，到底还有多少人需要思想。看看思想还能不能和流行歌曲以及卡通漫画抗衡。在享乐主义弥漫的年代，古罗马城的悲剧历历在目，那爆发的苏威尔火山似乎就是对极端的享乐主义的惩罚。

圣德因为要在这个享乐主义弥漫的城市里坚守思想者的大本营，所以他坚持不搬出铁皮屋。他的许多崇拜者甚至已经替他买好了房子，还是在一个现代化的高级住宅区里的一幢漂亮洋房，但都被圣德拒绝了。

其实圣德并不是一开始就意志坚定的。他曾去那间洋房里住了三个晚上。洋房是复式的，其装修的豪华程度，使圣德更加意识到世界并没有消灭了不公平。他从住进洋房里的第一晚就开始做噩梦，首先梦到了自己身上爬满了白白胖胖的蛆，后来又梦到自己的牙齿一颗颗松落，后来再梦到自己和一个肥胖丑陋的女人充满激情地交欢。于是，圣德对这间散发着新漆的油漆味道的洋房感到无比恐惧。当他逃回锈迹斑斑的铁皮屋时，他才美美地睡了一觉。

但是城市的花园洋房正以飞快的速度增加，而对这些心怀恐惧的圣德发现，大街小巷中的心理诊所正铺天盖地地以各种面貌出现，大有代替按摩的苗头。但是，更多的是以健康按摩的面貌出现的。

这个城市的男人对种种名目的按摩充满了浓厚的兴趣，特别是桑拿浴。这种地方是男人的天堂。肥的和瘦的男人围着白色的浴巾或干蒸或湿蒸，或躺在休息床上吸烟和喝茶。于是，桑拿浴馆的老板通过一个收了钱的记者在报纸上发表文章，说是男人们在这种地方出来后心理都健康了，不仅身体上的疲倦消除了，心理上的疲倦也消除了。这当然是对政府不断对具有色情场所之嫌的桑拿浴所发出的警告的一种温和的、曲折的反抗。

圣德也是桑拿浴的忠实的爱好者，因为这种桑拿浴场所大都装修豪华，服务周到。而和那些做按摩工的来自全中国五湖四海的女孩子聊天是他的一大乐趣。不少女孩子跟他痛说家史，痛说男人们的种种劣行。但没有人后悔来做这一行的。她们说，在那些来料加工的工厂里，她们一天干十个小时，一个月才拿三百多块钱，而在这里，有时一天的小费就有这么多。她们原来在田里被黄土腌黄了的双脚在那些蒸汽里蒸白了，但还是粗，而且脚趾甲也不修理。但和她们谈话有一种说不出的温馨，这些女孩子身上的还没有被污染的温馨，通过她们对生活的控诉，烟一样弥漫开来。

首先，圣德会来到一间灯光灿烂的建筑物前面，面对着在黑夜里大放光明的灯火沉思良久。他特别喜爱在黑夜里灿烂的东西。在这些灯光下，他的思维像充了电一样活跃，有时他甚至认为自己是属于这些黑夜里的灯光。而黑夜要是没有这些灯光会多寂寞呀。这些灯火辉煌的建筑物在黑夜里散发着他所喜欢的糜烂的气氛，好像在说："来吧，来吧，来清醒一下吧，来快乐一下吧。"他就会抑制不住地走进去。铺着黑云石墙壁的大堂，站着彬彬有礼的年轻男人，穿着西装，打着黑色的领结，会走过来问他："先生，要洗澡吗？"

这时，圣德会感到自己真是一个上等人了。然后，穿着西装的年轻男人领着他一步步走上台阶，台阶上还时常铺着地毯，然后把他带到一间房间，彬彬有礼地说："先生请慢用。"他很喜欢年轻男人说的"慢用"这个词。他想，要是我是他的老板，我会加他的人工的。这样，他带着资产阶级的思想走进了桑拿浴的房间，那里面已经是热气腾腾了。

圣德让站在一旁守候的小男孩给他脱了衣服，挂好，在他的腰上围上白毛巾。他心满意足地给他十块钱的小费。对于圣德来说，给小费是一种快感。它提醒着你，你进入了给小费的阶层了。然后，你就开始自豪起来。

这些桑拿浴馆，原来是西方人流行的，而中国人也只是洗澡堂子。但是今天，圣德看到的来洗桑拿浴的男人们，一个个有钱有闲，一边吹着口哨一边享受着美妙的蒸汽浴。

圣德好几次对别人说，爱情是什么呢？是一支好听的口哨曲？他说这样的话，是得到来洗桑拿浴的男人们的赞同的。因为对他们来说，此时此刻吹口哨的愉悦就和他们对爱情的看法是一致的。爱情就是要欢乐，不然，要爱情来做什么？有一句广告词是这样说的："不在乎天长地久，只在乎曾经拥有。"这句广告词由香港一个著名男演员在做一只手表的广告时说出后，马上得到了广大市民阶层的拥护。不久，这句广告词又变成了流行歌曲里的词，还配上了好听的曲子，就受到了那些热爱新潮的少男少女的极力拥戴了，并成为许多玩爱情游戏的男男女女们逃避责任的借口。

圣德认为，他们热爱这句广告词是因为他们长久以来受到爱情是严肃的这个主题的折磨。他们发现，现实社会中的一切标准都以飞快的速度改变着，那些花花绿绿的时装每个季度都在改变样式，于是他们不明白为何爱情就不能改变样式？因此，当那句广告词在电视的黄金时间播出后，已经被禁止烧鞭炮的城市在许多地方响起了零零碎碎、偷偷摸摸的鞭炮声。第二天，有一家快餐店的霓虹灯以最快的速度换上了这句广告词，快餐店的门口立刻排起了长队。

甚至连文艺界也认同了这句话。一篇以《只在乎曾经拥有》的散文迅速走红，被认为是讲出了新时期市民心中的最强音。

写《只在乎曾经拥有》的著名散文家就是曾经去黛玲处医治黄褐斑的女作家“秋天落叶”。在成了名之后，她认为自己要进行一些有影响的社会活动，以驳斥有些人对她进行无聊攻击。在一次非正式的作品讨论会上，有人对她的一篇关于草的文章加以攻击，并和鲁迅的《野草》相比，认为她是一个新时期的无聊的女文人。她听了一言不发，走到发言者面前，把脸伸到他面前，小声但坚定地对他说：“你看看我的眼睛，你敢说她是没有内容的吗？”

女作家一向认为自己是个有内容的人，并且是一个理想主义者。她对自己为了医治黄褐斑而去给黛玲读小说这件事耿耿于怀。虽然黛玲告诉她文学大师博尔赫斯也是每天晚上读小说给他的母亲听，并认为这是一件幸福无比的事。但她并没有从这件事中获得些许幸福之感。她记得在读小说时，看到自己身上的毛孔在逐渐地张开，从张开的毛孔里渗出像眼泪一样的物体。而这时，黛玲在她的朗诵下昏昏欲睡，这更加重了她的憎恨的感觉。

自从走红以后，她就再也不去给黛玲读小说了。但不能否认，在给黛玲读小说的过程中，她脸上的黄褐斑真的是减轻了，不仅颜色浅了，好像面积也缩小了。她没有告诉黛玲，她脸上这些黄褐斑是她怀孕时长出来的。她怀着孩子的时候，就和孩子的父亲离了婚。她不和黛玲讲这些，因为她认为黛玲和她并不处在一个层次上。她是一个作家，而黛玲却是一个凭着一张令人莫名其妙但又确确实实存在的永不苍老的脸来谋生的妇人。

她只是一个妇人而已。而我是痛苦的人。

有时，女作家觉得，自己是那样痛苦。黄褐斑呀、离婚妇人呀、单身母亲呀、灵魂孤独呀，这些痛苦的事情全都落在了她的身上。

而谋生，又迫使她在那些人前强扮笑脸。这一切，那个美貌的妇人又怎么会理解呢？

星期天的时候，女作家来到一个几乎被遗弃的公园。这间公园被遗弃，据说是因为里面经常在晚上从树林里发出一些莫名其妙的声音，换句话来说，就是闹鬼。后来经过一些好事者的考察，说这里在清朝时是一座规模不小的茶楼，后来无缘无故地给烧毁了。从此在这片地方经常发出一些莫名其妙的声音。

当她来到公园时，看到有一片绿色的夹竹桃，开着粉红色的花朵。树林前面有一个小小的池塘，池塘上还浮着紫色的、小小的睡莲。

女作家有一天在家里闲着没事，做了一件她认为是相当无聊的事情，就是打开电视看香港翡翠电视台在中午时间播放的粤语残片。当时，放的是《大闹广昌隆》，说的是一个被负心人害死的女鬼附在一个小生意人手里拿着的黑雨伞上报仇的典故。这个典故在这个城市流传已久，但女作家今天才从电视里知道。

她关掉电视后，觉得这个故事和这部电影都很经典。故事不管是真是假，但总还是那个真理，恶有恶报，不是不报，时候未到，时候一到，什么都报。而电影里面的女主角也是一派 30 年代广东女人的风度，珠圆玉润，而且讲那一口纯正的粤语，使她对这个城市的过去增加了认识。

这个故事使她对这个城市有了好感，她发现并不是自己所以为的那么单调。原来还是有传说的。从此，她在街上一看见黑伞就想起女鬼，想着那被害的身躯就那么附在黑伞上面，不由感慨万分。但也很少能见到电影里面的那种黑伞了。那是一种木柄的、还带长长弯弯的木把的黑伞，这又使她想起《羊城暗哨》电影里的特务手里拿着的黑伞。这种种联想使她怀起旧来，使她觉得从前的人都是有味道的，不像现在的人那么卡通。

于是，她把这个感觉写成了一篇文章。

她在文章里赞扬了那个报仇的女鬼和拿黑伞的做小生意的人。当然她是从审美角度上赞扬的。

在她写完这篇文章的当天晚上，天无缘无故地下了一场暴雨，飞沙走石，电闪雷鸣。但她睡得很安稳。她觉得自己无愧于这个城市了。

此后，她就成了中午时分粤语残片的忠实观众。

而今天她坐在据说是闹鬼的这个公园的树林面前的小池塘前，看着那池塘上小小的紫色睡莲，突然想起《大闹广昌隆》里的那个女鬼，便觉得这片树林很有亲切感，不知里面是不是也藏着什么奇冤深仇呢。

在这一刹那间，对树林里隐藏的秘密的好奇使她第一次忘记了自己脸上的黄褐斑。在这时刻，她突然觉得困扰了她多年的黄褐斑其实是一个符号。一个无聊的符号。一个阻碍她进行深刻思考和感知的无聊的符号。而她因为这个无聊的符号，居然浪费了这么多时间，还去为一个同样无聊的妇人朗读小说，耗去了她多少宝贵的光阴。

她在这一瞬间，突然对自己那个“秋天落叶”的笔名也产生了极大的反感。她想，这不是无聊吗？这不是哗众取宠吗？于是，她决定重新使用自己的名字，她的名字叫“宝贞”。这时，她觉得自己的名字是最好的。“宝贞”，有宝贵的贞洁之意，那我为什么从前会嫌弃自己的名字呢？

可以说，是女鬼使女作家返璞归真。

但宝贞马上又陷入了另外一个误区。因为她觉得自己觉醒过来是一个很偶然的机遇，而世界上大多数人还并未从对自身的错误认识中觉醒过来。那个美容师黛玲就是其中的一个。

一个女人，怎么能凭自己的容貌去赚钱呢？起码一点，就是对自己容貌的出卖。因为是出卖，就是一种汉奸行为。当年汪精卫的老婆陈碧君，还有那个日本名字叫川岛芳子、中国名字叫金碧辉的女间谍，不就是因为是汉奸而受到人们的诅咒吗？汪精卫和陈璧君一对汉奸夫妇，被取笑他们的后人刻成了跪在地上的石像，听说好多色情狂还不断地去摸陈璧君的一对石做的乳房。

女作家宝贞一想到这里，自己的乳房马上就有被人捏摸的感觉，而且是和她的生命毫不相关的人。这使她感到恶心。

她开始流出眼泪，并感到十分羞辱。她眼前紫颜色的睡莲也因此失去了风韵。这时，风起了，摇下了树上许多落叶。

女作家在这间传说闹鬼的公园里得到了两个对她至关重要的启示：一是要返璞归真；二是不要当汉奸。

但怎样才能在这两个原则下自然地生活呢？首先，她放弃了那个笔名，文章还好不好卖呢？如果不好卖，她又怎么去过像样的生活呢？

当她还是叫“秋天落叶”时，她随时随地都是激昂的，并为做一个名女人而打足了气。但她自从放弃了这个笔名以后，她身上的激情好像也在同一时刻消失得一干二净。她突然意识到激情和虚荣的关系，是一对孪生姐妹的关系。

当她对虚荣的需求消失时，她身上的激情也随之消失。

她为这个现实感到沮丧。

10

圣德半躺在桑拿浴馆的休息室的长沙发上，身上穿着一套绿色布衣短裤。这种布衣短裤是桑拿浴馆发给所有来洗桑拿浴的男人女人的。于是，他看起来和其他人没什么区别。他要了一杯普洱茶。这时，他听到身边一个男人在对他的同伴讲述他和一位刚认识的女人的关系。

男人说，你知道她住在什么地方吗？她住在大石镇。我从广州坐车进去要差不多一个小时。今天早上刚走，刚回到广州，就听到她用传呼机呼我。她说刚煲了花旗参鸡汤，要我马上回去喝她的汤。这不，我从她那里喝了一碗汤又乘出租车回来。她那碗汤真是贵呀，值一百多块。

圣德觉得这个人的声音非常熟悉，便扭过头去看看他的脸，突然发现这个人是莫名。

这时的莫名是一个拿了美国护照的单身男人。按照他自己的话来说，就是钻石王老五。当他听说圣德办了一个公关公司后高兴得咧开马嘴笑了起来，说，公关是什么？就是公共发生关系！但是没有和我发生关系，那就是失败的公共关系。

听着莫名的胡言乱语，圣德一时感到十分亲切。但他马上意识到这种亲切是有害的。莫名是个害群之马，只会扰乱他目前的生活。于是圣德下定决心要尽快消失。

但莫名还是十分兴奋，他穿着和圣德一样的绿色衣裤靠在长沙发上大谈回国后的感受。他指责现代化破坏了女人们对精神的向往，使他在现在的女人面前失去了往日的优势。他拿出一张名片来给圣德，名片上只印了他是美籍华人，单身，还有传呼机号码。

圣德拿过名片来，觉得展现在他面前的并不是一张单纯的名片，而是一种自由的信息。名片传递给他的是他从前热爱的无拘无束的生活。他已经想象得到莫名过的是什么样的生活。他还是靠女人生活。只不过现在的对象肯定是变了的，不是从前的那些纯真少女。

他在想着刚刚莫名提到的关于住在大石镇的女人。这是个什么样的女人？是个老姑娘，还是一个离了婚的性苦闷者，或者是香港有钱男人的小妾？

不过，最后的一种可能大一点。因为有钱人的小妾对莫名这种男人肯定是欢迎的，而且很重要的一点，她们有钱，不然莫名哪里有钱来这间豪华的桑拿浴馆里消费？在这点上，莫名永远是潇洒的。他对用什么样的钱毫无愧疚感，愧疚对于他来说，只是一种多余的负担。

但不能否定我们是热爱生命的。热爱生活和热爱生命有什么区别呢？要是意义相同的话，为什么要有两种说法呢？

圣德躺在桑拿浴馆休息室的长沙发上，一时为这个问题感到疑惑。

那莫名是热爱生活，还是热爱生命呢？从他生命的轨迹来看，他是热爱生活的。或者是两者都热爱。那为什么他不去开一间像“阿二靓汤”之类的菜馆呢？那样不更可以财色兼收吗？问题在于他没有耐心去认真地从事一件事或一种工作。这也是所有聪明人的弱点。而在莫名穿着的那条绿色裤子后面，有没有放着一本像《流浪者的归来》或者《洪堡的礼物》这一类的书呢？

圣德站起来，走到窗前，拉开窗帘。

窗子下面的空地上，灯光亮得使灯光以外的地方更加黑暗了。圣德看到窗子下的空地有一个喷水池，正在喷着水。喷水池里耸立着一个断了臂的维纳斯雕像。圣德起码在十个桑拿浴馆的门外看见维纳斯雕像了。断了臂的维纳斯在土里埋着的时候，绝不会想到自己这样受到在亚洲的某一个城市里广大的桑拿浴馆老板的热爱。

在离喷水池不远处，停着一排名贵房车。有一辆白色的600型奔驰小轿车令圣德十分眼熟。他记起某一次一个乡镇企业的老板请自己去他的企业里讲关于企业文化的时候，就是坐这种名贵房车。

那个老板请他吃饭时，还请他喝绍兴花雕酒。他一边往圣德的酒杯里放话梅，一边贴着圣德的耳朵小声地说，现在流行喝这种酒呀。而喝这种酒，就是要把酒在热水里泡热了，然后浸着话梅喝。

那一晚，圣德和老板各自喝了一瓶在热水里浸热了的并放了话梅的花雕酒。

这天晚上之后，圣德发现许多酒席上都在喝这种来自绍兴的老黄酒。一时间，不论你走进哪家菜馆，你都能闻到绍兴黄酒的香味。

据说这种喝法是从日本人那里学来的。但这种说法马上遭到反驳，说在绍兴一直是这种喝法，小日本不过是学中国人罢了。

一时间，那些话梅也就变得好卖了。而这些便宜的梅子，泡过了酒也就一般没有人再理会。

但在这种时候，想起烫得热热的绍兴黄酒，真是一件难受的事情。因为现在他身边并不可能有一瓶绍兴黄酒的。在远处的黑暗中，也不可能马上出现一间挂着酒旗的小酒馆。圣德在这时十分憧憬他从电影里看到的那些在黄土道上出现的小酒馆，可惜这些小酒馆都只出现在武侠片里。

莫名一直注视着圣德站在窗前的一举一动。他很想请圣德帮助他追回一笔钱。这笔钱被他从前一起做生意的朋友侵吞了。这笔生意讲起来就话长了。莫名在三年前和一群军队的子弟一起做一笔买卖。后来给人以种种名义告上法庭。莫名挺身而出，自己做律师，隔三岔五地就去法院雄辩一番。后来官司打赢了，和他一起做生意的那一群人却带着所有的钱，连他莫名的钱也带走了。

莫名曾想雇一个杀手去把那些人的手脚砍下来以泄愤，但因为他确实需要那些钱，所以他没有进行这些动作。因此他还幻想着能把钱追回来。他在美国混得并不好，因为在那里并没有人愿意听他的关于对世界的认识。他甚至认为西方人比中国人更傻，更看重实际生活，而且对真理的看法与他是完全不一致的。他很快就厌倦了西方人。

他回来后，曾经找过一个从前的崇拜者，他从前有许多崇拜者，但这一个是最忠心的。他打听到这个人这几年靠卖翻版的电脑零件发了财，在东山的旧区里买下了一幢带花园的二层楼房，听说还养了两条德国种的狗。

他这个崇拜者一向很向往西方的生活方式，在没发迹以前已经言必莫扎特。他把莫扎特看成是西方文明的象征，把电影《莫扎特》

的情节倒背如流，并因此崇拜莫名，固执地认为莫名是他一生中所见到的唯一的天才。

莫名怀着美好的心情敲开那幢花园洋房的铁门，站在铁门处已经能听到从敞开着门的客厅传来的莫扎特的钢琴协奏曲的美妙的声音。莫名一时感到恍如隔世。这美好而天才的音乐，使他想起自己小时候在少年宫弹钢琴的美好时光，小时候的美好时光像一部上了颜色的电影一样在他的眼前流过。一个又一个片断，都带着那么美好的意象，好像在俯视着他目前的糟糕的生活。

终于他转身而去。

黛玲已经有好长一段时间没能等到女作家来到她的美容院里给她朗诵小说了。因为从她的崇拜者身上赚到许多钱，黛玲的美容院就搬出了她住的小巷，搬到灯光明亮的大马路旁，依然取名“黛”，然后黛玲又聘请了经理替她打理，自己则住在美容院的楼上。

之后她就去了东南亚旅游。

黛玲回来时，整个人都被东南亚的太阳晒黑了，显得神采奕奕。她休整了几天，突然想念起女作家来。她翻了许多报纸，找女作家的文章，但都没有找到“秋天落叶”这个名字。这样一来，女作家“秋天落叶”就显得不知所终了。

黛玲曾经把二楼一间小房间改装成书房。小书房里的书架上堆着的书，全是黛玲按自己的口味新买回来准备让女作家朗诵给自己听的。但现在女作家不知所终，使黛玲怅然若失。

黛玲有了钱之后，就决定一定要让自己过着资产阶级贵妇人的生活，那是她从小在电影、小说里看到的，并且是她从小的向往。

一定要做贵妇人，哪怕最后的结局是徒步陪着心爱的男人去流放地流放，也要做有气质的贵妇人。贵妇人给黛玲最深的印象是她们的气质，高贵的、优雅的、洁净的气质。但培养出这种气质的环境是什么呢？黛玲认为一定是资产阶级生活方式。

什么是黛玲所认可的资产阶级生活方式呢？

第一，要有一定的珠宝首饰。贵妇人一般都是有一条光洁美丽的脖子，而光洁美丽的脖子上一定会挂着一条珍珠项链或者是闪闪发光的、做工精致的项链，那些纤纤玉指，也一定会戴上别致的戒指。

第二，一定要有闲。黛玲留下深刻印象的贵妇人中，其中一位是高尔基所写的小说《在人间》里的一位贵妇人，并不要做什么事情的，在一间挂着厚厚的天鹅绒窗帘的房间里，斜卧在床上，听一位她的崇拜者，一位年轻的军官给她朗诵他为她写的诗。

第三，要有去参加舞会穿的曳地长裙。

第四，要有自己的马车。

第五，要有宠物。

第六，要有年轻浪漫的情人。

首先，黛玲为自己购置首饰大费周折。她原来想买一条珍珠项链。托了好几个人买，结果买回来后经过鉴别发现全是假的。当她拿着假珍珠项链去指责卖假货的人时，那人不在乎地说，你能看得出真假吗？我告诉你，现在没有人戴真首饰的，真首饰都是用来保值的，挂在脖子上的全是假的。而且这条珍珠项链也并不全是假的，起码在珠子外面的那层是真的珍珠粉。

黛玲当然不能认同他这种说法。她下决心要做一个贵妇人，而贵妇人又怎么可能会戴假珍珠项链呢？但和她对话的人并不知道她的一片苦心，对话的人也不会知道做一个贵妇人到底要具备什么条件。黛玲只有去了一趟广西北海的珍珠养殖场，千里迢迢地用高昂的价钱买回来了一条真正的珍珠项链，并在当晚就挂在了脖子上。

但是，又有一个问题发生了。就是所有的人，包括她的崇拜者们都以为她戴的那条珍珠项链是假的，因为它实在是太漂亮了，一般这么漂亮的东西都是假的。黛玲总不能见到每一个人都要跟她讲自己戴的是一条真正的价值不菲的从广西北海买回来的珍珠项链吧。

然后是戒指。当黛玲买回来两只纯金的镶了宝石的戒指并戴在手指上时，就有人向她指出，高贵的人应该戴的是白金戒指，因为白金比黄金要纯洁，比黄金要少铜臭味。

这时，黛玲几乎要放弃当贵妇人的念头了。各种标准弄得她疲于奔命。于是，她就放弃了第一个条件，转向第二个条件。

第二个条件是要有闲。黛玲认为自己是具备的。因为美容院已经交给别人打理了，她有大把的时间可以交给自己使用。

第三个条件是要有在舞会穿的曳地长裙。这点黛玲要实施起来并不难。只是广州哪里有什么像样的舞会呢？

第四个条件是要有自己的马车。这当然是过时的。

至于宠物，黛玲是不喜欢动物的。

讲到年轻浪漫的情人，黛玲正为这个而做出努力。

黛玲曾经把享受女作家为她朗诵小说，看作是自己迈向贵妇人行列的一项内容。但现在女作家不辞而别，连自己的黄褐斑也不治了。某天晚上，黛玲收到一只绿鹦鹉，但送鹦鹉的人并没有说主人名谁。但黛玲却知道鹦鹉是女作家的。那她去了哪里呢？这使黛玲感到迷茫。

因为迷茫，黛玲这天有点情绪低落。因为情绪低落，她从晚上9点一直睡到第二天上午10点。这样浪费时间多少使她感到自己对人生是报复了。谁说生命可贵？生命是否可贵就在于你自己了。

她一边冷笑着一边从床上爬起来。

因为昨晚睡得太多，她起床时感到恶心。她穿上晨衣，头发乱蓬蓬的。她一边冷笑着一边去洗手间。因为要进入贵妇人的行列，她有意把洗手间装修得金碧辉煌，浴池、洗手盆、抽水马桶都是白色的，洗手台、地板、墙壁是深红色并带暗色的花纹。洗手盆和浴池的水龙头都是金色的，而且是金灿灿的金色，不是那种廉价的暗中发黑的金色。

她打开浴室的灯，金碧辉煌的洗手间马上带给她一种振奋的感觉。她站到洗手台前的大镜子前，抬头看自己，马上给自己的容貌吓了一跳。因为她还在冷笑，所以使她原来是玫瑰花瓣形状的美丽的嘴唇成了一张像乌鸦一样的扁嘴。这张乌鸦的扁嘴里面露出的是黄色的牙齿，眼睛也是浮肿的。她看着镜子里的自己，冷笑也消失了。她突然感到美貌消失的恐怖。她马上把灯关掉，在黑暗中摸索着洗了脸，刷了牙，并没有忘记在脸上拍收缩水。

等一切做好之后，她走到阳光照射到的阳台上，看到阳台上的兰花开了，便久久地注视着这富有生命的兰花，深深呼吸了一口兰花的清香，又吸了一口。

她走进小书房，从书橱里拿出一本诗集，把窗帘拉开，让阳光照进来。然后，她大声朗诵起她翻到的一首古诗：

深固难徙，廓其无求兮。
苏世独立，横而不流兮。
闭心自慎，终不失过兮。
秉德无私，参天地兮。

她像古人那样拖长了声音来朗诵，一边朗诵一边想起中学的一个语文老师。那个老师在一次朗诵高尔基的《海燕》时把眼镜掉到了地上。

她想，那个老师可能是被散文里的激情感动得失态了吧。总之，她现在朗诵起屈原先生的《橘颂》，想到那个才华横溢的老先生竟然跳进了江里，不禁为他的激情所感动。她一次又一次地朗诵着《橘颂》，被诗歌里的几句词所触动，那些词就是“独立”“无求”“横而不流”“闭心”和“天地”。

诗歌使她在这一瞬间变得高尚起来，而高尚正是一个贵妇人所必须具备的品德，不然她的那些偶像怎么会愿意在俄罗斯的寒冬里陪着被流放的“十二月党人”在雪地里行走呢？她甚至觉得《橘颂》就是为那些“十二月党人”的妻子和情妇们写的。

她愈来愈喜欢这首《橘颂》了，她一遍又一遍高声朗诵着，激情像潮水一样冲击着她因为迷茫而感到疲惫的身心，她为激情的再次到来而兴奋得眼泪直流。这时，黛玲听到有人按响了她家的门铃。

她把眼泪擦干净，再喝了一口水，并没有忘记这是今天的第三杯水。因为美容专家劝告妇女们一天中最好能喝八杯水。

她打开门，看到站在门口的是她最近新聘的发型师保罗。

保罗像所有新潮的发型师那样，在脑后扎着粗粗一把长头发，但头发洗得很干净。这是发型师和艺术家的区别。艺术家的长头发一般是不干净的，而发型师的长头发甚至比许多女人都干净。

11

在熟悉黛玲的所有人当中，黛玲喜欢吃鱼蛋粉早就不是秘密。而她和保罗也就是在八旗二马路的专卖鱼蛋粉的潮汕粉面店里邂逅的。

当时，保罗一眼就看出了黛玲的寂寞。她一个人来到广州这条名声不好的街道上吃鱼蛋粉，穿着包着屁股的鱼尾裙，裙子的质地还是织锦的。织锦的鱼尾裙本身就是性感和清高的象征。

保罗从小在弯弯曲曲的小巷中长大，见的都是只会咧着厚嘴唇笑的女人。这些女人养孩子、和老公吵架、与家婆怄气，从不会感到寂寞。于是，当他感到寂寞这么清楚地写在一个人的脸上时，内心便感到震动。

保罗虽然出身低下，但悟性颇高，尤其是他对女人的鉴赏力。

这点使他觉得怀才不遇。

没有几个男人真正会欣赏女人。在许多男人眼里，只有标了价的女人的美最可靠。这就是选美出来的女人，或者出了名的艺员。

因为这是经过各方的评委选出来的，有社会价值，并且是公认的。

这使他们感到放心，不会认为自己是花错了钱。而保罗喜欢寂寞的女人，这为他今后的寻花问柳打下了基础。

邂逅黛玲时，双方坐在一张铺着肮脏的白桌布的木头方桌两旁吃鱼蛋粉，面前放着一小罐辣椒酱。黛玲拿勺子舀了一点放在自己的碗里，保罗也拿起勺子舀起一点放到自己的碗里。这时，保罗开口对黛玲说：“你结婚了吧。”黛玲好像不相信是他在说话，眼睛瞪得很大，很愕然的样子。

结了婚的人最终都会寂寞的。这是保罗对女人的看法。

后来他们一起去看了电影，还坐在令人怀疑的包厢里。

后来，黛玲想起那天他们在包厢里是一本正经地坐着就感到欣慰。

坐在包厢里有一种诡秘的感觉，在不远处的包厢里传出种种可疑的声音，使得他们两个有些不自在。到现在，黛玲连当时看什么电影都忘了。

保罗今天是来帮她挑染头发的。

过了十年之后，黛玲那把黑漆漆的像缎子般的头发已经开始出现了白发。这对于她的美貌来说，无疑是一个沉重的打击。

在第一次见到保罗的时候，黛玲就对保罗手臂上隆起的肌肉线条感到好奇。她曾经对保罗说过，如果她的头发能够像他的肌肉那样强健就好了。

用强健来形容头发，这对保罗来说无疑是一种新鲜的感觉。在职业美容师保罗看来，现代人对头发的要求归根结底在于这几方面：干净、清爽、柔软、青春、迷人，但从来没有强健。少妇黛玲对头发的要求无疑是有想象力的。

出现白发就意味着衰老，衰老就表示不强健。要使黛玲的头发强健起来的第一步，就是要把她的白头发消灭掉。

消灭白头发有很多方法。最古老的方法就是吃老鼠。当然不是生长在城市阴沟里的老鼠，而是在夜晚在农村的田地里偷吃谷子的田鼠。用黑豆煮。黑豆煮老鼠因此也成为在广州迅速兴起的药膳的一道名菜。

在与黛玲培养爱情的那一段时间里，保罗陪着她吃遍了广州所有的鱼蛋粉档和郊外的药膳店。他们有一次还专门开车到南海的一间开在珠江边上的专门吃老鼠的店子。在那家店里，他们不仅吃到黑豆煮老鼠，还吃到红烧老鼠、老鼠汤以及用各种各样方法烹调出来的老鼠。

老鼠除了滋补头发以外，还是滋补身体的好东西。在黛玲的头发得到滋补的同时，保罗的身体也日益强壮。他和黛玲每次吃完老鼠，都要回到黛玲的房间里做爱。

老鼠会使男人兴奋。每当黛玲嘴里吃着烧得香喷喷的已经没有老鼠形状的老鼠肉的时候，她总会想到这个问题。她看看周围正在一边高谈阔论一边兴高采烈地吃着老鼠肉的男人。她观察到很少有年轻男人来吃老鼠，来吃老鼠的多是中年男人，其中不乏秃顶的。秃顶是一个世界性的问题。女作家曾经给黛玲读过一篇小说，讲一个台湾女人要通过假婚姻来买一个美国绿卡，结果她遇到一个秃顶的男人。她对中间人说不同意，中间人问她为什么，她说秃顶的男人性欲强。

黛玲想到这里，坐在老鼠店里就大笑起来。

既然秃顶的男人性欲强，那他们再吃老鼠不就成了无敌金枪了吗？

黛玲再看看保罗。他还很年轻，长头发乌黑乌黑的。老鼠吃进他的肚子里不会转换成生长头发的因素，而只会转换成某种激情。

每次吃完老鼠和她做爱，保罗都会比平常显得有激情。有一次做爱完毕，两人一起洗澡的时候，黛玲含情脉脉地把自己的身体贴近保罗的身体，抚摸着他湿漉漉的头发说："啊，你真是一只强健的老鼠。"

其实保罗只是一个普通的发型师。在他的生活中，黛玲并不是唯一的女人。他所在的莉莉美容院并不是他的财产。他只是莉莉美容院的主管。

从表面上来看，保罗是这个美容院的主人，美容院里的十三个发型师和美容师都对他唯唯诺诺，收银小姐和迎宾小姐每天见到他都笑脸相迎。每天上班之前，保罗都要把他心爱的长发洗一遍，然后像女人一样在手腕上点上一点香水。

所以不仅是黛玲，包括收银小姐和迎宾小姐，都总会在适当的时候闻到来自他的手腕上的香气。

但香气并不能安抚保罗的野心。他每天都必须面对一个人，面对一个现实。这个人就是美容院的女老板莉莉。

莉莉是属于在广州最早做生意也是最早发了财的那批人，用流行话来说，也就是首先致富的人。她致富后，就移民去了加拿大，在温哥华住了几年，像千百万华人女孩子那样，用她在广州辛辛苦苦赚来的钱去上美容学校，然后拿了一个证书就重新杀回广州，建立她的美容院。

在积聚财产的过程中，她的体重也迅速积聚。在不知不觉中，她已经成了一个有着庞大身体的女人。

保罗是在莉莉生第四个女儿的时候认识她的。公平地说，保罗并不觉得她特别难看，只是胖了一点而已。这样，年轻英俊的保罗得到莉莉的欢心也就顺理成章了。

保罗很快就接管了美容院的业务，莉莉也乐得安心地去带她的四个女儿。她对保罗说，她再也不幻想生个男孩了，她已经吃够了生孩子的苦头。

莉莉每天让司机开着车把她和最小的女儿接回美容院。这时候一般是上午的 11 点左右。然后，她会抱着孩子走进美容院里，和发型师说一下话。这时，她就会对保罗说："哎，你帮我抱一下孩子。"

这个时候是保罗一生最难堪的时候。他像接一个定时炸弹那样把孩子接到自己的怀中，还要低下头对孩子笑一笑。在接下来的一个小时里，保罗要抱着这个"定时炸弹"在美容院里走来走去，因为只要他一停下来，他怀中的"定时炸弹"就会哭闹起来。

到了 12 点钟，莉莉就会把孩子重新抱到怀里，然后，和保罗一起到美容院下面的一间叫"东海堂"的餐厅吃饭。

在餐桌上，这三个人俨然是一家子。

12

最近，保罗经常产生错觉。这种错觉来自莉莉和黛玲之间。

首先，这两个女人都是开美容院的。其次，这两个女人都需要男人。保罗到了这种年纪，对女人的容貌已经可以忽略了。这一点要是让黛玲知道会让她伤心的，但事实却是如此。

因此，肥胖的莉莉和苗条的黛玲对于保罗来说都是女人，都是一个符号。他常常是中午抱完莉莉的孩子，便和她一起共餐，等莉莉离开美容院，他就去找黛玲。这种日子多了，他就容易产生错觉。

比如，保罗经常害怕喊错名字。这种事情原来他认为只不过是流行歌里的技巧，但当他在某一天下午敲开了黛玲的门而错叫出了“莉莉”的名字时，他就开始觉得有些儿神思恍惚了。

有时，他坐在黛玲的客厅里，看着窗户垂下来的印着深绿色的蝴蝶花纹的窗帘，在幽暗的光线下，听着黛玲弹奏着某支暧昧的曲子，少年时代的某件往事会突然涌上心头。在一瞬间，他竟觉得自己是在莉莉的美容院的那间光线幽暗的面部美容室里，那间美容室经常也会播放一些暧昧的音乐，而窗帘也是深色的。

这种时候，他便会猛然跳起身来，用手拍自己的额头。

每当他拉着黛玲的手，听她倾诉时，总会觉得自己是在拉着莉莉的手。

如果把两个女人做比较，保罗承认自己喜欢黛玲多一些。这倒不是因为黛玲永恒的美貌。而是他觉得黛玲不时迸发出来的激情。这种激情确实把他迷住了。

保罗少年时期有过一段迷惑的热情。我们也可以把它称作激情。那是他对他的中学老师的爱恋。后来保罗就把这段激情藏在心里，这段激情也就影响了他今后对女人的爱恋。因为他总拿她做比较。

保罗始终认为，激情中的人是迷惑的、不理智的、狂热的，这是他对激情的认识。

而他现在是冷静的。因此他不珍惜目前的感情。即使是在吃了老鼠之后产生的热情，他也认为不过是大麻而已。

今天，错觉又一次产生。

他来到黛玲的门前时，原本是精神萎靡的。因为今天陪莉莉吃午饭时，莉莉的丈夫突然出现。莉莉的丈夫一直都在香港做生意，并且是一个赌徒。他每次来见莉莉，都是千方百计地问莉莉要赌资。而今天，他却一反往常，穿戴整齐，还戴了一条紫色领带。

保罗当时已经为莉莉点好了她喜欢吃的吊烧鸡和铁板生蚝，他们坐的餐桌靠近窗口，保罗看到窗外平时乌烟瘴气的天空突然有了一小块蓝天，于是心情好起来，还要了一瓶小瓶的啤酒。就在这时，那条紫色领带就出现在他的眼前。

保罗从来就不喜欢紫色。他认为紫色是忧郁的。而他非常厌恶忧郁的情绪，这也是他经常离开女人的原因。当他第一眼看到这条紫色领带系在一个并不忧郁的人的脖子上时，第一个冲动就是想上去把它扯下来。

之后，莉莉的丈夫大概说了一些讽刺他的话，而且都相当不好听。但他一直不注意他的说话，而是一直在注意着那条令他厌恶的紫色领带。他一向对男女关系不太放在心上，对于什么是正常什么是不正常更是嗤之以鼻。因此，最后当莉莉和她的丈夫争吵起来时，他才从紫色的阴影中走出来。但这时，莉莉已经站起来拂袖而去了，只剩下他和把他当作第三者的男人。他也站起来，终于把自己的不满表示出来。他对莉莉的丈夫说：“戴这种颜色只会令你输钱。”然后，他也走了。

然后，紫色就一直笼罩着他，使他也忧郁起来。他想摆脱这种情绪，但却更糟糕。

他带着紫色的阴影来到黛玲的门前。这时，他听到里面有个女人在高声朗诵。他站在门口，清晰地听到里面的女人是在朗诵屈原的《橘颂》：

> 苏世独立，横而不流兮。
>
> ……

这样，保罗在一瞬间感到，仿佛是在中学的课堂里，听他所爱恋的老师在朗诵。如果保罗的记忆没有错的话，如果他是对自己的初恋记忆犹新的话，他当初就是听那个有着白兰花气息的年轻女人朗诵屈原的《橘颂》时爱上她的。

里面的女人一遍又一遍充满激情地朗诵，而门外的保罗也激情万分。这样，当黛玲打开门时，保罗的激情像洪水那样奔腾而来。在他眼前出现的不是额头上有着紫色唇印的黛玲，而是那位穿着幼稚的吊带黑裙子的中学女教师。

他像电影里的镜头那样狂热地把黛玲抱起，惊讶万分的黛玲则闭上眼睛享受他的热情。

后来，保罗清醒了，撇下黛玲蹒跚而去。

13

罗兰·巴特在他的《符号帝国》里曾就日本人用的筷子写文章，并由筷子写到生活的态度、意义以及生活中的哲学。看到这篇文章曾使许多中国人感到愤怒。因为筷子原来就是中国的东西，在罗兰·巴特看来，却成了日本人的象征了。

我们的筷子。

米兰也看过这篇文章，但她一点也不感到愤怒。筷子对于米兰来说，不过是一种普通的工具。如果问米兰她目前生活中的象征是什么，她便会毫不犹豫地告诉你，是防盗网。

从米兰那幢具有古典美的房子向外看，许多幢原来也是具有老广州特征的老房子已被拆掉，建成了毫无美感的又高又笨的大盒子。在这些盒子外面，为了防止小偷，所有窗户和阳台都焊上了铁条，广州人称呼这种东西为“防盗网”。

有某个公关机构曾对在广州的外地人做过一项调查，问他们对广州的印象最深的是什么，他们异口同声地说：“窗子。”

这是因为窗子外面都有防盗网。

外地人看到广州人在这些铁网里放置花盆、晾衣服、挂鸟笼、放空调机的分体，就以为广州人的住房面积太小了，于是在调查卷里同时都写上“请增加他们的住房面积”。这项请求使政府官员哭笑不得。但政府官员不能对这些满怀善心的人说，这些铁网是用作防盗的，因为这会影响广州的形象。

米兰是从一张小报上看到关于这项民意测验的消息的。这勾起了她对往事的怀念。她想起《爱斯基摩人》杂志在十年前的一次行动。当时，为了弄清楚还有多少人对新观念怀有兴趣，圣德和杂志社的几个骨干印出了几千份民意测验卷，连夜派人出去，塞进市民的邮箱里。半个月后，他们收到了许多张测验卷，里面有不少人问某某女明星到底有多少岁，是不是做了双眼皮手术。还有人关心西装是否将要被取代，将被什么取代。还有人在卷子上写道：“新观念如泛滥的洪水，把我们脚下坚实的土地冲垮了。”

米兰的这些回忆并不是在断断续续中进行的，往事突然像一幕幕有颜色的电影在她眼前放过。米兰还记起那张诽谤新观念的卷子趁着黑夜从窗户飞了出去，被心怀叵测的人复印成数百份，贴在电线杆上治疗男性阳痿的街贴下面，意指新观念造成了男性的阳痿。

米兰回想到这里，不禁大笑起来。现在想起来，那些当时认为是心怀叵测的人看来是具有幽默感的。但当时大多数《爱斯基摩人》杂志的男撰稿人并没有从幽默感这个角度来考虑这个事件，而是愤怒地蜂拥而至，在黑夜里四下出动，准备去撕掉贴在电线杆上的东西。这个行动最后却发展成了另外一个更具有幽默意义的行动，就是全体人都在电线杆下撒尿，并称为“举枪致敬”。

现在看来，这个“举枪致敬”到底是为谁致敬，还是有其深远意义的。

从这次民意测验看来，回答得那么统一，米兰至少认为，现在的人比起十年前的人幽默感减少了，至少想象力减弱了。

至于防盗网，米兰认为还是有幽默感的。比如今天她要去某幢大楼里会一个男人，首先她要通过防盗门，再在层层防盗网之下穿行，才可以见到她想要见的人。搞不好的话，如果双方情绪来了，还要在防盗网的监护下进行某种亲密行动。这不能不说，防盗网已经进入了她的生活实质。

在米兰的想象中，她已经成为一只穿行在防盗网里面的猫。这是因为她也在这座老宅外面安上了防盗网。

而且，如果你不安防盗网，在这个防盗网的世界里，你就成了异类。

米兰是在自己家的门前认识保罗的。

她当时正举起一根重量很轻的竹竿准备把晾在门前屋檐下的衣服收下来。其实她是可以把衣服晾在天井里的，但她看到住在这条街上的人都这样做，每家人的门前都挂满了花花绿绿的衣服。这就形成了一种文化气氛，一种街道文化气氛。于是米兰决定也加入到这种来自屋檐前的文化中。

她当时想把那条黛安芬牌丝质睡裙收下来。这条睡裙其实晾在这个地方是很不合适的。因为它太华丽，有被小偷偷走的危险。所以米兰只是把它挂了半天就准备把它收下来。

但这条裙子是丝质的，很滑。米兰手中的竹竿轻轻一碰，裙子就滑了下来。

当时，正好有一阵风，米兰的真丝睡裙就这样飘到了正好经过她家门口的一个年轻男人的头上，而且非常尴尬地挂在那个人的脸上。

后来，米兰想起这一幕，就觉得很像《金瓶梅》里面西门庆邂逅潘金莲的场景。

当时，米兰目瞪口呆地看着带着自己身上气味的真丝睡裙明目张胆地挂在一个刚好路过她门前的陌生男人的脸上。那个男人当时是低着头走路，裙子从天而降，他被裙子罩着的脸既惊慌又愤怒。米兰看到在这一瞬间从对面罩着防盗网的窗子里，伸出了大小不一的脑袋。她因为惊慌轻轻地咳嗽了一声。

保罗听到令他陷入难堪之境的女人美妙的咳嗽声，像听到了他所喜爱的花腔女高音的歌声一样令他振奋。刹那间，他好像听到了他所钟爱的女歌手在遥远的天边，透过被污染的云层向他轻声唱着那首《夏日里最后的玫瑰》。他透过真丝睡裙把头抬起来，透过层层防盗网寻找那不知所终的歌手。

而站在门口的米兰却一声连着一声地咳嗽。她已经有好多年没有咳嗽了。今天因为一个偶然事件把她在小时候染上的咳嗽的毛病变本加厉地引发了出来。

她一边咳嗽，一边听到脸罩在睡衣里的年轻男人用足力气在唱那首著名的爱尔兰民歌。

他的歌声使她顿时伤感起来。米兰记起了母亲，记起了第一次认识圣德时的情景，记起了黛玲，记起了她居高临下地把手伸给她时，说："听说你写诗？"

米兰因为咳嗽和伤感昏倒在自己的门前。

其实保罗身上有一个明显的标志，就是他走到哪里，他的袖子里都藏着一只松鼠狗。所以，他从来都不穿短袖衣服。

松鼠狗、扎在脑后的长头发，还有永远的长袖衣服，都是现代西门庆保罗的标志。

但他和那个旧时代的著名的西门庆有截然不同的世界观，那就是旧时代的西门庆把女人当作自己的财富，但他却把女人当作自己的朋友。

朋友和财富当然是不同的，这也是保罗受到现代教育的结果。

而且，他在内心里对女人是惧怕的。比如他从黛玲那里仓皇逃出来以后，他并不对自己的行动有所悔恨，在他清醒以后，他就开始想象受伤后的黛玲的情景。想到她肯定会很伤心，想到她额头上的紫色唇印很可能就此永远消失，想到她孤零零地泡在紫色的巨大的浴缸里，他甚至想到她很可能像那部好莱坞描写《花花公子》老板的电影《性书大亨》里那个性书大王的亲密女友那样，最后就裸体死在浴缸温暖的水中。他甚至感到那温暖的水已经漫过她那变得毫无生气的美丽的乳房，漫过浴缸的边沿，漫到地上，透过浴室的门缝，流到外面来。她柔软的身躯僵硬在温暖的水中。

这是传统悲剧的一个场面。

保罗想到这个场面心里就十分害怕。因此，他在今天去吃鱼蛋粉的途中，因为某种原因能把脸罩在某个陌生女人的真丝睡裙里大声地唱那首爱尔兰民歌时，他那因为黛玲的缘故而感到压抑的内心得到了最充分的释放。因此他尽量大声地唱，高声地唱。在唱歌中，他从来没有感到自己如此舒畅，他对女人的惧怕也随着歌声一点点消失。

在歌唱中，保罗想起自己的处境，为自己是一个没有抱负的人而感到伤感。因此他不想停止歌唱。在歌唱中，他似乎看到了关于他今后命运的某种暗示。他歌唱时，并没有忘记袖口里的松鼠狗，他甚至看到了在防盗网的后面闪烁的一双双眼睛其实并不是看他唱歌，而是在窥视他的狗。保罗努力不让袖子里的狗在这个时候抛头露面。但受到主人的亢奋的情绪的感染，松鼠狗也极力想把头伸出来伴着主人的歌声叫几声。但只要它把尖尖的耳朵探出来，保罗就会毫不客气地把它拍回去。

因为松鼠狗不断地越来越积极地探出耳朵，保罗就着急起来。最后，为了保护松鼠狗，保罗终于停止了他的歌唱，对松鼠狗说："回去。"

这个举动也显露出保罗的小人的命运。他居然为了一只狗而放弃了对崇高的追求。

他停止歌唱后，茫然地把真丝睡裙从脑袋上拿下来，闻到一股醉人的来自女性身体上的气味。这气味令他更加茫然。

茫然是一个年轻男人的可爱之处。保罗经常会感到茫然，特别是在女性面前。因此他常常能得到女性的欢心。

来自真丝睡裙上的女性体味，使保罗如同和一个女性贴身站在一起。所以他感到茫然。使他感到茫然的另一个原因是他看到了昏倒在屋檐下面的米兰。

昏倒在屋檐下面的米兰的姿态是美丽的。她斜靠在门口的一张年代已久的石板凳上，合上的黑眼睛细细地往上挑着。在院子的半截围墙上，一株深红色的杜鹃盛开着。

保罗觉得眼前的情景很像他小时候看过的某本连环画里面的一页。到底是《西厢记》还是《红楼梦》，还是其他闲书，他实在记不清了。又或者是日本的哪一部卡通片里的景象。他看过一部卡通片，里面的女主人公常常坐在一棵米兰树下读书。当主人公高兴时，树上的米兰就开成黄色的，当主人公伤心时，树上的米兰就开成红色的。

因此，现在当他看到围墙上的深红色的杜鹃时，保罗就断定眼前的女人是因为伤心而昏倒的。

但保罗并没有像人们所想象的那样一个箭步就冲上去，他在这时用非常快的速度犹豫了三秒钟。保罗之所以犹豫是因为在这刹那间，他的眼前突然出现了黛玲的身体，正像他所害怕的那样，黛玲娇柔的身体正毫无生气地泡在紫色的浴缸里。在温暖的水中，黛玲睁大双眼，带着无聊的神情看着他，好像在对他说，亲爱的，爱情多无聊呀。

爱情确实无聊，保罗低声对自己说。在最后一秒钟里，保罗甚至已经迈开脚走了，除了黛玲的阴影之外，保罗还怕自己再一次落入女人的陷阱。

在深红色的杜鹃和因为咳嗽而昏倒的女人面前，保罗十分怀念和充满自省地回忆了自己这短暂一生中和女人的所有纠葛。所有的爱情都是出现在他最尴尬的时候。他这时候应该坚决地离开。

但正当保罗迈开脚的时候，米兰醒过来了。

14

桑拿浴馆是所有大大小小寄生虫寄居的地方。圣德一直认为自己对桑拿浴馆的这个观察是最正确的。

他每次走进桑拿浴馆，都感到身上轻飘飘的，但肚子却是沉甸甸的。身上感到轻，肚子感到重，这也是所有寄生虫的特征。

自从上次在桑拿浴馆遇到莫名之后，圣德更感到桑拿浴馆的可贵了。桑拿浴馆是一个不分阶级和成分的大杂烩的地方。当然，也有别的一些地方可以看到各色人等的，如广场，如酒吧。但圣德对广场和酒吧都怀有一种不信任的感觉。去广场的人不同于去桑拿浴馆的人，去酒吧的人也不同于去桑拿浴馆的人。去广场的人总希望能在那里遇到什么，希望在那个陌生的乱糟糟的地方能找到某些与自己平凡的生活有所不同的东西，比如猎艳，比如一个眼神，比如一些奇特的碰撞，肩碰肩，衣服擦着衣服；在酒吧，却是有着某种气氛，有着想诉说的欲望，有着同是天涯沦落人的心情。

而到桑拿浴馆的人的心理活动都很简单，只是怀着一种享乐心情。圣德一向认为怀着享乐心情的人是善良的人，是不会愤世嫉俗的人。圣德看到了太多的愤世嫉俗的人，已经对他们感到厌烦。我们现在需要的是快乐，现行世界都奉行一种叫着快乐原则的东西。

总之目前的世界是原则世界，什么都要奉行原则，连做爱都要有原则，满世界都飘浮着轻浮的原则，因为太多而变得轻浮。

圣德起码和五间桑拿浴馆的老板交上了朋友，而一般人在这种场所是很难见到老板的。

在某个星期二的下午，圣德百无聊赖地在公司里拆开一些与自己无关的信件，却发现了其中的五封内容都大致相同。他们在信里都言辞诚恳地要求加入到蓝箭公关学会。他们称这个公关学会比他们所参加的高尔夫球俱乐部有意思多了。

圣德并不明白他们所指的“有意思”具体指的是什么。是指人员没有那么单调，还是说公关学会的收费比高尔夫球俱乐部要便宜很多？他看看这五个人夹在信里面的名片，都是一些娱乐场所的老板。

圣德甚至在名片上就闻到了他所熟悉的桑拿浴馆的味道。

圣德有一瞬间想马上与他们其中的一个通电话，以证实一下自己对他们的职业的猜测。但他并没有这么做，只是吩咐秘书和这五个人通电话，约他们来公司面谈。

五个人如约而来。圣德的猜测是对的，他们每个人经营的场所里都有桑拿浴馆。

其中四个人并不是在广州。

圣德和他们谈话的时候尽量掩饰自己对桑拿浴的喜好。尽管这样，五个人都还是不约而同地邀请圣德去自己经营的场所里“玩一玩”。他们的眼睛和圣德对视的时候，都闪现出猥琐的神情。这倒使圣德有点儿倒胃口。

在圣德看来，桑拿浴馆是快乐的地方，不是猥琐的场所。他很想和这五个人上一堂课，教育他们分辨清楚快乐和猥琐，像教育小学生分清楚好人和坏人一样。

临走时，他们都要求圣德发给他们一个胸章。圣德惊讶地问他们，要胸章做什么。他们异口同声地说："给别人看呀。"

在未来的一个星期里，圣德让一个街道工厂的厂长给他大量地制作蓝箭公关学会的胸章。他先让这个厂长在小小的厂里进行关于胸章图案设计的招标。这使厂长觉得很不痛快。他认为圣德是小题大做。不就是一个普通的胸章吗？还要招标？但圣德告诉他，招标是革命的开始，而任何事情如果不进行革命就没有意义。

这位街道工厂的厂长年龄在三十岁左右，只是在他穿开裆裤的时候，经历过"文化大革命"的风暴。因此他对革命的认识只限于一些片断和场景，而且这些片断和场景都令他很向往。他因为学历不高而找不到他自己所希望有的工作，在沮丧之余，才承包了这间只有八个工人的街道工厂。在圣德讲述革命道理的时候，他很想对圣德说，其实他是一个有理想的人，他的理想是管理一间像电视连续剧《大酒店》那样一间大堂的地板上打了蜡的酒店，然后和一位漂亮的、有理想的年轻女子发展恋爱关系。但他并没有对圣德讲这一番表露心迹的话，他只是对圣德说，他痛恨学历，并因为痛恨学历而支持革命。

圣德对他只是头脑简单地把革命归根于学历问题感到失望。有那么一瞬间，他想先把招标问题放下，而对眼前这个年轻人讲一讲革命的故事和原则。

圣德问年轻的厂长："你知道保尔·柯察金吗？"

他们的谈话是在年轻人的街道工厂进行的。这间工厂在年轻人接手之前是做浮皮加工的，就是把新鲜的猪皮拿回来，洗干净，刮干净猪毛，再用开水泡过、晒干，再送到别的地方加工成浮皮。这个年轻人刚承包了这间浮皮加工厂，现在厂门口的绳子上还晾满了白色的猪皮。

年轻的厂长听了圣德的问话，想了一想，说："你知道每天有多少人要吃浮皮吗？"

圣德不高兴地说："这和我说的话有什么关系？"

厂长说："我觉得革命的意义和做浮皮的意义是一样的。"

这种简朴的回答和思维，使圣德觉得眼前这个出生于60年代的人是可爱的。但他还是不能容忍他把做猪皮和革命联系在一起。然而，他由此联想起有一阵子革命是和种田联系在一起，有时候革命是和时装联系在一起，有时候革命是和买卖联系在一起，有时候革命是和战争联系在一起，有时候革命是和爱情联系在一起；有时候革命是和红色联系在一起，有时候革命是和白色联系在一起……

既然这样，那为什么革命不能和猪皮联系在一起呢？

圣德一时哑口无言。

但是，最后招标的事情还是定了。年轻的厂长热情地邀请圣德一块吃午饭。午饭时，上的汤就是浮皮猪血汤。

当圣德把那些闪闪发光的凝聚了年轻厂长的革命热情的胸章交给那五个娱乐场所的经理时，他们脸上都有一种激动的神情。他们接过胸章，整整齐齐地别在衣服的左边，然后向圣德鞠躬。

他们说："向新生活鞠躬。"

圣德一时也觉得神圣起来。胸章设计成一朵红色的木棉花。把胸章交给他时，厂长严肃地对他说："木棉是广州的市花，而且盛开在5月。红色、5月都是革命的缩写。在广州这片享乐的地方，蓝箭公关学会的木棉花胸章就代表着一种纯洁的生活。”

圣德把这番话也告诉了五个经理。但他在说这些话时，心里却有些矛盾。他们在我这里寻找新生活，他们在我这里吸收思想的营养，那我需要的东西呢？不行，得要他们拿桑拿浴来交换。

于是，他很严肃地提出了桑拿浴的问题，还很含蓄地问起了小费。但那些人很快就听懂了，听明白了圣德需要的是什么。他们异口同声地对圣德说，洗桑拿浴是小事情，小费也是小事情，只要他每个月去给他们的员工上一堂关于酒店管理和市场营销的课就足可以在他的酒店开销洗桑拿浴以及酒店里所有的服务。他甚至可以拿西装来干洗，或者带女朋友来度假，或者在美容院里做一个免费的蒸汽按摩。

当他们在讲蒸汽按摩的时候，圣德顿时感觉到脸上有蒸汽机散发出来的热气。在弥漫的热气中，一双十指纤纤的玉手正在他的脸上匀称有力地移动着。他用力闭了一下眼睛说，关键并不在于免费按摩。五个经理着急地异口同声地说，那么关键是什么？

圣德说：“关键在于让所有人都知道木棉花胸章所代表的意义。”

两个星期后的一个下午，天气闷热得很。圣德在铁皮屋里睡了一会儿觉。醒过来时，突然记挂起那个给他做胸章的厂长，不知他现在在做些什么。他从窗口往下看，街上没有什么行人，倒是院子里那棵夹竹桃开得如火如荼。从顶上看下去，茂盛的夹竹桃几乎看不到绿色的叶子，一树的粉红色的花。看着夹竹桃，圣德突然想起十多年前，那个唱歌的年轻女子穿行在夹竹桃花下的情景。也是她告诉他，那些美丽的花朵是有毒的。而仅仅几年，她身上熊熊燃烧的激情就给现实浇灭了。还有许多人，他们来的时候，脸上都被激情烧得通红，而现在，他们都成了小商人、小官僚。几天前的一个晚上，已经很晚了，他突然接到一个男人从很遥远的地方打来的电话。男人在电话里用嘶哑的声音对他说：“难道我们的理想就这样完了吗？”

那个男人从前是一个诗人，也是深夜参加到“举枪致敬”的行列里的。他回到了四川的某个城市以后，虽然做了生意，但始终闷闷不乐。他打电话给圣德的时候，他已经喝得酩酊大醉，在大街上用身上仅剩的钱放到投币电话的箱里。当圣德疲惫不堪地提醒他要留下一些坐车回去的钱时，他愤怒地打断圣德的话说：“钱？钱是什么？钱是臭狗屎！”

钱是臭狗屎。现在，圣德看着楼下那些如火如荼的夹竹桃花，很想用高音喇叭向所有的人复述那位四川诗人的话。这时，他又想起那个把一个猪皮加工厂变成制作红棉花胸章场所的人。

他决定要去看望他。

圣德在去之前做了一些准备。他觉得不应该两手空空地去看一个人。这是他从小受的家庭教育。

他记起那个年轻厂长是抽烟的，因此他下楼买了一条三五牌香烟。他看看那一树的夹竹桃，想折一枝花送给年轻的具有革命理想的厂长。他犹豫了一下。这时，夹竹桃在他的眼前发出好闻的香气，香气中夹着某种奇怪的暗示。圣德在夹竹桃的暗示中，冥想了一会儿，然后上前踮起脚尖折了一枝开着花的夹竹桃树枝。

就这样，圣德一手拿着三五牌香烟，一手拿着夹竹桃树枝就离开了铁皮屋。

但由于受到了夹竹桃的暗示，圣德走在马路上时显得有些神思恍惚。从他住的地方走到公共汽车站，要经过一个很热闹的商业区。其中有一家大型百货公司，现在百货公司楼下的一个小广场正在进行拍卖。一个瘦瘦的年轻人高高地站在一张桌子上，手里拿着一部移动电话。有十几个人围着，张大着嘴巴，显得半信半疑的样子。

圣德走进观看的人群中。这时，夹竹桃的暗示越来越强烈，但还是模糊不清。圣德努力使自己排除那令人困惑的干扰，眼睛使劲看着台上的人。

台上的年轻人晃动着手中红色移动电话，口齿清晰地对围观的人群说："你们现在看到的是一部德国牌子的在香港制造的室内移动电话。其实讲室内并不准确，这部移动电话的有效使用范围是三百米。也就是说，你要到楼下的士多店买速食面，也可以把这部电话拿在手上。"

这时，人群里有人发出疑问。年轻人马上说："哦，你是怕被盗用？不怕，这种移动电话有密码锁，当你不用时，或不在家里时，可以锁上，别人就打不成了。另外，这只电话上有电话储存的显示器，你可以把你的二奶、三奶的电话储存到电话里，以防搞乱。"

人群里发出很大的笑声。年轻人更得意了，把手中的电话扬了扬，继续说道："你们再看，这部电话还有耳塞。晚上，当你老婆在你身边睡着了的时候，你把耳塞用上，三奶二奶来的电话就不会吵醒你老婆。"

年轻人的声音越来越大了：“你们听着，这部好处多多的移动电话原价是一千五百块钱，今天，因为是来做宣传，我会卖很低的价钱给你们。当我数三下之后，感到有兴趣的朋友把手举起来，谁举得最快，谁就最有机会。现在我数了，一——二——三。”

圣德看到人群中有三只手毫不犹疑地举起来。年轻人指着一个老男人，说：“好，你是举得最快的。今天晚上这只价值一千五百块钱的电话就以一百五十块钱的价格卖给你。你是今晚的幸运儿。另外的两位，你们明天晚上再来，还有更好的东西等着你们。”

夹竹桃的暗示已经变成灰黑色。圣德在一片灰黑色中拨开人群，跳上桌子，和年轻人并肩站在一起。

年轻人非常惊讶地看着他，说：“对不起，奖品已经没有了。”

这时，人群已经散去，并没有人为圣德的举动而激动，重要的是奖品。年轻人也跳了下去，低着头收拾一个大纸箱。

沮丧的圣德也跳下了桌子。他原来是想批判把移动电话和二奶、三奶结合在一起推销，是一种不道德的经商行为，是把正常和非正常混淆在一起的典型的投机行为，是对公众的不负责任的做法。他还想告诉年轻人，做投机生意是一种逃避现实的行为。

圣德走到年轻人身边。在百货公司顶层的白炽灯的照耀下，圣德看到纸箱里放着各色小气球、各种牌子的香水，还有饼干和冒牌的派克圆珠笔。

这时，圣德感到有些孤单。他想起那个加工猪皮工厂的厂长，是否有一天也会加入到站在百货公司门口拍卖的行列中来。甚至于他自己，会不会也有这么一天，放弃了所有的理想，投身到走卒贩夫的行列，像那个四川诗人所说的：“难道我们的理想就这样完了吗？”

在百货公司顶楼的白炽灯的照耀下，圣德企图把当年的理想一一想起来。他第一个理想就是想当少先队大队长。而他眼前这家百货公司的地方就是他从小上学的地方。

圣德记得学校的门前有两棵很大的榕树。夏天，常常有卖冰棒的和卖飞机榄的人蹲在树下等待放学的孩子。现在，他站的地方，应该就是当年卖冰棒的人蹲着的地方。

把学校拆了建百货公司，据说当时激起了一片反对声。反对者主要来自老人和中年人。但妇女和孩子却兴高采烈。妇女们高兴的是在她们所居住的地方，终于有了一间像她们平时经常在电视、电影里看到的装修豪华琳琅满目夏天还有空调的商厦。至于小学，在哪里建还不是一样。至于小孩子，他们是希望所有的学校都变成好玩的百货公司。

但圣德并不是多愁善感的人。他甚至已经忘记了那两棵榕树的形状。忘记了有一首著名的歌曲《榕树下》，忘记了当年在榕树的须根下听一个来自于旧时代的残疾人讲述新社会的幸福；还忘记了每年春天的第五个星期天，他们都要在这里集合，书包里放着煮熟的红鸡蛋，背着装满了凉开水的塑料水壶，嘴里唱着《让我们荡起双桨》的歌曲。

圣德关心的是教育阵地的丧失。一所历史悠久的学校给一座时髦的毫无意义的装满了现代物质文明的大楼不动声色地取代。在圣德看来，这是一种倒退。圣德在进出于百货公司的男女老少喜气洋洋的脸上，看出了某种来自现代化的危机。

在白炽灯的照射之下，圣德有一种想在百货公司门口撒尿的冲动。他不大清楚莫名到底是赞成现代化，还是持反对意见。但他知道，如果莫名此时此刻站在这里，一定会加入到向现代化“举枪致敬”的行列中，就像当年他们向那些心怀叵测的人“举枪致敬”一样。

正当圣德满怀怜悯地望着百货公司进进出出的人的时候，在他面前突然闪现出一个肥胖女人的身影。肥胖女人手里提着一盒喷了新鲜奶油的蛋糕，蛋糕的香气透过巨大的盒子向四周散发。圣德一时就陷在了肥胖女人手里的蛋糕的香气中。

蛋糕的香气妨碍了圣德的思考，并使愤怒的圣德渐渐平静了下来。突然，女人对他惊叫一声，手中的蛋糕跌落在地上。肥胖女人腾出两手，把受了惊吓的圣德紧紧拥抱在怀里。

肥胖女人一边用脸颊亲着圣德，一边用夸张的声音说：“天啊，终于让我看见你了。”

等肥胖女人终于平静下来并松开圣德时，圣德经过了短时间的辨认后，终于认出眼前的肥胖女人就是当年为《爱斯基摩人》杂志四处筹集经费的女人，只不过她现在比从前更胖得惊人。

圣德替她捡起摔在地上的蛋糕，看到给摔得变了形的蛋糕上面，用奶油歪歪扭扭地喷了几个字：“生日快乐”。圣德惋惜地说：“你看，你送给人的蛋糕摔成这样了。”

肥胖女人忧郁地看着蛋糕说：“可不是，这是我给自己买的蛋糕。”

圣德惊讶地看着她说：“今天是你的生日？”

肥胖女人有些无奈地点点头。

圣德顿时在心里对她产生某种怜悯。他想起十多年前，他俩在铁皮屋里通宵达旦地讨论对《资本论》的看法，并由《资本论》谈到各自喜爱的小说。很巧他们都喜欢同一本小说《牛虻》。

在百货公司顶上的白炽灯的照耀下，圣德低声问肥胖女人：

“琼玛重逢亚瑟后认出他，靠的是什么？”

肥胖女人饱经沧桑的脸上现出一丝甜蜜的美丽。她缓声说：“他下意识地用手去撕花瓣的动作。”

圣德补充说：“是神经质地。”

这时，两个人都陷入了对往事的回忆。

肥胖女人说：“那个年代是一个好年代。”

在肥胖女人对往事的遐想之下，圣德突然觉得沮丧。他看着她脚下被摔碎的蛋糕，沮丧地联想到他们当年的激情也是一个被摔碎的浇了奶油花的蛋糕。

眼前这个肥胖女人，她当年的身体充斥着对生活的激情，激情储存在她厚厚的脂肪下并没有减少，相反随着时间和体重的增加越发厚积起来。

这个时候，百货公司突然停电，照耀着他们的白炽灯像流星一样迅速熄灭。圣德和肥胖女人陷在突然而来的黑暗中。

附近有人尖声叫起来：“有人抢东西呀。”

顿时，百货公司门前一片混乱，有七八个人同时挤向圣德。圣德坦然地站在蛋糕旁边。这时，他已经把脚下的这个蛋糕视为逝去的激情的象征。

圣德心情平静地守护在“破碎的激情”的象征旁边，任旁边的人左拥右挤。在这个晚上，他为自己和一代《爱斯基摩人》杂志撰稿人今日的状态，找到了一个准确而又美丽的词组。

当百货公司的白炽灯再次亮起来时，圣德身边的肥胖女人已经不知所终了。

15

保罗把米兰扶起来并送进屋子里的时候，他闻到一股很香的莲藕煮汤的气味。气味从厨房一缕缕传出来，溢满了整个天井。

保罗很喜欢天井这种形式。目前的广州，家里有一口井口长了青苔的天井，在保罗看来是一种奢侈。而莲藕汤在他看来是一种温馨的暗示。把莲藕洗干净再放排骨和蜜枣，一起在砂锅里煮，像保罗这样长期处在流浪状态下的单身汉，闻到那股香味总会发出响在喉结的感叹。

莲藕汤唤醒了保罗的现实感。他在此时此刻确确实实地感觉到自己需要一种稳定的生活，这种稳定包括感情和食宿。若是在从前，有人胆敢把感情和食宿结合在一起，保罗肯定耻于和他同伍。但在莲藕汤的诱惑下，保罗看到感情和食宿紧紧地纠缠在一起，像一条七色彩虹那样呈现在他的面前，光明灿烂，喷发着莲藕的香气。他要和眼前还在沉睡的这个陌生女人一起，手牵手登上那条光明而稳重的彩虹，建立一种温馨而稳定的生活。

保罗马上行动起来。在米兰醒来之前，他首先要去把辫子剪掉。他把松鼠狗安置在厨房里，然后，像一个主人那样熟练地关上大门。临走时，还忘不了看一眼墙上的杜鹃花。

在保罗回来之前，米兰就醒了。她很诧异地闻到周围有一股陌生男人的气味。接着，她听到厨房里有一种奇怪的支支吾吾的动物的声音。她充满怀疑地走进厨房，看到一只漂亮的深黄色的尖耳朵小狗正亲热地看着她。

米兰一生喜爱动物。她上前把松鼠狗抱在怀里，并且错误地认为屋子里的陌生男人气味是松鼠狗散发出来的。

米兰惊喜地认为小狗是上天赐给她的礼物，是对她多年坎坷生活的补偿。在她因为咳嗽昏倒在门口之际，怜悯的上帝特地送给她一条可爱的小狗，以慰藉她多年的孤苦。

她沉浸在小狗的喜悦中，却已经忘掉了在她的门口唱歌的男人。

所以，当保罗回来之后，他和米兰最大的争执就是关于这条松鼠狗。米兰任保罗如何费尽了口舌，但还是坚持认为小狗是上天送给她的礼物，而保罗只不过是一个又脏又臭的男人罢了。

保罗刚刚剪了头发。为了给米兰一个好印象，他还让发廊小姐给他用洗面奶洗了脸。他满怀信心地回来，却没想到为了他的松鼠狗，和这个他认定了将来要一起过美好生活的女人争执起来。这使他感到沮丧。

在这个形势下，注定保罗要在两样东西之间放弃一样：女人和狗。狗是宠物，女人也是宠物，不过是另一种宠物而已。保罗无可奈何地看着米兰，后者正用仇恨的眼光看着他。

保罗叹了一口气，用唱歌的声音对米兰说：“亲爱的，如果要你选择，你会选择哪一样呢？”

然后，他走到天井，坐在阴凉的井口，忧郁地看着井里清凉的水。

井水在晴天下是一种深颜色的黑。天井的左右角，各自种着一棵芭蕉树。肥大的叶子是深绿色的，正是保罗喜爱的深绿。这使他想起黛玲卧室里的窗帘。

在这个时候想起黛玲，更使他忧郁。他想到以往和所有女人的种种事情。他再看看两棵芭蕉树，长得一般高矮，却有一种互不向往的姿态，好像彼此都在说："朋友，你是你，我是我，我们互不干涉。"

这时，米兰抱着松鼠狗走到他面前，以一种如梦初醒的神情看着他，并把狗递给他，说："我记起来了，这是你的狗。刚刚你就是抱着这只狗儿在我的门前唱歌的。你看，它看你的眼神，就是看着主人的眼神。"

保罗和米兰手牵着手把松鼠狗安置好以后，就到米兰铺着缎子床单的床上做爱。他们做爱先是客客气气的、互相探询式的，然后进一步深入，慢慢就热烈起来。当他们的身体交融在一块的时候，两个孤独的灵魂在潜意识里都不肯轻易地松开对方，恐怕一旦松开了就发现是好梦一场。

他们这场轰轰烈烈的做爱，一直延续到天完全黑了下来，直到睡好了觉的松鼠狗跑到他们的床前呜呜叫起来，他们才放开了对方。

而被激情和恐惧折磨了这么长时间的米兰一时放松下来，又马上陷入了昏睡的状态。心满意足的保罗长长地伸了一个懒腰，突然，他想起了厨房里的莲藕汤。于是，在黑暗中亮了灯，吹着口哨，走到厨房里去。

米兰整整睡了两天两夜。开始的时候，保罗并不在意，以为只是一个女人心满意足的表现。但到了第二天，看到米兰还没有醒，他就感到了恐慌。他不想只做了一场爱就失去了眼前这个女人，虽然那场爱做得轰轰烈烈，是他保罗这一生中和所有女人做爱时的激情的总和。他用手摸摸米兰的脸，昏睡中的米兰的脸是潮红和温暖的。他才放心下来。

他打开灯，拿起一本描写爱情的书，坐在米兰身边，一边读书一边等待他的女人醒过来。

到了第三天，米兰还没有醒过来。保罗已经读完三本关于爱情的书了，这是他一生中读的最多的关于爱情的教导。在无数个爱情故事的激励下，保罗做了一个最经典的爱情动作，就是走到米兰的身边，在她的红唇上轻轻吻了一下。

米兰随即醒来，朝他璀璨地笑着，用手搂着他的脖子，在他的耳边轻声说："亲爱的，你和那只小狗一样可爱。"

在她的甜言蜜语的引导下，保罗感到自己身上的汗毛像松鼠狗一样倒立，他极力控制住自己，不然他还会把绛紫色的舌头伸出来，去舔米兰的玉手。

米兰醒过来做的第一件事，就是去井台洗澡。她跟保罗解释道，洗井水能使她神智保持清醒。她劝保罗也这样做，然后，自顾自地唱着歌就去天井了。

这天也是一个晴天。阳光直溜溜地从天井的上空照在天井洗得干干净净的青石板地上，也照在两棵芭蕉树的叶子上。米兰弯着腰从井里打水，然后，脱了衣服，先用清凉的井水擦身子，把身体擦得发红，再把井水淋到身体上。虽然是夏天，但井水还是很凉。米兰大声地歌唱，以抗拒凉水引起的身体的颤抖。

保罗像一个丈夫那样抽着烟坐在凳子上看着米兰洗澡。他看到眼前这个女人，有一副少女的含苞待放的身体：肩膀、乳房、大腿、脚踝。他还看到在她左边的脚踝上有一个小小的月牙形的疤。当井水顺着身体流到疤上，水就会稍微停一下，停得很细微。

在井水的挑逗下，保罗觉得那个月牙形的疤很性感，甚至比她美丽的肩膀更能引起他的冲动。

在过后的一个星期，甚至更长的时间里，保罗都对米兰脚踝上的疤怀有极大的兴趣。他一有机会就要去抚摸它，以致米兰骂他变态。

他们每天都过着一种极有规律的生活。早上8点钟起床，米兰洗了脸后，会长时间坐在镜子面前看自己。等保罗醒过来，她就会去街口买一些像肠粉之类的早点。在早点的口味上，米兰喜欢吃白果粥，再配油条；但保罗却喜欢吃牛腩肠粉。于是，米兰总会每样都买一点。

米兰去买早点的时候，总是穿着一条海蓝色的宽大的裤子，脚下趿着一双木屐。因为怕木屐的声音太响，米兰在木屐的底下钉了一层塑料，这样她走在巷子的青石板地上就可以大大地放心。

那时候，巷子里的人家醒来的还不多。偶尔走过一间青砖大屋，看到木门半开着，一把吊扇在屋顶上有气无力地转着，依稀听到里面的房间传出来的旧式留声机上红线女尖细的声音:“卖荔枝……”；偶尔有个男人穿着条纹睡衣，睡眼惺忪地蹲在自己的家门前，不急不慢地刷牙；巷子里的白兰树开着花，在清晨里香气逼人；卖白兰花的，早早就把白色的花儿铺在自己平常用的洗得干干净净的花手绢上，卖花的妇人，看见米兰来了，总会叫住她，给一朵花，还帮她插在耳朵上。

因此，米兰是喜欢早晨的。

吃完早点，保罗总会带着松鼠狗去遛狗。这时，米兰会嘲笑他有资产阶级情怀。

米兰有好几次督促他给小狗起一个名字：“总要起一个的，彼得或汪汪都好。”最后，他们一起给小狗起了一个名字“天使”，因为保罗说，这小东西是爱情天使。

由于日子过得毫无压力，保罗渐渐忘了自己以前是一个美发师了。只是有一天，他早早醒来，看见米兰坐在镜子前发呆。他走过去，吻了一下她的额头，问她有什么事，米兰低声地说，买早餐的钱已经没有了。

保罗这才猛然觉醒，他们这段时间确实是坐吃山空了。

他赶快安慰米兰，说从今天起他就出去工作，赚钱其实是一件很容易的事情，等等。

16

这天保罗把“天使”放在挎包里，走出了米兰的房子。但他对自己是否真的马上能找到工作并没有多大的信心。他一直是个散漫的人，习惯于靠女人过活。但现在身后有一个女人在等着他，等着他去做某件正经的事情拿钱回去。

保罗并没有感到那种因为责任而激起的勇气。他只是感到疲惫。因为早上没有吃早餐，保罗感到稍稍有点饿了。

他行走着的这条街道有一点儿脏，地上积着深颜色的一口痰，令人作呕。街对面的一家面包店刚出炉的面包散发着香气，保罗走过去，用剩下的一点钱买了一个鸡尾包，几口就咽下去了。

他确实不知道自己这一生除了谈情说爱还能做些什么。他就着早晨的光线看看自己的手掌，这一瞬间，他惊奇地看到自己手掌上的生命线非常短。

这个发现使他感到灰心。他再次感到自己对于所谓的工作真是厌倦透了。他能做什么呢？当洗发水的推销员，还是当一名油嘴滑舌的人寿保险经纪？他一直分不清工作的高低，只是对付出都感到厌倦。他有时很想去当某个大楼的管理员，就是看门口的也行。每天就是辨认一下进出的住户和客人，请他们登记一下，电梯坏了去修理一下。但这不能和米兰讲，他怕她因此而看不起他。

他想到米兰会看不起他就感到恐惧。想到有这么一天，米兰突然用世俗的鄙夷的眼光看着他说：“你只是一个废物，你走吧。”他想，那时他可能会受不了。

保罗当时是站在一根贴满了广告的电线杆下面。在他对未来充满疑虑的时候，电线杆上的广告正亲切地俯视着他。他不由自主地抬起头来，看电线杆上的广告。他开始看的几则广告，都是招聘计算机工作人员，另外有几则是招聘会计。而保罗对计算机和会计都感到很陌生。在他的印象中，计算机和会计都是很枯燥的东西，他这一辈子从来都没有想到过去从事如此枯燥的工作。

在计算机和会计的阴影笼罩之下，保罗有点儿烦躁。他没有想到在电线杆这样充满了随意性甚至有点儿色情的物体上，也泛滥着现代社会的需求。他决定离开这里，但又有点心不甘。他再次看电线杆上的广告，企图能从里面找到适合自己的工作。在一大堆花斑斑的广告纸当中，他注意到一张很小的粉红色的小纸条，好像贴了很久，颜色都已经有些褪了。其实是粉红色首先引起他的注意，他感觉到有一种女性的气息通过粉红色向他逼近。他喜欢这种逼近。

保罗的脸几乎贴近了电线杆，才能看清楚粉红色纸条上的字眼。他一口气就读完纸条上的内容。

这则广告的内容很简单，但有点儿与众不同，因为她是一则征求读书伴侣的广告。从内容上看来，贴出招聘广告的人显然是一个失聪的人，很可能是一个失明者。广告的内容很简单，只是希望应征者能一个星期有三个下午去给她读书。当然，书的内容由她来定。广告上面还写了地址，并希望应征者能去面谈。

一瞬间，这则广告使保罗想起了黛玲。因为他知道，她有过一段时间，请了一个女作家来给她读小说，但不久女作家就不辞而别了。黛玲从此也没有再提这件事情。保罗仔细看广告上面的地址，是华侨新村。保罗估计黛玲不会有这么多的钱来买那里的房子。当然，如果黛玲确实有了这么多钱之后，她还是会干这种事情的。

保罗觉得这件事情比较适合自己去干。当然，他希望是个女主人，这样他读起小说来会有热情一些。

他拿出笔，把上面的地址抄下来，吹着口哨，心满意足地离开了电线杆。

米兰从女性的直觉上洞察到保罗的去向，虽然他并没有对她说过什么。有一点米兰很清楚，她和保罗其实都是对工作极端厌倦的人。工作意味着什么呢？工作意味着你每天都要面对各种各样与你无关的人。你要和他们说话、打招呼，带着亲切的笑容问他们，吃了饭没有？孩子昨天睡好觉了吗？因为工作，你会变得越来越沮丧，越来越没有个性，最后你会喜欢工作，因为除了工作你一无所有。

她情愿每天就和保罗待在一起，待在这间屋子里。每天睡得很晚，又起得很晚，接着，到天井里晒晒太阳，用井水洗洗身子，然后，坐下来一块说说话。这样一天也就过去了。

她知道保罗其实也是喜欢这样。她可以不买衣服，不买任何首饰，只要能这样过下去，她就谢天谢地了。

她不知道保罗会找到一份什么工作。她觉得，他应该去当一名音乐教师。她想象他站在讲台上的样子，肯定会吸引许多女学生的。

她也曾经和保罗一起探讨过关于教师的问题。保罗说，这首先要喜欢孩子。所以说，这是一个有前提的事情。

米兰不知道保罗是否喜欢孩子。她甚至不想去了解他。在米兰目前的生活状态中，保罗是一个浪漫的入侵者。

米兰是躺在床上想保罗的事情的。在她的床头，挂着一条保罗的系着皮带的短裤。在保罗的短裤旁，挂着米兰黛安芬牌子睡衣。这件睡衣已经有好长时间没有穿过了。

在某一个时间，米兰听到在巷子的某一间房子里传来动听的歌声。在歌声的帮助下，米兰开始回顾自己短暂的人生。“我的生命是苍白的。”米兰对自己说。

就在这天早晨，米兰决定行动起来。

保罗并不用花很多时间就找到了那间房子。保罗站在房子的花园的铁栅栏前，闻到一阵玫瑰花的芳香，并在玫瑰花的芳香中听到清晰的钢琴声。

保罗拿出抄下的地址再看了一遍。确实没错，就是这间房子。保罗心想，这可能是广州城最后一间带花园的房子了。不管主人怎么样，每天能在这样的地方待上两个小时，倒也是一件愉快的事。

保罗按响了门铃。

来开门的是一个年轻的女孩子。保罗估计她是一个女佣。然后，女佣带他穿过花园，走上台阶，来到一扇落地玻璃门面前。

在这个短短的过程中，保罗有一种如陷梦中的感觉。他甚至听不到年轻的女佣对他说什么。他觉得周围很安静。在他穿行于玫瑰花的时候，从前和他恋爱过的女人的面孔带着不同的表情，一一在他的眼前出现—— 忧伤的、快乐的、幸福和不幸福的。在寂静中，她们的嘴巴都在翕动着，但他听不到她们向他诉说着什么。这使保罗感到惶然。直到来到落地玻璃门面前，他从前的女人才安然离开。

所以，当玻璃门打开的时候，保罗脸上的表情是茫然的。他茫然于过去与未来当中。

当他清醒过来时，他已经坐在一间光线幽暗的客厅里。

这时，钢琴声已经停止。保罗看见在他对面的钢琴凳上，坐着一个神情高傲、气定神闲、保养得很好但仍看得出上了年纪的女人。并且，她是一个瞎子。

保罗还惊奇地看到，这个女人穿着一件透明的用雪纺做成的黑色衣服，并没有穿内衣。因此，保罗可以看到她两个紫红色的乳头，在黑色的雪纺下面柔软地坚挺着。对于她这个年纪，她的乳房应该说是相当漂亮的。

有一段时间，保罗都为她失明而难过。因为透过她的雪纺衣服，保罗可以看到她匀称而修长的身体和象牙色的皮肤。在她年轻的时候，她肯定是女人中的极品。

在保罗为她难过的时候，女人突然轻声笑了起来。她对保罗说："你是在看我的身体吧。"

保罗有点羞涩地说："是的。"

女人轻声地说："我爱听你现在说话的声音。"突然，她脸上现出一种茫然的神色，对保罗说："你过来，来我这儿。"

她向前伸出双手，有些无望但又坚定地摸索着。保罗站起来向她走了过去。她一把抓住保罗的衣角，把保罗拉近自己，然后，开始抚摸保罗的身体。

她的抚摸开始是试探性的、温柔的，但很快就变得愈来愈粗鲁、愈来愈急切。当她喘息着抚摸保罗的屁股时，保罗甩开了她的手。

女人的喘息声骤然停止。保罗退回原位，坐下，点起一支香烟。

女人贪婪地用力吸了一口保罗喷出来的烟，长长地叹了一口气。转过身子，熟练地打开钢琴盖，茫然地弹起一曲歌曲来。

保罗这时觉得很茫然。他很想马上离开。他觉得这间美丽的屋子有一股忧伤的味道。他悄悄地站起来，试图在钢琴声中退出这间房子。当他轻手轻脚走过女人的背后时，钢琴声骤然停下，女人一下子转过身体面对着他。

保罗吓了一跳。因为距离很近，他清楚地看见女人脸上的泪水，泪水挂在她的眼角的一颗黑色的痣上。

保罗怜悯地看着这颗覆盖着泪水的痣。他想去亲吻一下它。在他怜悯的眼光中，那颗悲伤的痣变成了一个巨大的紫色的浴缸，裸体的黛玲正躺在浴缸里唱歌。这个幻觉抑制了保罗上前亲吻的冲动，并且使他怯懦起来。

他怯懦地伸出手，带着小心轻轻地碰了一下那颗眼泪。眼泪像珍珠一样在手指上滚动，他还能感觉到珍珠一样的光滑。

保罗感到非常奇怪。他不断用手去滚动那颗泪水，它从眼角滚到眼睑，又从眼睑滚到眼角。他玩弄着这颗悲伤的珍珠，心里有一种非常快活的感觉。

他手指的速度从慢到快，又从快到慢。在他的手指的滚动下，女人发出了快乐的呻吟，并且随着他滚动的速度变换着呻吟的声音。

受到她的美妙的呻吟的诱惑，慢慢地，保罗有一种和她做爱的感觉。他渐渐亢奋起来，上前把女人抱在怀中。

他感觉到怀中的女人的身体隔着黑色的雪纺衣服，向他散发着像十五岁的少女那样的气息，清新而甜蜜。在这种气息里，他无法把怀里的女人和刚刚那个喘息着抚摸他的屁股的女人联系起来。那颗眼泪早已被他的手指压碎，成了一层亮晶晶的薄膜，均匀地涂在女人凹下去的眼睛周围，在那失去光明的部位上闪闪发光。

他再次感到了来自女人的身体布下的陷阱，并且再一次奋不顾身地跳进去。

后来，他们一起坐在沙发上。相互迸发出来的激情使保罗有些感激她。刚刚的做爱是有质量的，保罗体会到了其中的珍贵。

他伸出手去搂她的肩膀。她的肩膀是浑圆的，手臂上的肉有一些松弛。这使他想起米兰来。因为米兰肩膀的部位是那样匀称。

一想起米兰，保罗才想起今天来这里的目的。

他问女人："我要现在读小说给你听吗？"

女人把头抵着他的肩膀，他闻到一股染发剂的香味。

女人摇摇头说："帮我写广告的人弄错了，我并不是要听小说，而是听一本传记。"

保罗好奇地问："是什么传记？"

女人平静地说："《格瓦拉传》。"

保罗惊奇地吹了一声口哨："你爱这个死在丛林里的人？"

女人对他这样轻佻的口气感到不满意，挣脱开他的手臂，严肃地问他："我想听听你对他的评价。"

保罗无奈地说："他好像是所有有知识的女人的偶像。"

女人平静地说："但是，她们只是把他作为一个明星那样来崇拜，而我却把他当作生活中的光芒。”

这时，年轻的佣人推开客厅的门进来，对女人说：“又有一个看了广告来的。”

女人挥挥手，说：“你让他走吧。我今天不想再见人了。”

这时，门外的花丛里传来一阵朗朗的读书声，来人读的是美国华裔女作家谭恩美的小说《喜福会》开头的一段：

> 我父亲让我坐在喜福会里的第四个位置上，我将要替代我母亲。自两个月前她去世到现在，麻将桌旁她的位置一直空着。父亲以为妈心里有种怪念头，是被这种怪念头折磨死的。

女盲人皱着眉头听着，然后说：“谭恩美？我不喜欢她。她的小说温吞吞的。你让她走。”

门外的女人还在继续读着：

> 医生说她死于脑动脉瘤。喜福会的朋友们说她死得太快：撇下身后的事，一撒手就去了。本来下一次喜福会的聚会该由我母亲做东。

女盲人叹了一口气，对保罗说：“你说喜福会这种东西，是不是女人的宿命？”

保罗顾不上回答她。他已经听出在门外读小说的女人是米兰。他站起身，拨开百叶窗的窗叶，果然看见米兰安然地坐在玫瑰丛中，捧着小说全神贯注地读着。

保罗有些儿着急。他没想到米兰也看见了那则广告。他在窗后面对米兰做着手势，意思是让她走。但米兰却没有抬起头，还在全神贯注地读着。看样子，她是迷上这部小说了。与其说她是在为别人读，不如说她是在为自己读。

米兰的声音越来越高昂，越来越富于感情。在她的读书声中，女盲人烦躁地在客厅里走来走去，大声地说："让她赶快走。"

佣人走到她跟前，低声地对她说："她不愿意走，她说她要见你。"

女盲人怒气冲冲地说："我不要见她。我不要见女人。你把我这句话告诉她。"

女佣人转身走出院子。保罗看见她和米兰说了几句话，米兰就站起来，失望地看看这边，转身就走了。

读书声戛然而止，屋子里马上安静了很多。保罗有些为米兰担忧。看来她是下了决心出来找工作了。

至于《格瓦拉传》，保罗在很小的时候，在别人家里的书橱里见过。当时，那本书封皮已经掉了，保罗还是从朋友嘴里知道这本书的书名。现在，他有点想知道他们迷恋格瓦拉什么。

他就这个问题向女盲人发问。

女盲人不假思索地说："浪漫和激情。"

保罗说："他如何浪漫？"

女盲人说："不论他在哪里过夜，他的床头永远有一本《牛虻》，他最喜欢的诗歌，就是亚瑟喜欢的那首，'不论我死去或者活着，我都是一只快乐的大牛虻。'"

这时，已经快到中午了。保罗隐隐感到了肚子饿。他对格瓦拉并没有像女盲人那样狂热。在保罗这一类人看来，英雄是上帝的选民。

他的肚子因为饥饿而咕咕响了起来，而且声音很大。他感到很惭愧，害怕女盲人会听到。但女盲人还在兴致勃勃地讲着格瓦拉的种种传闻。因为激动，她的脸涨得通红，在保罗看来比刚刚她在高潮时的脸色还要红润。

保罗充满了妒忌地想，她应该和《格瓦拉传》做爱。

来自饥饿的声音越来越响。声音传进了女盲人的耳朵里。她终于停住说话，利索地站起来，走到客厅的黑色组合柜前，拉开一扇玻璃门，从里面拿出一只纯铜的摇铃，拿在手上，声音响亮地摇着。

首先响应铜铃呼唤的是一只长毛狗。它一走近客厅，就走到女主人跟前，用舌头舔她的手。女盲人被它舔得笑了起来，翻过手去摸它的头。突然，它发现了保罗，马上兴奋地跑过来，抱住保罗的腿，快乐地蹭了起来。

女盲人肯定知道了她的狗的爱好，并且听到了狗的快乐的声音。于是，她兴奋地对保罗说："爱我的男人，都要爱我的狗。"

这时，保罗已经饿得发慌。他充满敌意地看着正抱着他的腿的快乐的母狗，猛一踢脚，把发情的母狗踢到门边。狗马上哼哼起来。

女盲人警觉地向这边回头，叫着她的狗的名字："丽达，丽达。"

狗重新跑到她的脚下。

这时，女佣人进来报告说："饭菜已经准备好了，今天在哪里吃？"

女盲人说："在餐厅吃吧。"

然后，她回过头看着保罗说："虽然你对我的狗不好，但我还是会请你吃饭的。”然后，牵着狗站起身来。

保罗这时才注意到其实这条狗是一条盲人狗。

女盲人不仅招待保罗吃了一顿丰盛的午饭，还让他在客房睡了一个安静的午觉。从这点上来说，保罗觉得起码今天自己要比米兰走运。

当他下午时分醒来，眼神发虚地看着窗户上被风吹得有些卷起来的绿格子窗帘，一种惆怅的感觉慢慢从心中爬向他的全身。他被这种感觉弄得很烦躁。在空虚、惆怅和烦躁的袭击下，保罗渴望此时此刻有一只神来之手来帮助他结束自己毫无意义的生命。他看到书桌上放着一只很大的花瓶，里面插着早晨才从花园里剪来的玫瑰花。他甚至想用这只花瓶来敲碎自己的脑袋。这时，他突然很渴望爱情。

在渴望中，他希望女盲人能够在这时走进来。穿着那件能看得见乳头的黑色雪纺衣服。然后，他会用自己的身体对她朗诵美妙的《格瓦拉传》。

这时，他朦朦胧胧地听到来自客厅的声音。他敏锐地感觉到可能又是一个应征者。他从床上坐起来。客厅里说话的声音突然静了下来，一会儿便有钢琴声响起，弹的是一支热情的曲子。

保罗直接感觉到弹琴者的力量，然后，他就听到了女盲人快乐得喘不过气来的夸奖声。

在热情的钢琴声和女盲人的尖叫声中，保罗渐渐感到了兴奋。刚才的沮丧和忧郁一扫而光。他打开窗帘，看到窗外的阳光明媚。他正想一跃而起从窗口跳出时，听到了来自花园的朗读声。来人读的是《呼啸山庄》的结尾：

我在靠近旷野的斜坡上找到那三块墓碑，不久就发现了：中间的一个是灰色的，一半埋在草里；埃德加·林惇的墓刚刚和爬上碑脚的草苔颜色调和，希刺克厉夫的却还是光秃秃的。

我在那温和的天空下面，在这三块墓碑前流连！望看飞蛾在石楠丛和兰铃花中扑飞，听着柔风在草间飘动，我纳闷有谁能想象得出在那平静的土地下面的长眠者竟会有如此不平静的睡眠。

……

在保罗休息的客房里，并不能看到客厅面对着的花园。听读书人的声音，似乎是一个很年轻的男孩子的声音。但是，一个看日本卡通片长大的现代少年，怎么会去看如此经典的《呼啸山庄》呢？保罗想到这一点感到十分有趣。他决定先不离开，把这场戏看完再走。

他用力咳嗽了一下，然后大大方方地走出客厅。在百叶窗幽暗的光线引导下，他看见女盲人正坐在钢琴前面的一个男人的腿上，还是穿着那件透明的黑色雪纺衣服。

女盲人听到了保罗的脚步声，从男人身上跳了下来，对保罗说："亲爱的，你听到了《呼啸山庄》了吗？这可是我少女时代为之动容的小说啊。"

在这一瞬间，保罗突然感到了一阵前所未有的厌倦。他对女盲人说了一句"请你把这件衣服换了再到花园里去"，就转身冲进客房，掀开窗帘跳出窗外。

保罗走在街上，耳旁回响着那支热情的曲子。他从未听过这支曲子，有可能是弹奏者即兴演奏的。这支曲子应该叫《生活是美妙的》。

某个时候，钢琴曲和《呼啸山庄》的结尾奇怪地混杂在一起，激昂的钢琴声和少年朗朗的读书声像冬天里的蛇紧紧交缠在一起，女盲人黑色雪纺衣服下的粉红色乳头，在紧紧交缠的声音中，桃花般地绽放。

保罗在马路上想到这个场面。受到这个场面的激励，他在下班时间的滚滚车流中横冲直撞，一共有五辆车子因为躲闪不及而撞在一起。

当时，就有几个司机气势汹汹地冲下车，要找保罗算账。保罗很有礼貌地逐一对他们说："生活是美妙的。"

他说"生活是美妙的"的时候，巴不得手中拿着一把玫瑰花，有红的、黄的、白的，一边说一边把玫瑰花送给他们，以消解他们因为交通事故而引起的怒气。

因为保罗沉湎于诚意的幻想，他这时就像一只满意的小熊那样咧嘴而笑。他单薄的身体也因为诚意膨胀得像一块吸了水的海绵。所有怒气冲冲的人见到他这副面容也把怒意消减到最低程度。他们跟着他说："生活是美妙的。"

保罗越发高兴，鼓励他们："对，生活是美妙的，美妙的生活就在你们身边。"

在保罗的鼓励下，司机们和保罗手牵着手在马路上跳起了热情的桑巴舞，其中一个司机还从他所开的宝马小轿车里拿出一支铜管，按着桑巴舞的节奏吹奏起来。这个司机穿着一条宽大的印着斑马的沙滩裤，身上还沾着某个沙滩上的浪漫的沙子。当他把身体摇到保罗身边时，保罗闻到一股腐烂的死人的味道。然后，保罗看到一张毫无表情的惨白的脸。

这使保罗的兴致大败。

保罗趁着快乐的人群愈围愈多的时候仓皇逃走了。离开很远，他还听到人们整齐地喊着：“生活是美妙的。”

这时，黄昏已经降临。一只旧时代的乌鸦孤零零地站在保罗面前的一根残旧的电线杆上。保罗想起他这一天的遭遇，突然感到了厌倦，垂下头，缩起身体，在乌鸦和电线杆下面鼾声大作起来。

17

米兰并不是把十年前的激情都忘记了。在她的记忆里，十年前寻找真理的过程已经成为一湾静止的湖泊。她每次回到那里，心境都十分平和。她常常感到奇怪，为什么那段如此喧闹的日子，到现在却变得如此平静。

她常常会做梦回到铁皮屋。总是一个细雨蒙蒙的日子。夹竹桃灿烂地开放着，在空气中散发着有毒的香气，在有毒的香气中，铁皮屋锈迹斑驳的门半开着，透出一丝灯光。灯下的书桌上有一本被翻得半新半旧的小册子《哲学信息》。在梦中，她也会见到圣德，但每次在梦中见到圣德，圣德都是没有身体的，只剩下头在半空中悬浮着，嘴角挂着一丝捉摸不定的神情。

但米兰并没有感到害怕。她很想走到圣德身边，告诉他他的身体消失了。但她和他之间总有障碍，妨碍她走上前去帮助圣德寻找他的身体。有一次在梦中她和圣德对话，圣德以他一贯的姿态告诉她，身体是不重要的。

当梦境消失以后，米兰很清晰地记住了这句话。

身体是不重要的。每当米兰想起这句话，她都要去看看自己的身体。它真的不重要吗？当它是光滑的或者是粗糙的，当它是有曲线的或是没有曲线的，当它是粉红色的或是苍白的，这都不重要吗？米兰有时觉得是圣德对自己丑陋身体的忽视或是一种借口。

广州的夏天愈来愈热了。米兰比较喜欢春天。当下着雨的时候，那些古老的巷子，才会变得有生气。

这天下着雨。在米兰睡的房间里，清晰地听见天井里传来滴滴答答的雨声。

保罗已经有几天没有回来了。米兰估计他是找工作不顺利以至情绪沮丧。米兰自己那天去应征当读书人失败以后，也沮丧过一阵子。她有些怀疑自己是否不应该读那本《喜福会》。她当时看了电线杆上的广告后，就猜测主人应该是一个寂寞的单身女人，而且是上了年纪的。这样，米兰就估计她会喜欢《喜福会》这本书，但没想到会错了。她当时模模糊糊地听到房子里面一个女人在说她不喜欢这本小说，因为它是“温吞吞”的。

按照米兰的理解，“温吞吞”是没有激情的意思。这么说，她应该拿《牛虻》或《钢铁是怎样炼成的》或者《卓娅和舒拉的故事》这类小说去应征。但米兰总觉得在目前的生活状态中，是没有人再会看这类小说的；或许她应该拿琼瑶的小说去读，因为听说那些寂寞的有钱女人都喜欢看这类小说。但米兰估计自己读小说不超过三页就要打瞌睡。

现在，米兰想起那天的经历，只是记起自己是坐在一丛黄色的玫瑰花中。回到广州后，她已经很久没有见到这么美丽的花丛了。她突然回忆起玫瑰花是她从前的最爱，回忆起她第一次到铁皮屋唱《夏日里最后一朵玫瑰》时的慌乱和激情，回忆起那时候的年轻。

在回忆的笼罩下，米兰都快要流出眼泪。幸而她及时想到工作问题，才不至于陷在伤感中不能自拔。

她再次考虑工作的问题。她突然想起从前那些围绕在《爱斯基摩人》杂志周围的人，在这个年代里都在干些什么呢？他们肯定都分散在这个城市里，这个城市上空的每一粒灰尘都浮动着他们从各个角落散发出来的气息和零乱的思想。

由于保罗突然离去，米兰开始对自己的处境感到厌倦。她起码要和什么人发生些什么关系才是正常的。她想，哪怕去一个小饭馆做侍应。

在米兰陷于对工作的忧虑的时候，有一张雪白的纸片趁着黑夜飞进了米兰的房间，并很准确地落在她的脸上。米兰拧亮台灯，看到纸片原来是一张调查问卷。上面有几个问题：

1. 你结了婚吗？你第一次结婚是在什么年龄？

2. 你对你的性生活满意吗？你是不是每次性生活都有高潮？

3. 你是否对你的性伴侣提出性高潮的问题？

4. 你听说过性病吗？

5. 你认识艾滋病吗？

6. 你赞成母乳喂养孩子吗？

7. 你在公共汽车上遭遇过性骚扰吗？你对性骚扰持什么态度？痛恨，还是无所谓？

问卷下面写着一行小字，请填了问卷的妇女将问卷按时放到一间新开的百货大厦前面的黄色邮筒里。

在问卷规定的那天，米兰很早就来到了这家新开张的百货大楼面前。而且她在很远的地方就看到了那只颜色鲜艳的黄色邮筒。

百货大楼正为庆祝开张进行着婚纱表演，高音喇叭放着结婚进行曲。有许多人在围观，围得密密麻麻的。当然，其中有许多是妇女。

米兰很想发现有谁手里拿着这张白纸片，或者有谁会走向黄色邮筒。米兰突然很渴望认识其中的一个。想了解她的生活，想知道她怎么填这张问卷的。如卷上所问的，她对自己的性生活满意吗？她每次性生活都有高潮吗？她在公共汽车上遇到过性骚扰吗？

米兰就多次在公共汽车上遭遇过性骚扰。印象最深的一次是她在二十岁的时候。那时，她还在工厂里，是个休息日，到了下午，她准备去看一个朋友。那天的公共汽车里人不多，但坐的位子已经没有了。米兰从中门上车的时候，就看到前门那儿站着一个高大漂亮的男子，外省人模样，向她看了一眼。米兰也向他看了一眼，然后，就侧着身子靠在扶手上想事情。车开过了两站，当车快停下来的时候，那个男子快步从前门处走过来，走过米兰身边的时候，飞快地在她的脖子上吻了一下。还没等米兰反应过来，他已经下车了。

绝大部分女人在公共汽车上遇到的性骚扰，都是在车挤人多的时候，男人把自己的下部贴在女人的屁股上。这会使女人感到受辱和恶心。但那个男人光天化日在自己的脖子上吻了一下，这就使米兰感到有点儿哭笑不得，而且也愤怒不起来。比起那些来自下部的猥琐的骚扰，这个男人的骚扰是带有某种激情、某种狂妄、某种孩童般的天真和胡闹。

因为有这个经历，米兰就很想知道其他女人的经历。

米兰等了一会儿。《婚礼进行曲》越奏越响，把所有经过这条马路的人都吸引过来了。人愈围愈多。米兰感到有点困惑。这个组织者为什么把交卷的地点，定在这种令人感到可笑的地方呢？这时，米兰看到围观的人群中走出一个妇人，穿着一条黑色麻质宽脚裤，无袖的米黄色上衣露出她浑圆的肩膀。她神情机警地从人群中走出，四下看了一下，像一个旧时代的地下工作者那样把一张纸条放进了黄色邮筒。

虽然隔了许多年，但米兰还是一眼就认出了这个妇人就是黛玲。米兰远远地看着她，惊讶地甚至妒忌地看到她还是像当年那样美貌。她光洁的额头闪着一层象牙色的光芒，浓密的黑发还像当年一样梳成一条辫子甩在脑后，只不过好像比从前短了。甚至她身体的动作还是显得那么生气勃勃。

米兰看着黛玲，想起她额头上不可思议的激情迸发的紫色唇印，想起第一次见面，黛玲居高临下地伸出手来，说：“听说你写诗？”

在黛玲的牵引下，往事突然非常清晰地一幕幕游动在米兰的面前。在广州灰尘满天的马路上，她记起了那个来自北方的诗人，记起了他一皮箱的诗歌只发出了五首。

当她还在为诗人伤感的时候，黛玲已经转过身离开邮筒。米兰看着她摇晃着身体穿过马路，就马上跟了上去。在经过邮筒的时候，她没忘记把填好的问卷放进邮筒里。

米兰跟着黛玲走进了一条小巷。在跟踪黛玲的时候，米兰不断回忆关于《爱斯基摩人》杂志的种种趣事。在回忆中，她顿时和走在前面的黛玲产生了一种亲密的感觉。有几次，她都想快步走上前去拍拍黛玲的肩膀，但她还是没有这样做。黛玲在前面不紧不慢地走着，有时往两边看一看。最后，米兰看着黛玲走进了小巷的一间装着落地玻璃门的美容院。

在黛玲走进自动玻璃门的一瞬间，米兰看见黛玲的身后有一道灰色的光芒。玻璃门一关上，这道光芒也就消失了。

米兰被这道神秘的光芒弄得有些心神不定。她走到美容院门前，看到里面有好几个穿着黑衣服的年轻男子在替客人做头发，但却不见了黛玲。米兰有些茫然。她走近玻璃门，并从打开的玻璃门走了进去。

米兰有足够的时间来打量她旧日的伙伴开的这间美容院。在这之前，米兰从来没有进过美容院。她的一头长发一直长到腰间，长了就自己剪。一个年轻的美容师过来问她是不是要剪头发，米兰摇了摇头，他就走开了。

米兰坐在旁边一张凳子上。旁边一个秃顶男人正在专心地看一本美容杂志。这时，米兰闻到美容院里有一种奇异的香味。这种香味似乎是来自于穿着黑衣服的年轻美容师的身上。

在很长一段时间里，五个正在工作的年轻美容师，没有抬过头看过米兰一眼，好像米兰像个隐形人那样。美容院里冷气开得很足。在寂静和凉爽中，米兰突然无法控制地陷入了对往事的回忆当中：

她正在工厂的一间肮脏的集体宿舍里睡觉，她那时正患了嗜睡症；她那时还有一个毛病，就是一听到早晨的音乐就会潸然泪下；

她摇摇晃晃地走进铁皮屋，用六十岁妇人的忧郁唱起了《夏日里最后一朵玫瑰》，圣德对她说，《爱斯基摩人》不需要歌曲和宋词；

还有黛玲，她伸出手，对她说："听说你写诗？"那时，黛玲穿着一件黑色的无袖上衣；

米兰因为在黛玲的美容院里陷入了对往事的回忆而引发了早年的嗜睡症。至于她睡了多长时间，保罗又是怎样找到这里；在她嗜睡的时间里，黛玲和保罗发生了多么厉害的争吵，还有黛玲如何善待她，她暂时都无从知道。

黛玲从二楼的楼梯走下来，一眼就看到了脸上带着幸福的笑容睡在她的沙发上的长发及腰的米兰。虽然隔了这么多年，但黛玲还是一眼就认出了她。

这天早上黛玲心情很好。她一早就起了床，听了两首情歌大王胡里奥的爱情歌曲，吃了两个煮鸡蛋和两块涂了花生酱的面包，看了两页一本最新流行的爱情小说，填了那张关于女性的问卷，挑了一条麻质宽脚黑裤子，然后就上街了。

在填关于性骚扰的问题的时候，黛玲稍微考虑了一下。她对性骚扰看得并没有那么严重。当然，如果是令人恶心的又另当别论。

她填完了问卷之后，一会儿就把问卷忘记了，因为问卷给她放在一只刻了郁金香花纹的烟灰缸下面。而这只烟灰缸又是很大的，差点就把问卷遮住。

直到她把一支抽了一半的香烟按熄在烟灰缸里，她才重新看到了问卷。她抽出问卷，又看了一遍。其实在问卷里，她只填了一项，就是关于性生活是否满意的问题。她填的是"不"。

在保罗离开她以后，黛玲的性生活有些混乱。她新交的一个男人始终不肯使用安全套，这成了每次他们交欢前争吵的一个主要内容。

即使是在这个美好的早上，刚刚听胡里奥的歌曲，黛玲想到这个问题还是感到心烦。

她在问卷上重重写了个“不”字。

在认识米兰的那些年间，在一次和圣德、莫名在小酒馆喝酒的时候，黛玲已经听圣德说起米兰的令人担心的嗜睡症。当时，莫名对嗜睡症大加赞扬，指出在这个混乱的年代里只有嗜睡是逃避的唯一出路。黛玲还清楚地记起那天晚上自己心情不好，因为她发现莫名跟别的女人相好的蛛丝马迹。她莫名其妙地躁动起来，说莫名除了胡说八道就一无所长，当然，还有勾引良家妇女。她当时还激动地推莫名的肩膀。

她当时并没有把注意力放在米兰身上。在那个激情的年代，像米兰这样走出家门寻找真理的女孩子真是太多了。某个晚上，莫名指着铁皮屋的灯光，说：“你看，这不是当年延安窑洞的灯光吗？”

当时，在场的人都为莫名这句话捧腹大笑。

现在，黛玲想起这句话还是暗暗发笑。不过，再怎么说，米兰也是这群寻找真理的人之中的佼佼者，因为她居然和圣德同居。

在黛玲看来，要爱上圣德是一件很困难的事。她每次听圣德关于人生的长篇大论，都显得十分不耐烦。而且，她害怕看到男人的衰老。她自始自终都爱比她年轻的男人。

在走下楼梯的时候，黛玲满意地看到五个穿黑衣服的发型师并没有因为沙发上躺着一个长发及腰的女人而停止工作。这说明了他们对女人的好奇心已经在她的身上大大地满足了。

五个发型师都是黛玲的崇拜者。他们对黛玲的青春永驻怀有一种极大的好奇和崇拜。但这种崇拜压抑了他们对黛玲的性追求。他们每天生活在黛玲身上散发出来的暗香之中，从而得到了满足。

对于来美容店的其他女人，那些渴望在他们的手下得到温存的女人，他们只是一具具面容姣好的机器人。

黛玲在她的美容生意得到迅速发展以后，就慢慢建立起了自己的美容王国。有一段时间，黛玲连续看了好几本关于企业管理的书籍，还去上了有关企业管理的短期班。在那期短期班里，黛玲学的是《企业人的礼仪》。

黛玲花了一个星期的时间听台上一个中年男人讲“何时说请”“懂得如何表示歉意”“懂得如何表示谢意”“赞美的最佳方式”等问题。在听课的时候，黛玲脑子里总是想起莫名平时爱用的一些骂人的话。

事隔多年，莫名在黛玲身上激起的热情早已经消减了，但在上《企业人的礼仪》的课时，黛玲却一再想起他。她在课堂上无止境地想起和他做爱的丝丝扣扣，想到他十年前是如何抚摸自己的乳房，想到他那双灵活的手像弹钢琴一样弹遍她的身体。当时，黛玲为了表示自己的认真，选择了第一排来坐。现在，她满脸潮红地回想往事，目光暧昧，眼睛看着讲课的中年男人，却不知他在讲些什么。

课程结束后，黛玲也想给她公司属下的三家分店的员工讲讲关于《企业人的礼仪》。但她已经不想找给她上课的中年男人。他看了她当时那副脸色潮红的样子会想到什么鬼才知道。

按照黛玲今时今日的实力和名气，搞好一个讲座是很容易的事情。黛玲在下楼梯的时候，脑子里考虑的就是这件事情。

在看到米兰的时候，她听到玻璃门外曾经响过一阵短暂的风铃声。这一串挂在门口的风铃，是一个曾经到纳西族人住的地方旅游的一个顾客送给她的。黛玲并不是一个喜欢小玩意的女人，她接受了这串风铃之后不知要把它摆在什么地方。当她准备摆在门口的时候，曾经有人劝告她不要这样做。因为摆在门口的风铃会招惹是非或邪气。但她不相信这种迷信的说法。

黛玲因为自己的青春永驻而对所有的迷信嗤之以鼻。她昨天下午就指手画脚地让人把风铃挂在门口，还站在门外欣赏了一番。而今天，米兰就出现了。

这样，米兰在黛玲的美容店的出现就罩上了阴影。当黛玲听到那一阵美妙无比的风铃声的时候，她的脚步甚至踉跄了一下。这是在场的所有人都看见的，包括那五个穿黑衣的发型师在内。

在黛玲脚步踉跄的那一瞬间，五个发型师的眼里同时闪现出一丝危险的光芒。这时候，屋外阳光灿烂，一丝风也没有。风铃无缘无故地响过了一阵以后，就归于平静。黛玲拉起黑色的麻质裤子，心跳有些急促。她在楼梯上站稳脚跟，定神看着沉睡的米兰，内心浮过一种不祥的预兆。

后来黛玲是这样把沉睡的米兰介绍给五个发型师和正在做头发的顾客的。黛玲轻轻地坐在米兰的身边，把米兰的一缕黑发缠在自己的无名指上，充满深情地说：“这是我当年的同志。”

并没有人对黛玲提出质问：这位陌生女人当年到底是黛玲哪部分生活的同志？是激情生活的同志，还是爱情生活的同志？而黛玲的激情生活和爱情生活是不是同一种生活？

在黛玲的暗示下，一个头发正在焗油的女顾客把头伸出了深蓝色的发罩，带着满头的热气和发油的香气，走到米兰面前，俯下身子看了米兰一眼，像唱歌一般说："啊，她像一只蟑螂一样睡着了。"

其实黛玲在放下问卷往回走的时候，就感觉到后面有人在跟踪她了。但她已经习惯被别人跟踪。她今天填了这张问卷并放在邮筒里，其实就是想向所有她的女崇拜者暗示，让她们都像她这样做。让她们通过这个机会正视一下自己的真实生活。黛玲平时很少和她的顾客交谈。因为她只要和她们交谈，她们就痛哭流涕，说脸上的黄褐斑毁坏了她们的生活。她们痛恨黄褐斑，痛恨眼角的皱纹，痛恨平坦的乳房，痛恨松弛的皮肤。她们认为只要长得像梦露那样性感，她们的生活就充满了阳光。至于黛玲对她们说即使是梦露也逃脱不了男人布下的陷阱，她们是充耳不闻的。

她们都渴望能享受黛玲亲手给她们做的脸部按摩。因为她们深信黛玲的身上肯定具有某种神秘的力量。

按照美容院的规定，凡是买月卡的顾客每月都可以得到一次黛玲亲手做的面部按摩。但只限于购买月卡的人。于是，即使黛玲这里的美容月卡要比别的美容院贵上好几倍，还是供不应求。黛玲只好在总店和三家分店的门口张贴"月卡已满"的告示。

那个说米兰像只蟑螂一样睡着了的女人，是最早购买月卡的，是黛玲的老主顾，还是黛玲的朋友。她是一间中式快餐连锁店的老板。按照保罗的话来说，连身上的汗都有铜臭味。

当保罗和黛玲关系密切的时候，她就曾对黛玲说过，想与黛玲共同享有保罗。她说这句话的时候，黛玲正在给她的眼睛做眼部护理。黛玲的手抖了一抖，甚至有这么一个闪念：是不是要把她的眼睛挖出来，或者只留下一只，让她以后看男人看清楚一点。

但当保罗离开她后，黛玲就感到还是女人比男人忠实。于是，她们的关系又恢复正常。

因为她说的这句话，黛玲扑哧一声笑了出来，缠着米兰头发的手指也抖了一抖。她害怕扯痛了米兰，赶快去看一下米兰，却看见米兰还在沉睡着。

她叹了口气说："她才不是一只蟑螂呢。"

这个中式快餐店的女老板今天到黛玲这儿来除了做美容之外，还有一件事情，就是想劝黛玲入股到她的连锁店里。她有一个美妙的想法，如果黛玲成为她连锁店的股东，那么黛玲的成千上万的崇拜者也就会成为她的快餐店的顾客，而这成千上万的顾客各自带着她们的朋友或子女来吃番茄牛肉饭，那真是件太美妙的事情。

在女老板看来，金钱是世界上最好的一样东西，比男人和时装都要好。因此她对当初因为调戏保罗的话而得罪了黛玲，她真是后悔不已。

她很想和黛玲赶快谈这件事。她刚刚已经约好了黛玲去一家新开的清平鸡饭店吃饭，敲定这件事情。她对黛玲有点儿把握。因为在这件事情里，黛玲不用出一分钱，只是利用她的影响力就能赚到大把大把的钱。她现在想起那家清平鸡饭店，心想不知会不会有点儿贵。平时，她和别人谈生意都是去茶餐厅的。

她看见黛玲还稳稳地坐在米兰旁边就有点儿着急。她让工人把她头上的油洗掉，一边吹着头发一边对黛玲说："中午一起吃饭，我有点事想和你谈。"

黛玲看着沉睡不醒的米兰心神有些不定，皱着眉头说："今天我不想去了，改天吧。"她一边说一边站起身子，吩咐下人把米兰抬进自己的房间。

抬起米兰的两个发型师后来回忆起来，说沉睡的米兰的身体轻如一片叶子，他们托她在手上是毫不费力的。但当时他们并没有说出来。因为他们想趁这个机会看一看黛玲的房间。

黛玲平时决不容许别人进她的房间。这使得她的房间显得十分神秘。关于她的房间有着各种各样的传说。有人说她的房间里养着一只绿色鹦鹉，这只绿色鹦鹉每天准时在床头叫醒她；也有人说黛玲的枕头塞着各种各样散发着香气的中草药，黛玲就是靠每天睡在这只枕头上才会青春常驻；也有人说在她的梳妆台上放满了各种各样的香水瓶，黛玲每天回到家里，就会把所有的瓶子打开，让香气时时熏着自己，她身上才会隐隐散发着一种奇香；也有人说黛玲的房间里养着一只从西藏带回来的狗，这只狗从来不叫，但价值连城。

就连快餐店的女老板也没有进过黛玲的房间。

在米兰被抬进黛玲的房间的那一瞬间，米兰突然睁开眼睛，亲切地看着黛玲说："这里真香啊。"然后，又睡着了。

在这一瞬间，黛玲看到了米兰清澈如水的眼睛，这使她回忆起米兰十年前的美貌。她叹了口气，把米兰安顿在沙发上，就下楼和女老板一起去吃清平鸡了。

新建的清平鸡饭店是建在广州的一条老马路上九路上面。饭店建得很大，进去以后人声嘈杂。黛玲皱着眉头对女老板说："怎么来这个地方？"女老板说："还有一个地方，但那里有时装表演，你更受不了。"黛玲这时被来来往往的人和大声说话的人弄得心烦意乱。她大声说："就没有别的地方吗？"女老板说："那就只有茶餐厅了。"黛玲捂着脑袋说："茶餐厅就茶餐厅吧。"

于是，黛玲就在一间装修得很漂亮的茶餐厅听女老板关于未来快餐店的宏伟计划。黛玲一边充满耐心地听着，一边吃着一盆浇了番茄酱的意大利通心粉。对于女老板的计划，她并不是没有兴趣。她这段时间都比较消沉，紫色唇印很久也没有光顾了。她在餐桌旁的镜子里看自己，觉得在日光灯的照耀下，她的脸色有些发暗。黛玲心想，如果再没有令她感到有激情的事情，她肯定就会衰老了。

她看着兴致勃勃的女老板，心里却感到空虚。当女老板讲到如何从外地买进冻鸡腿时，她看到保罗从茶餐厅的落地玻璃门外低着头走过。

"保罗！"黛玲站起来不顾一切地喊，把正讲得兴致勃勃的女老板吓了一跳。

在门外走过的保罗并没有听到黛玲的呼叫，继续低着头心事重重地走着。

在电线杆下睡醒了以后，保罗感到很空虚。感到空虚的保罗最后还是回到了米兰的屋子。当时，他怀着很热烈的想见到米兰的心情推开了门，却见里面空无一人。心情沮丧的他只好再次出门。

当他走过一间茶餐厅的时候，突然听到身后有人在叫他。保罗转过头来，看到穿着一条黑色麻质宽脚裤的黛玲风采迷人地站在茶餐厅门口向他招手。

保罗在第一时间里很喜欢黛玲穿的这条宽脚裤。在宽脚裤的诱惑下，保罗几乎忘记了他对黛玲的恐惧了。在宽脚裤的衬托下，黛玲显得那么脱俗。保罗想起曾和这个女人同床共枕就心神摇荡。

保罗停住了脚步。黛玲张开两手像一只蝴蝶一样飞进了保罗的怀抱里。保罗低头吻了一下黛玲的额头。在他的嘴唇的滋润下，黛玲盼望已久的紫色唇印赫然出现在光洁的额头上。先是淡紫色的，后是深紫色的。后来，保罗向别人讲述的时候，说就像一朵紫色的玫瑰在慢慢开放。

保罗惊讶地看着这个慢慢开放的唇印，在潜意识里，他觉得这个正在开放的唇印就像他所见到的最美丽的少女的阴唇，在他的爱抚下慢慢张开。

这个联想使保罗热血沸腾。他拉起黛玲的手就跑起来。“找一个我们需要的地方。”保罗一边跑一边对黛玲说。

结果他们还是回到了黛玲的家。一进黛玲的房间，两人就迫不及待地把衣服脱掉滚到了床上。在疯狂的做爱过程中，紫色唇印一次一次地开放在黛玲的额头上，黛玲一边迎接着保罗一边流着眼泪低声说：“来了，亲爱的，你来了。”

完事以后，两人抱在一起。保罗疲倦地对充满了柔情蜜意的黛玲说：“我饿了。”然后，他爬起来。这时，他看见了在沙发上沉睡的米兰。

在那一瞬间里，保罗完全惊呆了。黛玲刚刚因为高潮而叫唤的声音在保罗听起来是响彻云霄的，按照保罗的估计，起码有半个广州城可以听见。但米兰就在他们的身边，却像他第一次见她时那样沉睡着。

保罗转过身子。黛玲这时还沉浸在刚才的欢乐中。因为唇印的光临，她的美貌将会再一次得到延续。她躺在床上，用毛巾被把赤裸的身体盖住。她对保罗招招手。保罗则充满了厌恶地看着她。

在很短的一瞬间里，黛玲被保罗厌恶的眼神吓住了。这时，她的身体还保留着保罗的热情，她的皮肤上还保留着保罗的气味。她看着保罗，眼里充满了恐慌。突然，她也看到了保罗身后的米兰。

黛玲一下子从不知所措中清醒过来。愤恨和羞辱一下子就击倒了她。为了一个素不相识的女人，他可以这样对待她。黛玲回想起上一次保罗的不辞而别，她从床上跳起来痛骂保罗。她骂保罗是一个没有心肝的软弱的小男人，她骂保罗没有同情心，她骂保罗没有品味。黛玲站在床上，光着身体痛骂保罗。她很想找到一块案板，可以像个湖北女人那样拿着刀一边在案板上把刀剁得咚咚响，一边骂："你这个千刀万剐的。"

突然，黛玲看到保罗弯下身子想把米兰抱起，她惊讶得停止了叫骂，飞快从床上跳下来，一把拉住保罗的手，声嘶力竭地说："你想干什么？"

保罗用力甩开她的手，说："这是我的爱人，你休想碰她。"被甩开的黛玲听了这句话愣了一下，然后马上泪如泉涌。她哭着对保罗说："她是你的爱人，那她在我的美容院里昏睡的时候，你在哪里？她是你的爱人，说得多么好听！那我是你的什么？"她伤心地大哭起来。

这时，保罗已经穿好了衣服。他看着哭成泪人一样的黛玲，心肠一软，再看着还在沉睡的米兰，叹了一口气，就走出了黛玲的房子。

保罗走下楼的时候，美容院正准备打烊。五个发型师和洗头的小姐忙忙碌碌地收拾着东西。保罗走下来时，他们连头也没抬一下，好像丝毫没有听到楼上发生的事情。保罗很想向他们中间的一个什么人打个招呼，这样会使他的心情平静下来。但没有一个人把脸转向他。他只好怏怏而去。

他站在美容院的门口，似乎还听得见黛玲的哭泣声。保罗的心很乱，他被激情和沮丧打击得麻木了。美容院门前有两棵杧果树，在这闷热的季节里结着不大不小的果实。保罗伸出手去摘了一只半生不熟的芒果，捧在手心里，无所用心地闻着芒果的果香。他突然想起米兰住的那所房子的天井里的芭蕉树，在闷热的夏天的夜晚里，叶子也会发出淡淡的清香。

他不清楚米兰怎么会睡到黛玲的房间里，但从黛玲的眼神中可以看出，她和米兰是认识的。

在美容院的门口，保罗第一次思考他和女人们的关系。他究竟爱不爱她们。当黛玲光着身体哭着对他说"她是你的爱人，那我是你的什么"的时候，其实他的内心是羞愧的。他从前从未感到过羞愧。因为他一直觉得自己带给所有女人的都是她们需要的快乐。但是，当女人向他拿爱情的时候，他就感到羞愧了。

保罗在这个时候很想回到黛玲的身边，讲一些甜言蜜语给她听，告诉她自己其实是喜欢她的。至于爱情，那是一件他不习惯的事情，希望她能理解他。保罗已经转过身子，他正要推门，却看到里面所有的人，包括发型师，包括洗头工，都一齐用愤怒的眼光看着他，好像在说："你走吧，你不要再伤害我们的主人了。"

在他们的眼光的威逼下，保罗像电影里受了打击的求爱者那样一步步地往后退。直到撞到一部摇摇晃晃往前开的垃圾车上。

这时，黛玲就站在窗口，穿过悲伤的眼泪看着保罗撞在垃圾车上。她这时已经洗干净了身体，穿上了睡袍，还喷了香水。黛玲一直以为香水是可以阻止悲伤的产生和延续的，所以她的床头放满了各种各样的香水。在她洗干净了身体以后，她至少喷了六种香水。

黛玲的香水当然是不用她自己出钱来买的。自从她在瑞丽买了第一瓶冒牌香水之后，她的那些崇拜者和女顾客就源源不断地把香水用各种渠道送到她的手里。有时，她早上起来到楼下拿牛奶，会发现信箱里放着一瓶法国香水；有时，送到美容院的鲜花，里面会夹着香水；甚至在她早晨醒来的时候，不知什么时候梳妆台上就多了一瓶香水。

当香水泛滥成灾的时候，各种各样的香水瓶把她的卧室都占满了，连她的钢琴的琴盖上也摆满了香水。有一次外省发生严重水灾，市政府动员市民捐钱捐物，黛玲竟天真地捐了一瓶名贵的法国香水，受到了募捐人的严厉斥责。

有一段时间，有些顾客竟用香水来代替钱付费，但是给黛玲拒绝了。一个顾客偷偷摸摸地拿出一瓶香水对黛玲说："你看，她是可以让你得到快乐的。”从此，黛玲就相信香水可以阻止悲伤的产生和延续了。

搽了六种香水的黛玲站在窗前看着沮丧的保罗在黑夜里离去。她看到保罗并没有回过头来看看刚刚还充满了温馨和激情的房间，觉得世态炎凉。但她这时确实已经不感到悲伤了。

“天要下雨，娘要嫁人。”黛玲看着保罗的离去喃喃自语地说。然后，她像往常一样，先喂了鹦鹉，再坐到钢琴前弹了一曲，就睡觉了。睡觉前，她不忘喝一杯没有放糖的牛奶，还去看了一下米兰，并坐在米兰身边沉思了一小会儿，这才熄灯睡觉。当她把灯熄掉躺下的时候，鹦鹉对她说：“主人，晚安。”

18

圣德还是没有找到那间制作猪浮皮的工厂。他清清楚楚地记得自己并没有走错路，但他看到的只是一间很简陋的电子游戏机房。

有七八个把书包放在地上的男孩子在专心致志地打游戏机，圣德问了好几声，也没有人回答他。圣德很耐心地再问几声，才有一个孩子头也不回地说："早就拆了。"

圣德很想知道那个具有理想主义的年轻人现在在什么地方。他估计他有可能就住在附近。他看了一会儿孩子们玩的游戏，实在不明白他们为什么会对此有这样大的热情。他看到其中一个孩子很像他小时候一个邻居的孩子，比他大两岁，少年老成，有一张沉思的脸。在小学六年级的时候，死于急性脑膜炎。

圣德现在似乎看到那个少年像从前那样低着头沉思着在他的面前走过。眼前这个打游戏机的少年也有一张沉思的脸，全神贯注地注视着游戏机。圣德忍不住去摸了一下孩子的头，孩子抬起头来，很诧异地看他一眼，然后低下头继续打游戏机。

圣德走出游戏机房，心里有点失落。他今天来找这个年轻人，原来还有另外一件事情。他的蓝箭公关学会准备搞一次全省范围的公关大赛。他想找这个年轻人来做这次公关大赛的行政总监。

只有一个有理想有热情的人才能做这次大赛的行政总监。这是圣德对这次大赛抱的一个最明确的想法。

这次公关大赛就是由那个金银世纪酒店的老板策划并且出钱赞助的。原来圣德对搞这样的大赛已经相当厌倦。所以当金银世纪酒店的钱老板在酷暑下站在夹竹桃的树荫下苦等他两个小时见到他并把支票拿给他时，他也毫不动心。他原来想请钱老板去附近一间有空调的酒家谈这件事。这时，他看到了老板的座驾奔驰小轿车就停在旁边。

圣德十分惊讶。他问老板为什么不在奔驰小轿车里等他，而是站在太阳底下等他。钱老板这时比他在三年前带着六个女孩子来见圣德的时候明显地发福了。他在这么热的天气里还穿着一身整齐的ARMANI 牌西装。因为太热，他不断拿出一条手绣的手绢擦汗。当圣德问他这个问题的时候，他正在擦脖子上的汗。他是这样回答圣德的："只有站在夹竹桃的花下等你，才能体现我的诚意。"

当然，圣德十分感动。在感动之下，他把到有空调的茶楼的想法也打消了，把对大赛的厌恶也打消了。他和钱老板一起钻进铁皮屋，对进行大赛的种种方案进行了详细的讨论。

当然，在讨论了一半的时候，酷热难耐的老板彬彬有礼地问他："我可以把西装脱掉吗？"

其实圣德很想知道眼前这个对公关大赛充满了热情的暴发户的隐私。他和那六个年轻女孩子的故事，还有那个充满了激情的短脖子女孩子，是不是就坐在楼下的那辆奔驰小轿车的真皮座位上。圣德对奔驰小轿车座驾上的皮子有些向往，因为他听说那些皮子是由新疆阿勒泰的小羊皮做的。圣德想象短脖子女孩穿着质量很好的浅黑色的丝袜，把腿搁在阿勒泰的小羊皮上，汽车里开着空调，小羊皮冰凉冰凉的……

因为想到冰凉的美妙的滋味，圣德顿时觉得铁皮屋其实是一个蒸笼。他和钱老板是蒸笼里的两条鱼。他看着发胖的老板艰难地说：“我们是不是另找一个地方？”

两个人急不可待地钻进了果然是冰凉冰凉的奔驰小轿车里。在铁皮屋里待了一个小时，圣德觉得自己快要中暑了。他看看车后座，并没有人。他稍稍有些失望。

“去哪里？”老板问他。

圣德闭着眼睛懒散地说：“那就去公司吧。”

进了公司，老板才知道圣德并不是一个不懂享受的人。首先，他有一间自己的办公室。这间办公室和老板在香港电影里看到所有有气派的办公室一样，有一张巨大的办公桌。老板想起这种桌子好像叫“大班桌”。大班桌上放着圣德自己的一张放大了的照片，是青年时代的圣德，理着一个平头，弯着的右手握着一本《毛主席语录》。照片里的圣德不带笑容，表情严肃。照片下面有两行歪歪扭扭的字：

我愿生如闪电之耀亮，我愿死如彗星之瞬息。

——1968 年送圣德同学

钱老板拿起圣德的照片看了一下，对它并没有什么兴趣。这时，电话响了，圣德很舒服地坐在大班椅上接着电话，并把椅子转来转去。钱老板也拿出自己的移动电话打电话给秘书。

十年前，当钱老板在农村的干渴的土地上晒着太阳收割水稻的时候，他就下定决心要离开这个地方了。这十年来，他给那块地方捐了很多钱，盖了一间小学，还建了一个小型足球场。前段时间，他开着奔驰小轿车衣锦还乡，看到一群半大不小的男孩子在他出钱建的足球场上来回奔跑时，确实感到了满足。

他不愿自己的家乡穷困。在这点上，他和所有广东籍的生意人是一样的。

他还去看了小学，看到由他出钱请来的四川籍的年轻女教师在给二年级的学生朗诵唐诗时，钱老板禁不住热泪盈眶。

于是，他干脆搬到学校里住了几天，为的就是每天都能听到孩子们的读书声。在他的记忆里，这是他所听到过的最好听的声音。每天他都在孩子们的读书声中昏昏入睡。他还叫身边的秘书把孩子们读书的声音录在磁带里，带回广州的家中。什么时候睡不着了，就拿出来放一下，他就会在家乡的孩子的读书声中安详地入睡。他多年的失眠症就这样给治好了。

他尝到了做好事的甜头。

从此，他经常劝导别人要做善事。他现在手里还有一些钱，准备在家乡盖一座庙，另外就是要搞好这次公关大赛。

当圣德在他的家乡做公关大赛的评委时，他还是一个对人生毫无认识的毛头小伙，就像一只没有听到上帝指令的羊羔。他那时和县里的所有暴发户一样，每天晚上驾着自己的小轿车停在赛场的门口，准备接自己看上的参加比赛的女孩子。公关大赛当时在他们的县里是一件新鲜的事情，在他们这群人中间，他们把它看成是选美大赛。因此，当短脖子女孩拿了冠军，而不是他们所有人都看好的一个美若天仙的女孩子拿到冠军时，他们都感到被愚弄了。这群受挫的人委派他们中间最能说会道的他去和圣德理论。

他和圣德辩论的第一个回合就惨败了。当时，圣德问他，知道什么是“公共关系”吗？他想都不想就说，不就是公共发生关系吗？当时，旁边所有人都狂笑起来。在这一瞬间，他痛切地感到自己是个乡下人。然后，圣德耐心地跟他解释什么是公共关系，并说这个世界上最好的公关人员基本都是男性。

在那个晚上，钱家驹上了他人生中最完整的一课。

从那个晚上开始，钱家驹每天都要请圣德吃饭和喝酒，用尽所能讨圣德的欢心，然后倾听圣德的高谈阔论。有一天，圣德吃饱喝足了，看着茶楼外面西下的阳光问他：“你知道我当年最著名的一句话是什么吗？”圣德突然站起来，用尽了全身力气对茶楼外面正在行走的各式人等吼叫：“我们都是殊途同归。”

钱家驹当时深深被圣德的热情所感染。他感到自己真是理解了圣德，理解了他作为一个思想者的困惑。他用小刀刺破自己的手指，把鲜血滴在当地产的白酒里，然后对圣德说，他这一生都要跟随他。

即使在这个宽大的现代化的办公室里，他还能想起当年令人热血沸腾的一幕。

秘书很快就回了电话。他吩咐她尽快送两瓶上好的法国白兰地过来。他今天晚上要和圣德好好地喝一喝。

“那不行，”这时，他听到圣德在电话里大声地喊起来，“电视台那些记者，每人给两百就行了。”停了一下，圣德放下电话对钱老板说：“现在很多公关公司都是骗钱的，跟你说给了记者三百，其实是在中间打秋风，才给了两百，自己吃了一百，或者只给记者一百，自己吃两百。”

钱老板笑了笑说:“中间赚一点是肯定的,只要不过分就行了。”他在说这句话的时候,闻到圣德的办公室里有一股轻微的茉莉花香。钱家驹从小就有灵敏的嗅觉，这使他像只聪明的狗那样能闻到许多别人闻不到的味道,并从中得知许多不为人知的秘密。比如像今天,他就估计圣德是不会知道自己的办公室里有茉莉花香的。而且，根据他的经验，这种香味应该是来自某个女人的身体。

钱家驹是对女人感兴趣的人。但他对女人没有审美意识。所以他只有依靠各种各样的选美活动来建立自己对女人的判断。他的钱每积累到一定的时候，他就渴望能亲自搞某种选美活动。因此，搞公关大赛虽然有重新寻找激情的原因，还有一个原因就是他渴望能在大赛中遇到新的美女。

虽然圣德和其他人一再对他说公关大赛不是选美大赛。但他还是固执地认为一个好的公关小姐首先是要漂亮的。在他的金银世纪酒店里，他就是本着这个原则来招募公关小姐的。首先是漂亮，然后才是智商。

因此，当他闻到茉莉花香的时候，他首先想到的就是女人。他问圣德是否有一个女秘书。圣德很奇怪地看着他。圣德一向反对秘书的设置，特别是女秘书。他觉得那是腐朽生活的开始。在圣德的生活经验里，要时时保持清醒，就必须事事亲力亲为。他很想请某个书法家把这两句话用魏体写在宣纸上，然后裱起来，装在红木框里，再挂到办公室的墙上。但他又怕别人说他作君子状。于是就作罢了。但这个想法时不时还会冒出来，使圣德觉得他总有一天会做这件事的。

他严肃地对他的崇拜者说出他的人生宗旨，使他的崇拜者对他怀有更深的敬意。钱家驹轻轻咳嗽了一声，然后对圣德说，他目前最希望做的一件事，就是把这次公关大赛办成。突然，他话锋一转，对圣德说他闻到他的办公室有一股女人身上散发出来的茉莉花香味。他问圣德刚刚是不是有女人来过。

自从在百货公司门口圣德和肥胖而富有激情的女人邂逅，她就经常出现在圣德的公司里。圣德还记得，她从前是爱吃甜食的。在那段激情的日子里，圣德常常在铁皮屋里煮一碗放了糖的马蹄粉给她吃，并因为这个原因她成了圣德的追随者。

今天，圣德还准备继续用放了糖的马蹄粉来招待她。但是，当圣德把马蹄粉端到她面前时，她却忧郁地看着圣德说："你看看我现在的样子，还能吃马蹄粉吗？"

这时，圣德才体会到了容颜对于女人的威胁。圣德摊摊手说："不就是胖一点吗？你从前也是胖的呀。"

女人平静地说："你知道吗？我现在连出租车的门也进不了。"但她马上补充道："但我还是坚持我的看法，皮囊是无意义的。"她说这句话的时候，眼睛闪现出英雄的光彩，使得圣德在她坚定的眼神面前感到自惭形秽。他只好躲避着她的眼神，喃喃地重复着她的话："皮囊是无意义的。"

这时，圣德很想把这句话送给钱老板。因为后者太重视皮囊了。

圣德从来都不知肥胖女人的名字。她有许多外号，"贞女"就是其中一个。那时，还有人叫她"刘胡兰"，这些都是表彰她的人生热情的。她虽然长得肥胖而且丑陋，但从没有人对她起过有关人身攻击的外号。她对人生的激情掩盖了她身体和容貌上的缺点，时时提醒着人们皮囊是无意义的。于是现在，圣德就准备叫她“皮囊”。

其实今天晚上圣德是约了“皮囊”到一家广州很著名的专门吃白切鸡的店子吃饭的。

在吃的方面，圣德是一个标准的广州人，是一个美食者。即使在最艰苦的时候，圣德也保持每星期吃一次东江盐焗鸡。直至他和住在西关的大小寄生虫一起把东江盐焗鸡吃厌为止。

美食也是圣德能对生活继续保持热情的重要原因之一。在圣德看来，美食比美女还要重要，更能激发他对生活的想象力。比如今天早上，圣德就把和“皮囊”一起去吃他所至爱的白切鸡看成是一件美好的事情。

但是，现在钱老板坐在这里，看来并不准备这么快走。他刚刚已经听到他打电话叫人拿洋酒来。他这个晚上肯定是要一边喝着钱老板的酒，一边听他说自己生活中的种种痛苦。

似乎从没有人找过圣德讲自己的快乐。所有人都是在讲痛苦，微不足道地、惊天动地地。圣德就像一个巨大的垃圾筒，不断地把痛苦装进去，然后，再找地方填埋。

只有“皮囊”不讲自己的痛苦。每次和“皮囊”在一起，“皮囊”都会用各种辛辣的语言来激发圣德的斗志。她总会先大大地把圣德嘲笑一番，指出他最近在什么地方落伍了，什么地方越来越像个庸人；然后，她会把最新的思想和思潮用最浅显的例子告诉圣德。

“皮囊”饭量很大。有一次，圣德和她吃夜宵，她先是吃了四只粽子，然后，把圣德要的半只酱油鸡飞快地填下了肚子。圣德只好再要了梅菜扣肉，没过一会也给她扫光了。这时，圣德才明白她为什么会有这样的体重。

当两人都吃饱喝足了以后，“皮囊”总会用她那美妙的声音慢慢地对圣德述说她对今后的向往。但是，她显然对圣德已经有点失望。有一回，她嘲笑圣德弯着腰走路的样子，像一棵被霜打过的树苗。她用刚刚抓过鹅掌的油腻腻的手拍着自己的前额，说：“我们有这里，我们有这里。”

在她的提议下，圣德把蓝箭公关公司改名为“爱斯基摩人公关公司”。其实圣德并不是一个怀旧的人。但“皮囊”一定要他改。为了说服圣德，“皮囊”连续三天坐在圣德的办公室里，不吃也不喝。她讽刺“蓝箭”这个名字像某种皮制品的牌子，又像运动系列的牌子，一点也没有文化的含义。她对圣德说：“你知道现在有一样东西叫作文化关怀吗？你的公司的名字就一定要体现出公司的文化关怀。”

在这三天里，起码有五个电话打给圣德，让他去洗桑拿浴。而“皮囊”却一动不动地坐在他面前。其实，圣德是很不想把公司的名字改成“爱斯基摩人”的，因为他觉得这个名字很幼稚，就像当年他们的幼稚的热情一样。而且，这个名字让他想起米兰。

他已经很久没有想起米兰了。但是在“皮囊”不断地让他改公司名字的三天里，他却一再想起了米兰。他想起了第一次和米兰做爱时的情景；想起了她的皮肤沁出来的芳香；想起了她第一次走进铁皮屋时的完美无缺的容貌；想起了她唱《夏日里最后一朵玫瑰》时的孤独的神情；想起了他心急如焚地回到铁皮屋寻找米兰时，铁皮屋已人去楼空。那扇锈得斑斑驳驳的铁门在凄凉的雨季里，兀自敞开着，院子里，一朵朵有毒而美丽的夹竹桃在继续怒放。

因为想起了米兰，圣德的情绪好起来。他看着准备继续战斗下去的“皮囊”，记起了有一个晚上，她和米兰背靠背地睡在铁皮屋的门前，顿时觉得“皮囊”的可爱，连同她的建议。于是，圣德对她说：“那就按你说的改吧。”

圣德还是不想为了钱老板而取消和“皮囊”的约会。自从公司改了名字以后，“皮囊”对公司的热情大增。她开始频频出入公司，并利用她的关系为公司拉了不少业务。圣德觉得不过是换了一个无关紧要的名字，就把“皮囊”这样重要的人拉进了自己的公司，真是意想不到的事。

在圣德看来，不论是十年前还是现在，“皮囊”都是非常优秀的公关人才。她善于说服对方，对自己要进行的事情充满信心。她不会因为别人对她的外貌所采取的态度而放弃自己要进行的事情。因为在她看来，那不过是件无聊的事情。

“皮囊”说起话来滔滔不绝，逼人就范。在这点上，她比圣德有过之而无不及。她的声音像少女一样娇嫩，甜腻腻的。在夏天的时候，听她说话就像吃着一客冰淇淋。而且她非常聪明，使得和她谈话比和一个虽然漂亮但无知的少女有趣得多。许多人都在过后会有这样的体验，只要你和“皮囊”谈上十分钟，你就会忘记了她的肥胖和丑陋。

今天晚上，要和“皮囊”谈的，是她拉回来的另一笔生意。是替一个美容院做形象设计。

钱老板的也是生意，“皮囊”的也是生意。最好把钱老板和“皮囊”拉在一起谈。圣德就动员钱老板晚上吃饭的时候再谈，届时他会介绍他认识一个非常优秀的女性。

“是什么样的人？”钱家驹充满渴望地问道。这时，他正站在书橱前看里面摆设的一只石马。他马上联想到自己闻到的来自女性身上的香味。

圣德神秘地笑了一笑。这时，窗外的天色已经暗了下来。不远处的高压电线上，稀稀落落地停着几只燕子。圣德充满忧虑地对钱老板说：“你知道我为什么会选择在这个地方做写字楼吗？因为只有在这里还能看得见燕子。”

连钱家驹也觉得能在这里看得见燕子是一件奇怪的事情。因为圣德的公司的办公楼处在一条城市中心的小巷里面。这条小巷挤满了各种各样的房子，带天井的老房子和九层高的新房子，也有一些是两三层高的旧房子。这些杂乱的房子错落在一起，使小巷显得破败和丑陋。

“燕子怎么会在这里停呢？”钱家驹喃喃地说。他想起在自己的家乡，每逢秋收季节，大片大片的燕子总是布满了田头。他们要用稻草做一些假人竖在田头来赶燕子。他由于燕子想到在他资助建起来的小学里读书的孩子。从他们读书的窗口，是可以看到田野和燕子的。他为这点感到欣慰。

当圣德和钱老板来到酒家的时候，隔着玻璃门看见灯火辉煌的餐厅里已经坐满了吃饭的人。在钱老板心里，圣德要介绍给他认识的一定是一个绝色女子。所以，他一下车，就急不可待地趴在餐厅的玻璃往里面看。因为趴在玻璃门上面，他闻到玻璃上有一股在圣德的办公室里所闻到的女人的香味。有所不同的是，现在这股香味混在了红葡萄酒的味道里。

于是，钱老板就用眼睛四处寻找拿着红葡萄酒的女人。他终于看到了角落里有一个背窗而坐的穿着雪白衣服的年轻女子，从她一头飘逸的长发和她的身形看来，钱老板认定了她就是圣德所要介绍给他认识的女人。

圣德很奇怪地看到钱老板推开玻璃门径直往里走。这时，他已经看到“皮囊”正坐在对着门口的一张铺着蓝格子桌布的圆桌子旁对着他微笑。她今天穿了一件黑色圆领衣服，使她庞大的身体显得小了些，领子的纽扣处别了一朵深红色的玫瑰花。

玫瑰花使圣德深受感动。他马上感受到了来自一个理想主义的女性的爱意。在她的爱意的温暖下，圣德春光满面，挺直了身体，走到“皮囊”身边，坐下，给“皮囊”倒了一杯热茶。

圣德和“皮囊”热烈讨论了半个小时之后，他才突然想起了钱老板。

他站起身，四处寻找钱老板。这时，他看见钱老板正低着头站在几张坐满了人的餐桌之间的空隙处。当圣德走到他身边时，钱老板抬起头来，沮丧地对他说：“她说我是乡下人。”

钱老板眼眶溢满了眼泪。在他的嘴边，还残留着两滴深红色的葡萄酒。圣德抬起手，想帮他擦掉，但却被他粗暴地挡开。圣德虽然不知他在这半小时里遭遇到了什么可怕的事，但从他的沮丧中，可以看出他肯定是在女人那里受到了挫折。

“皮囊”这时摇晃着身体来到他们的身边。圣德刚想把“皮囊”介绍给钱老板，后者却头也不抬地从他们的身边走过，径直走出了餐厅。

圣德轻轻拍了拍满脸愕然的“皮囊”的肩膀，说：“别管他，他不过是一个受挫的年轻人。明天他就会把这件事忘得一干二净了。来，我们继续谈我们的计划。”

钱家驹开着他的奔驰小轿车在黑夜中的高速公路上飞速前进。他当然不知道，在这之后的某年某月某日，英国王妃戴安娜也是乘着同一型号的奔驰小轿车和她的埃及情人为了逃避“狗仔队”的追踪，在巴黎的一条隧道里车毁人亡；他也不知道，因为戴妃的死，引起了全世界有良心的人士对今日之传媒的愤恨和怀疑。如果知道这些，这个晚上他是绝不会把车子开得这样飞快的。因为他也是这个世界上众多的戴妃的崇拜者之一。

钱家驹在开车之前，并没有像后来那些人所说的喝了许多酒。除了和那位白衣小姐喝了两口红葡萄酒以外，他就没有再喝酒了。而且他已经下定决心，在今后的岁月里坚决不喝红葡萄酒。

钱家驹把车开得飞快，心里只有一个愿望，就是赶快回到他的家乡。在那所他出钱盖的学校专门为他留的有月色笼罩的房间里好好地睡上一觉。当他在早晨醒来的时候，他就可以听到孩子们的琅琅读书声。

在开车的时候，他一边听着电台里播放的爱情歌曲，一边想着生活一定是出了差错。今天他怀着极大的愿望，口袋里揣着巨额支票，来到广州找圣德，希望能说服圣德搞一次全省范围的甚至全国范围的公关大赛。因为他觉得自己的钱已经太多了，应该为社会做一点事情。但是，却有一个貌若天仙的女人在和他喝了第二杯酒时，说：“对不起，请你走开，因为你只是一个乡下人。”

他当时几乎想把口袋里的巨额支票拿出来给她看，想对她说：“乡下人又怎么样，我是一个有理想的人。”但他看到她脸上鄙夷的神情，这种神情吓怕了他。于是，他想找圣德，想让圣德说服她不要因为他是乡下人就看不起他。当他回头找圣德的时候，她却离开了。

直到现在，她说的那句话还响在他的耳边：“对不起，请你走开，因为你只是一个乡下人。”她说话的声音真好听，软软的，但却冷到他的心里。

钱家驹继续把车开得飞快。这些年来，他和不少女人上过床。他从来没有对她们隐瞒过自己乡下人的出身。但她们都尊重他，对他服服帖帖。他对女人一向大方。在他给她们钱的时候，从来都没有人对他说：“对不起，请你拿开。因为你只是一个乡下人。”

因为他腰缠万贯，所以他从来没有在女人面前碰过钉子。这使他麻痹了，渐渐得意忘形起来。这下好了，这个年轻女人用她不解风尘的面孔和声音对他说出了某个真理，使他一下子清醒过来：他再怎么有钱，还是一个乡下人，即使他拿出一千万元来搞公关大赛，即使他用过一千个女人的身体。

他把收音机的音量加大。他很喜欢自己这部车子。这是当年他做走私车生意时，特地为自己选的。他迷信奔驰小轿车底盘的重量。他一路狂奔，把一辆辆车子抛在身后。当突然看到前面停了一辆载满一条条钢筋的货车时，他已经来不及停车了。

他所迷信的奔驰小轿车确实没有撞坏，但是，那一排钢筋却毫不留情地穿过车的前窗玻璃插进他的车子里，有一条刚好穿过了他的脑袋。

圣德和“皮囊”准时到达了为钱家驹举行葬礼的小学的操场，他们是最后见过钱家驹的人。

钱家驹的家乡为他举行了风光大葬。县里的头面人物都来了，省里的许多头面人物也来了，电视台也派了记者来拍摄他下葬的场面。钱家驹不仅资助建起了这座小学，在别的乡里也资助建起了两所小学。正如县长在悼词里讲的：“钱先生并不是最有钱的人，但他却是最有精神的人。”

三所小学的学生和一些自愿来参加葬礼的学生整整齐齐地穿着洗干净的白衣服，戴着钱家驹自己没有戴过的红领巾，向着他的灵柩三鞠躬，然后在老师的带领下，在烈日炎炎的操场上整齐地读着一段段课文。于是，钱家驹在他生前最喜欢听到的声音中慢慢地入土为安。

并没有人想到他是为了一个无知的女人的一句狗屁不如的话丧的命。圣德回想到那一晚的情景感到的只是愕然。因为他最后见到的钱家驹是失魂落魄的。

当时的情景真的像是钱家驹被什么神秘的人物施了邪恶的降头一样。但圣德判断他在女人身上受到了打击。虽然现在死无对证，但圣德回想起他当时的神情，想起他当时对他说：“她说我是个乡下人。”这个“她”肯定是个女人。圣德还想起他当时沮丧的神情，眼泪溢满了眼眶，想起在他的嘴角还残留着两滴深红色的葡萄酒，他当时想帮他擦掉，钱家驹还粗暴地把他的手挡开。

“她说我是个乡下人。”这是钱家驹最后留下的一句话。这句话对于总结他的一生并没有什么重要的意义，但却结束了他的生命。这是谁都想不到的。

圣德为钱家驹感到深深的惋惜。在他认识的生意人中，钱家驹是个最具有理想主义的人。他崇拜高尚，同情苦难。这样的人，却为了某个女人的一句话而命赴黄泉，这不能不说是一种讽刺。

圣德和“皮囊”顶着烈日参加完了钱家驹的葬礼后就回到了广州。在回广州的途中，“皮囊”曾多次问过钱家驹的事情，她对他充满了好奇。但圣德却一句话也没说。他们坐的车子空调不好，圣德在闷热中感到失望和厌倦。

由于钱家驹的死，使圣德觉察到了某些哀伤的痕迹。钱家驹最后的失魂落魄的样子常常在他面前晃动。钱家驹哀伤地对他说：“她说我是乡下人。”由于他死得突然，他那庞大的产业包括取名字时征求过圣德意见的金银世纪酒店不知谁会去继承。在葬礼上，圣德曾经留意过几年前的早晨他带着来广州要接受培训的六个女孩子，包括那个短脖子女孩。但是，圣德并没有见到她们，估计她们隐藏在黑压压的来送葬的人群中。

当时，圣德还期待着一个戏剧性的场面会出现，就是短脖子女孩会从人群中走出来找他，让他带她回广州。他对这个其貌不扬的女孩子的聪慧有着很深的印象。

但什么都没有出现。

连续几天，圣德都被哀伤压迫着。因为钱家驹的突然死亡，圣德陷入了落落寡合的境地。他一连几天都枯坐在办公室里，回忆自己和钱家驹的友谊。他想起那天下午，钱家驹顶着烈日站在盛开的夹竹桃下等他，开着空调的奔驰小轿车就在他的旁边；然后，他们一起在蒸笼一般的铁皮屋里讨论人生。在那个时候，他们都没有觉察到死亡的阴影已经逼近。不然，他们会珍惜时光，找个地方寻欢作乐去。

在圣德枯坐办公室的时候，“皮囊”一直静静地坐在门口守候。从她见钱家驹的第一面同时也是最后一面的印象里，她觉得钱家驹是一个软弱的男人。她当时并没有听到他对圣德说什么，只是见到他的眼眶里溢满了清澈的泪水。“皮囊”对他的泪水是清澈的特别不满。在她的经验里，只有少女的泪水才会是清澈的。而别说一个大男人了，连一个饱经沧桑的女人，她的眼泪也是混浊的。既然圣德这么看重这个人，那他最起码是应该饱经沧桑。那么，他的眼泪怎么还会是清澈的呢？

“皮囊”一直坐在门口，目的就是找机会进去告诉圣德，那个人不值得他这么哀伤，因为他没有混浊的眼泪。

“皮囊”一直等候圣德发出“给我一杯茶”或“给我一杯咖啡”之类的呼唤。她这时就像美国小说《飘》里面的男主人公白瑞德坐在流产了的郝思佳的门口等候郝思佳呼唤他一样的耐心而又充满了焦虑。在这几天时间里，公司里的职员在得知了老板心情不好的信息后，个个鸦雀无声，整幢办公楼像死一样的沉静。“皮囊”很不喜欢这种沉静。第三天以后，她就下决心打破这种沉静。

首先她到外面买了几串鞭炮。当她准备燃烧的时候，有人来阻止她，告诉她这个城市已经宣布不许燃放鞭炮；跟着她又买了几炷香，希望香火能把沉闷的空气打破，但又有人来阻止她，说这幢房子没有设走火通道，因此在里面烧香是很危险的。

“皮囊”想了很多办法，但都没能打破沉闷。在她怀疑自己的智慧的时候，圣德从办公室里出来了。

当时，“皮囊”正在打瞌睡，圣德开门时夹带着的冷气一下子就吹到她的脸上。她抬起头，看到圣德正朝她微笑着。她仔细看看圣德的脸，没有看到一丝阴影。这时，她就放心了。

她用力拍着圣德的肩膀，说：“这才是好样的。”这时，她早已把那个死去的人的眼角的泪是否混浊这件事忘得一干二净。她现在要做的，就是要替一个美容院进行形象设计。

圣德兴致勃勃地对所有员工说：“我们今天晚上包一条船，搞一次珠江夜游。”

19

黛玲这段时间正在为自己的第一次美容示范忙碌和担心。她最近发明了一种蔬菜洗面奶，里面含有芹菜汁、番茄汁、青瓜汁，在美容院里试用了一段时间，受到了顾客的欢迎。于是，米兰就劝她把它做成成品，拿到市场上去卖。

自从米兰在黛玲的香气袭人的卧室里醒来之后，她就成了黛玲的助手。有时，她甚至就住在美容院里。

这天早上，黛玲和米兰一块儿吃完了麦片粥后，黛玲就对米兰说："我还是担心外面的人不接受这种洗面奶。"米兰放下勺子，问她为什么。黛玲就说因为平常大家见到的洗面奶都是白色的，而她们的洗面奶却是绿色的。

黛玲担心地问道："你说，如果你把一种绿色的东西涂到脸上，你会有什么感觉？你会不会担心脸色会变绿？"

米兰想了想，说："那我们就搞一次美容示范。"

黛玲吓了一跳。她做美容这么久，从来都没有搞过美容示范，也没想过要去做。她一直利用自己的名气来经营美容院，并且觉得很满足。

但米兰常常劝她要做更多的生意，赚更多的钱。有一次，黛玲不解地问米兰：“你怎么变得爱钱了？”

米兰模棱两可地说：“钱并不是最重要的。”

她在说这句话的时候，眼前闪现出自己坐在玫瑰花丛读小说的情景。还有保罗，至今不明去向。

黛玲要做美容示范，就要做很多准备工作。例如做宣传，找示范模特，等等。黛玲看着米兰光洁的面孔，灵机一动地说：“不如你来做我的示范模特好了。”

但是，还是有许许多多的工作要做。这使黛玲烦不胜烦。她对米兰说：“这违背我的生活原则。”米兰想了想，说：“那就请广告公司代理吧，到时你去做示范就可以了。”

这一天，黛玲觉得很烦躁。她不知自己收留米兰是否做得对。她压根儿就没有喜欢过米兰。开始的时候觉得她多愁善感，后来又觉得她过分清高。只有米兰躺在她的美容院睡着了的那一会儿，她对米兰突然起了怜悯之心，像重新又见到了自己的女儿一样。

黛玲的女儿在离婚的时候就被前夫夺走了。分手的那一天早上，前夫拉着女儿的手站在门口，愤愤地对她说：“从今天起，你就再也见不到我们俩了。”

当时，她正热恋着莫名，对前夫这句话的含义并没有加以更多的思考。但到后来，每当她思恋女儿的时候，她就掂量出前夫的话的分量了。

她每个月都按时给女儿寄钱，但每次都给退了回来。几年前，她上街买东西，意外地看到女儿正和同学一起走在路上。她惊喜万分地迎上去，想拥抱她。但女儿却像躲避瘟疫一样躲着她，并且神情厌恶地对她说：“请你不要再来见我，你是个坏女人。”

当时，她的脑袋“轰”的一下就炸开了。她不知前夫对女儿讲了多少关于自己的恶毒的坏话。从那天起，她就对自己说，死了那条心吧，就当自己没有生过女儿。

结果她做得很好。有那么一段时间，好像是和保罗在一起的时间里，她真的忘记了自己是生育过的女人。

但那天见到米兰，她突然就想起女儿来了，而且是揪心揪肺地想。那天晚上，她想女儿想得彻夜不眠。她甚至记起了自己怀孕时穿的一条米黄色的碎花连衣裙。她半夜爬起来，翻箱倒柜地找那条连衣裙，结果在一个年久日长的藤箱子的箱底找到了。她把连衣裙当作枕巾垫在枕头上，闻着连衣裙发出的旧衣服的霉味进入了梦乡。

为了保持自己的容貌，黛玲过着有规律的生活。每天晚上睡觉之前，她都会叫保姆给自己煮一碗放了红枣的黑米粥，因为有医生对她说黑米养颜。

一天晚上，她正独自坐在床头孤独地喝着黑米粥，米兰连门都不敲地就进来了，对她说：“你每天喝这种东西，肯定会发胖的。”

当时，她十分厌恶和十分吃惊。她觉得自己是否太宠米兰了。从来没有人在夜里不敲门就进她的卧室。她不愿意别人看见自己孤独地坐在黑夜里的样子。白天的时候，黛玲是快活和美丽的。她愿意保持这种形象。但在黑夜里，她却显得孤独和彷徨。

她抬起头，冷冷地看着米兰，一句话也不说。当时，绿鹦鹉正倚在她的头上，也像主人那样冷冷地看着米兰。其实在这里住了一段时间，米兰和鹦鹉已经把关系搞得很好。起码在白天的时候，鹦鹉见到米兰走进房间，都会对她说一声“你好”。

在黛玲和鹦鹉的鄙视下，米兰像一个做错了事的孩子一样仓皇而去。

离做示范的时间越来越近了，黛玲愈发显得忧心忡忡。她早晨起来看自己的脸，发现左边脸肿了，一双眼睛连眼袋也下垂了，嘴唇是苍白的，一点血色也没有。虽然她已经按照美容医生教导的那样，在睡觉之前都涂上润唇膏，但看起来嘴唇还是干干的。

黛玲拿收缩水拍脸，一边拍一边想心事。过几天就要做美容示范，是在一间五星级酒店的会议厅里。她原来不想花费这么多，找一间四星的就行了。但旁人都说你是大牌，不能在那些二三流歌星做记者招待会的地方，做你的第一次美容示范，这样你会掉价的。

她对自己在那天是否能容光焕发并没有信心。这天早晨，阳光很好。阳光在印着蝴蝶花纹的窗帘上移动着，使得那些蝴蝶像有生命的一样。她对着镜子，把额头两旁的头发扎成小辫子，然后用力把小辫子往上提，缠在脑后。这样，她觉得自己的脸好像没这么肿了，皮肤绷紧了很多。然后，她穿上一条金色的裙子。有人告诉她，这种金色是今年的流行色。

她对这次示范会的具体过程并不了解。她把这些全都交给米兰做了。米兰说请了一家广告公司来策划，到时她只要直接到台上在模特的脸上涂涂抹抹就行了。反正下面全是她的崇拜者，她即使是说黑色涂在脸上能增白，下面的人也不会提出反对意见。

黛玲问米兰请了什么广告公司，她回答的时候有些支支吾吾。黛玲那天心里想着另外一件什么事，所以也没去过问。

她打算就穿着这条金色裙子去进行示范，这种颜色能很好地把她的身体衬托出来。她穿着裙子在镜子前转来转去，发现领口有些低，要拿到街口的裁缝店把它改一改。

楼下传来咣当咣当的声音，店子就要开门了。黛玲每次听到这种声音都是精神为之一振。她毕竟独立支撑了这么多年，工作是她生活和精神的支柱。

在黛玲走下楼之前，她接到了三个电话。第一个电话告诉她，她要去进行美容示范的酒店的地基原来是片乱葬岗，在酒店没建起来之前，那片地每天晚上都能听到女人的哭声。说完，电话就挂断了。第二个来电话的是一个男人，听声音还很年轻。他带着崇敬的心情问黛玲，那天准备穿什么衣服，黛玲问他问这种事情做什么，他就说他带了相机去准备拍照，等照片出来了还要找黛玲签名。还有一个电话问黛玲是否知道电脑千年虫准备在哪一天哪一个时间袭击地球。

这三个电话都使黛玲很烦恼。在潜意识里，她是抵制搞这次美容示范的。她总觉得会出问题。她不知道那天会来多少人。虽然米兰告诉她门票准备卖到八十块钱一张，但她还是宁愿不赚这个钱。

她心烦意乱地等米兰到来，手里拿着那条金色裙子走下楼。

米兰一开始找公关公司就碰到了困难。这座城市有这么多公关公司，包括许多打着广告公司牌子的。她刚刚从嗜睡症中解脱过来，第一次听到公关公司这个名字时还暗暗发笑。她差点就像她不认识的某个有钱的老板那样发问：“公关，不就是公共发生关系吗？”

幸亏她没有这么问，不然黛玲会把她当作一个无知街妇那样赶出美容院的。

当然米兰是害怕黛玲把她赶出美容院的。她为此用了三天时间看了许多关于公共关系的书。但使她感兴趣的却是一本书里的某一小节，这一小节是教你如何应付失业的。

这一小节是这样写的：

所以，当你获知被解雇时，可以考虑以下的方式来面对它：

1. 得知消息时，便将这项坏消息个别告知你在办公室的朋友，让他们直接获得消息，才不会散播错误的谣言。借此你也可以让他们知道，你是多么珍惜他们的友谊和关系。在此时刻，你需要每一位朋友，这不是你该退缩或害羞的时候。

2. 当你遭到解雇的消息传开之后，其他人并不会因此而歧视你，或看轻你，除非你自己表现得很颓丧。所以，此时应打起精神来，表现你充满自信是很重要的。

3. 写一封信给董事长，同时附上影印本给人事部门。信中你应表明对公司的热爱，表明曾经身为公司的一分子，是件多么令人愉快的经历；即使那不是肺腑之言，你也要让自己以愉悦的心情取代仇恨。你信中可以多提一些公司对你的正面影响，在公司度过的快乐时光，同时还可以加上一些你对公司主要贡献的描述。此时，或许你会愿意选择表现你的职业精神，而不责怪董事长。接着，你可以在公布栏上公布一些手写的谢函，感谢公司的同事及伙伴这些年来对你的帮助。例如：

亲爱的马特：

虽然我在公司的精简计划下遭到解聘，是件非常痛苦的事情。但我想让你知道，在亚士托的这些年来，能与你相识、共事，是我最愉快的经历。我会怀念我们曾经共同努力、分享成功喜悦的日子。当然，我也不会忘记我们曾经为了NBA冠军赛的争执。也许将来你会更聪明一些，可以看清楚子弹队是比活塞队优秀的。希望未来我们还可以经常见面，你真是我的好伙伴。真令人难以相信，我居然告诉一个活塞队球迷，我会想念他，但我真的会想念他。喔！当然，如果你在半夜里突然想到什么能对我的事业生涯有所帮助的点子，我给你一次机会，可在很深的夜里直接打电话给我。

祝福你、你的太太及孩子们都幸福！

当然，往下还有很多。像找一份求职指南呀，打电话给你的亲朋好友，等等。

但米兰感兴趣的却是字里行间透露出来的现代生活的气息。她从这份失业指南中感受了现代生活的乐趣。这份失业指南像一个很有耐心的妇人在她耳边不厌其烦地告诉她一些她所陌生的现代生活的经验。她想起了在她未遇到黛玲时的孤独和无助。她那时并不知道可以写这样一封充满了柔情蜜意的信贴在她住的那条街道的电线杆上，虽然她并不知道什么子弹队和活塞队，但她可以把保罗作为倾诉对象。她可以这样写：

亲爱的保罗，虽然你一字不留地离开了我，但我会想念你。我给你一次机会，可在很深的夜里直接打电话给我。

在很深的夜里！这个提醒温馨得简直可以杀人。

米兰也因此喜欢上了这个世界上的所有公关公司。原来他们是这样温馨的。

于是，米兰在替黛玲寻找操办美容示范的公关公司时，她心里就有了一个准则。这个准则就是：一定要有爱心。

从失业指南到爱心，米兰似乎在一瞬间就把握了她的工作要领。

在以后的几天里，米兰都把自己装扮成一个失业者，一个城市的游民，向她所知道的公关公司发出了一封又一封求助信，希望能得到他们的帮助。

在求助信中，米兰有时化装成一个父母双亡的初中毕业生，寄人篱下，急于找到工作； 有时化装成一个不幸遭受到车祸而下肢瘫痪的有专长的年轻人；有时她会用一首《蝶恋花》来写自己的失业的心情；还有时，米兰心情好了，会像少女时代那样把信折成一只有翅膀的鸽子。

这天下午，米兰刚把一只有翅膀的鸽子放进信封里，就感觉到门口似乎有人晃了一下。

开头，米兰以为这不过是自己的错觉。保罗离开后的最初几天，米兰常常有这样的错觉，以为保罗就站在门口，看着她。有时半夜醒来，米兰也迷迷糊糊地看到保罗站在门口，双手抱在胸前，看着她睡觉。

米兰继续把鸽子往信封里塞。她又感觉到有人在门口晃了一下。米兰转过头去，并没有看到人。这时，她听到天井的芭蕉树很轻微地响了一下。在芭蕉树的响声中，米兰似乎还听到有人说话的声音。于是，米兰把已经粘好的信封放在桌子上，嘀嘀咕咕地走出天井。

但她还是没有发现有任何异常。天井的两棵芭蕉树，在下午的阳光照耀下，发出干净的绿色。米兰突然感到很空虚。她靠在门上，眼泪一滴一滴地很慢地流在脸上。

米兰已经连续好几天没有来上班了。这使得黛玲很着急。眼看着离做美容示范的日子越来越近了，而且许多事务性的事情她都是交给米兰去做的，比如说找公关公司等等。但她没有办法找到米兰。因为她从来也不知道米兰住在哪里，或者家里的电话号码是多少。

黛玲披散着头发、叉着腰一脸烦恼地站在美容院的地板上。在她的脚边，堆着一些新鲜的胡萝卜。这些胡萝卜是准备用来做她的菜汁洗面奶的。这一天的生意并不太好，有两张凳子一直空着。刚才下楼的时候，黛玲听见美容师在小声地说，最近有一只股票准备上市，许多人都去排队买认购表去了。她听到一个美容师用讥笑的口吻说："看来是股票比美容重要。"

"当然不是。"黛玲一边走下楼梯一边大声反驳，"股票是暂时的，但美丽是长久的。而且，买股票有输的时候，做美容却是大赢家。"

黛玲嘴上虽然这样说着，但心里还是有些不安。因为米兰没有出现，更加深了她源自于今天早晨的危机感。她吩咐女工上楼把她的烟盒拿下来。等女工把烟盒拿给她，她就躺在美容部的沙发上抽起烟来。

黛玲的女工已经换过好几次了。黛玲找女工时的怪癖已经被广为流传。在提供女工的劳务市场上，黛玲会像传说中的某个王子找他心爱的女人那样要求被挑选的女工把手伸出来，她就用专业的眼光慢慢看那些手。当然，黛玲是不会伸出自己的手去捏她们的手的。她只是看。当看到一双长着长而结实的手指的手时，黛玲就决定用她了。

黛玲喜欢长而结实的手指。她厌恶短而粗的手指，也不喜欢太柔弱的手指。黛玲去劳务市场之前，先要往脸上搽一层厚厚的粉，再戴上一副宽框的墨镜。虽然有人告诉她，她这样打扮像一个过时了的电影明星，但她还是喜欢这副样子去挑选她的女工。

现在的这个女工就是上个月才在劳务市场挑选回来的。那天，天气阴沉沉的。黛玲记得还下着一点小雨。当时，她就有些犹豫到底去不去。因为在这种下雨天里，如果戴着墨镜会是一件很滑稽的事情。但如果不戴墨镜呢，黛玲又觉得违背了自己的原则。何况她实在不喜欢直接用自己的眼睛去看陌生人的手。

她当时已经决定不去了。前一个女工，因为拿了她的一瓶香水被她发现了而被辞退。临走时，女工跪在黛玲面前请她原谅，并说自己是崇拜她的美貌的。黛玲最后还是把那瓶香水送给了她。

没有了女工，黛玲觉得事事不便。很典型的一件事就是，晚上谁给她煮黑米粥呢？

黛玲已经有半个月没吃黑米粥了。在没有黑米粥的日子里，她觉得特别孤单。因为孤单，她有两个晚上甚至彻夜不眠。到第二天早上，她就看到自己脸上起了两颗紫色的暗疮。

在暗疮的提醒下，黛玲还是拿起了雨伞，戴起了墨镜，坐着出租车，来到了劳务市场。

大概是因为下雨，这天来劳务市场的女工特别少，孤零零地坐着两三个人。黛玲一直打不起精神，坐在凳子上直打瞌睡。这时，她身边坐下来一个中年女人。黛玲注意到她坐下来后就一直叹气，两只手交叉在一起，不安地绞动着。于是，黛玲就注意到了她的手。她甚至闻到了来自这个女人的手上散发的一股香气。黛玲和她交谈起来，知道了她原来是一个花圃的女工。黛玲对她说："怪不得我闻到你手上有一股玫瑰花的香气。"

这样，来自花圃的女工就跟随黛玲回到了美容院。

女工来到美容院后，黛玲才看到她原来是文了眼线的。而且文得很不好，粗粗黑黑的一圈，使她的眼睛看起来像熊猫的眼睛一样。黛玲就有些后悔。她喜欢干干净净的女人。她只好怪自己贪恋她手上散发出来的香气，而且那天天气又那么不好，她一直在打着瞌睡。

于是，她就尽量避免看她的眼睛，每次看到，黛玲的心都会很不舒服。有一次，她忍不住问新来的女工，为什么要去文眼线。当时，女工正在擦地板，听了她的问话后，头也不抬斩钉截铁地说："讨男人喜欢。"

黛玲为她的直率大吃一惊。这时，女工抬起头看着她，说："你能忍受没有男人爱你的生活吗？"

黛玲更是吃惊得不知怎么回答她的问题。这些年，黛玲已经习惯了别人的崇拜，完全没有想过要回答别人的问题。在女工的质问下，她有些懊恼，甚至想斥责她，让她在这里消失。但黛玲都没有这样做，只是吃惊地看着她。

但不可否认，这个新来的女工确实把事情都做得很好。她用她那双散发着玫瑰花香气的手把黛玲的卧室乃至整个美容院都收拾得干干净净整整齐齐。每天店门打开时，每面镜子面前都会放着一束新鲜的玫瑰花。她还会在凉开水里放上柠檬片，使得来做美容的女士都赞不绝口。

黛玲曾想让店里的美容师帮她洗掉那圈难看的眼线，她却怎么也不肯。有一次，黛玲把她逼急了，她红着眼对黛玲说："那是爱情留给我的创伤。"

她这句话使黛玲受到了震动。从此，她再也没有叫她洗掉眼线了。

"那是爱情留给我的创伤。"每次黛玲想到这句话，她都热泪盈眶。她也是饱受爱情创伤的人。于是因了这句话，她就信了这个女人，并且让她出入自己的卧室。

现在，她抽着染了玫瑰花香的烟，心里产生了一个疑问：为什么她的手总是香的？

其实黛玲向她讨教过这个问题。当时，女工很怀疑地看着她说："是不是你的错觉？"她一边说一边拿起自己的手放到鼻子下面使劲地闻了一下，然后把手伸给黛玲，说，"你再闻一下。"

这时，黛玲看到她的手腕上文了一朵很小的玫瑰，文得很精致，和女工五大三粗的外形形成鲜明的对比。黛玲看着这朵玫瑰，一下子陷入了沉思。她想起了自己额头上的紫色唇印，想起和莫名交欢时的快乐，还想到保罗，想到保罗手臂上的强健的线条。

黛玲推开眼前这只令人迷惑的手，疲倦地说："你走吧，我也该睡了。"

20

在“皮囊”的帮助下，圣德终于摆脱了钱家驹的死给他留下的阴影。当他坐在那间由理想主义商人钱家驹出钱赞助的办公楼里，想起当年的钱家驹开着他走私回来的奔驰牌小轿车专程来广州向他请教有关人生的问题，只觉得人生如梦。

这天早晨，几缕阳光从窗户外照了进来，“皮囊”安安静静地坐在另一张办公桌的后面，在翻阅每天都堆积如山的信件。

圣德每天都很早来到办公室。当他推门进入办公室时，肯定会看到一杯由“皮囊”冲好的热浓茶放在他的桌上。在这种时候，圣德总会想到他和“皮囊”其实是两头不安分的狗：嗅觉灵敏、行动快速。他由此想象自己和“皮囊”真的成了两只流浪狗的情景。但是，很奇怪，他总是无法想象自己和“皮囊”会在城市里流浪。在圣德的想象中，他和“皮囊”只会流浪在荒野中，披着长毛，一前一后，还不时发出狼一样的嗥叫。

在圣德的想象中，这两条狗肯定不会沉默的。

而“皮囊”总不会长时间和圣德待在一个房间。最多十分钟，她就会到外面的沙发上坐着。但只要圣德一声呼唤，她就会马上推门进来。这种情景使圣德想起由小说改编成电影的《华丽家族》里面的那个浓妆艳抹的女秘书，想起由男主人和他的太太还有女秘书的床组成的卧室。

但“皮囊”不是新时代的女秘书，她是一个执着于理想的旧时代的女人。

而且“皮囊”也没有在办公室里摆放鲜花的习惯。这天早上，圣德推开办公室的门，就看见在他的办公桌上用玻璃杯插着一枝粉红色的夹竹桃花。粉红色的夹竹桃花在黑色的办公桌上孤独地开放着。在这一瞬间，圣德以为米兰回来了。他甚至听到了米兰在唱《夏日里最后一朵玫瑰》。正当圣德充满了惊喜的时候，“皮囊”从办公桌后面站起来，告诉他，这枝夹竹桃是一个不知名的陌生人一早放在门口的。

这使圣德有点儿沮丧。他坐到办公桌后面，喝了一口“皮囊”泡好的热茶。在他的桌上，堆了好几封邀请他去讲课的邀请函。他拆了两封，都是请他去讲关于企业营销策略的。有一封是请他去讲企业的形象塑造。还有一封是华南理工大学学生会寄来的，想请他去讲人生价值的专题。在插着夹竹桃花的玻璃杯下面，压着一封短信，信封上写着要他亲收。圣德有点好奇，拆开来看，原来是他某天在夜总会认识的一个女孩子写来的。信不太长，有许多错别字，意思是那天听了他一席话，胜读十年书，说已经按照他的教导，不在夜总会浪费自己的青春，现在已经回到四川某个县城里重新当英语教师云云。

圣德肯定记不起这个女孩子是什么人了。在夜总会教导那些年方十八的女孩子是他的日常功课。除了桑拿浴馆，夜总会也是圣德爱去的地方。圣德喜爱那里的醉生梦死的气氛。昏暗的灯光下，有人在唱些不知所云的歌，有人在摇扇子，散发着青春气息的年轻女孩子在你身边进进出出，和客人打情骂俏，一脸风尘味的妈妈生会坐在你旁边，跟你细声细气地讲自己最近遇到的麻烦事。然后，圣德会在这一切中昏然入睡。

他有点希望这个写信的女孩子能寄一张照片来。这样，这个早晨他就可以在美好的回忆中度过。他又把信看了一遍，然后他拆第五封信。这封信是一封求职信，求职的人说自己是一个父母双亡的孤儿，想找一份工作，希望能帮助，等等。

虽然事隔多年，但圣德还是能认得出他在这个早上拆开的第五封信是米兰的笔迹。

“皮囊”自从重新遇到圣德并跟随了圣德之后，她觉得自己的精神状态有了一种翻天覆地的变化。她现在可以每天都不睡觉，通宵达旦地干活，第二天早上只要喝一杯牛奶，人就精神焕发。她有一个同父异母的弟弟，比她小很多年，是一个电脑迷，每天玩电脑也是通宵达旦的。有一天早上，她到厨房的冰箱拿牛奶喝，正好她的弟弟也进来拿牛奶，她很不满意地指责他为什么玩电脑可以通宵达旦不睡觉，她说他是浪费生命。当时，她弟弟很奇怪地看着她，对她说，你没有资格跟我说关于生命的话题。你认为玩电脑是浪费生命，那我告诉你，我认为女人不结婚是浪费生命。

“皮囊”后来仔细想过弟弟的话，不由得承认他的话是对的。她分析了自己，觉得自己是一个一生一定要找某个人来追随的人。她还发现这个世界上其实有很大一部分人是这种人。在独立的幌子下追随某个人。真的要她们独立，对她们来说是痛苦的。

她庆幸自己能遇到圣德。首先，圣德不是一个邪教的领袖。他不会让她去做她认为是痛苦的事情，当然，如果他要她去做，她也会去做的。“皮囊”有一件很隐秘的事情，就是她是一个虔诚的佛教徒。在她的香闺里，供着一尊观音像。这尊观音像她是拿去光孝寺请高僧开光过的。每天晚上，她都要给观音像上香，在香雾缭绕中做忏悔和祈祷。每天晚上，她都要对白天做过的每一件事情进行忏悔，对的错的，好的坏的。她知道自己外表的丑陋，但只要面对观音像，她就会把自己丑陋的外表忘掉。她曾让人查过自己的前世。那个人算过她的八字后，就对她说她前世是一个绝世美人，但因此欠下了许多风流债。她这一生就是来偿还上一世欠下的债的。因此，她一生注定就是受苦的，聪明而丑陋。

她问那个人，她这一生怎样做才可以偿还上一世欠下的债，那人清楚地对她说：“不要怨恨。”

“皮囊”回想自己的一生，确定自己并没有在怨恨中度过。即使所有男人都轻视她，但她都没有怨恨他们。每天晚上，她躺在自己那张加大的床上辗转难眠时，她只是一遍又一遍地想到她读小学时的一个男同学，他们班的班长，一个又漂亮又聪明的男孩子。她在读小学的时候已经发胖，而且皮肤很黑。除了成绩好之外，她是其他同学的笑柄。但是，那个天使一般的男孩子并没有歧视她，而是主动地和她坐在一桌，还把自己的学习工具借给她。

如果说“皮囊”在今后漫长的人生岁月里没有变态的话，其主要原因是那个天使的光辉一直照耀着她，温暖着她孤寂的心，使她认识到世界的美丽的一面。

在她结识了圣德以后，圣德温暖的笑容使她以为重新遇到了她小时候的天使。在圣德这个不看重女人容貌的男人面前，“皮囊”也忘记了自己的容貌。

但她毕竟是一个女人。因此，她经常想做一些女人的举动来报答圣德对她的知遇之恩。比如她很想买一件衬衣送给圣德，但她不知要买什么牌子的衬衣才好。为此，她晚上减少了祈祷的时间，坐在电视机前面看各种各样衬衣广告。当她看准了一种牌子叫“皮尔·卡丹”的衬衣时，到了商店她才知道要买一件这种牌子的衬衣必须花六百块钱。

当时，“皮囊”在“皮尔·卡丹”专卖柜前站了很久。身材苗条的售货小姐不怀好意地打量着她的身体。但“皮囊”没有理会她。她对这样的女人一向是嗤之以鼻。在“皮囊”的生涯里，买一件衬衣六百块钱对她来说是一个天文数字。她知道自己这一生势必充满了磨难，因此她希望把钱都存在银行里，以防不测。她对自己的一生是这样明白，所以平时她连奖券都不会去买。我能中奖吗?

她还是转身走了。她想，或许，我会买一束花的。

圣德按照米兰的求职信留下的地址来到了米兰住的那所房子面前。他首先看见的是在半截围墙上探头出来的开得非常旺盛的深红色的杜鹃，还看见在杜鹃上停着的一只黑色翅膀的蝴蝶。有一瞬间，他甚至希望能看到围墙里种着夹竹桃。圣德看到米兰的房子的大门紧闭着，门角还挂着几丝蜘蛛网的残丝。除了那丛杜鹃，整所房子给人的印象是残垣败壁。

那时，已经是傍晚，圣德穿着他第一次遇见米兰时给米兰留下深刻印象的米色的风衣。这件风衣圣德一直压在箱子里，很长时间没有穿了，因此显得皱巴巴的。这时候是深秋，圣德还戴着一顶皱巴巴的礼帽，他第一次见米兰时，也是戴着这顶帽子的。圣德穿着这套显然与眼下的潮流不合适的衣服来见米兰，是为了表示自己的某种心情。他走上前去推了推门，门是关着的。但很明显，他听到里面传出来的音乐声。他估计米兰出门买东西了。他就着黄昏的光线从门缝往里看了看，看到一个露天的天井和天井里的两棵芭蕉树。

圣德并不能完全肯定信是米兰写的，但他还是决定留在这里等候。他把风衣垫在台阶上，就靠着门板坐了下来。

天渐渐黑了，米兰还没有见踪影。巷子里的人也愈来愈少了。又等了一会儿，米兰门前的一盏街灯也亮了起来。圣德把口袋揣着的那封求职信拿出来再看了一遍。他看着那熟悉的笔迹，想起米兰临走时留下的字条，上面写着："来开会的人都没有穿鞋，来吃饭的人都没有带嘴。"这两句毫无意思的话，一定是米兰在十分沮丧的时候写的。

天愈来愈黑，风也刮起来。圣德孤单地坐在台阶上，身上也冷了起来。他站起来再敲了敲门，还是没有人。他只好准备离开。在离开的时候，他把米兰那封求职信拿出来，就着门板在信的后面写了两行字，小心翼翼地夹在门缝里。

圣德回到铁皮屋里，点亮了灯。当他知道了米兰回到了这个城市，和他住在一个空间里，和他呼吸着同样的空气。不知为什么，他竟有些欢喜。他抽了一支烟就躺下了。自从钱家驹死了以后，他第一次睡得这么香。

第二天早晨，他回到办公室，见到“皮囊”的第一句话就是说：“我们要继续革命。”

过了很多年以后，“皮囊”也没有弄清楚那天圣德对她说的这句话意指什么。但是，她当时听了精神为之一振。“革命”这个词是对所有厌倦生活的人的强心剂。虽然“皮囊”说不上是一个厌世者，但她确实对已经拥有的生活产生了厌倦。她牢牢记得圣德在某一次讲座上讲的一番话。圣德那天激奋地对在台下不断地使用手提电话的经理们说：“我们的生命是浓缩的。我们用了十年，就走完了西方一百年的心路历程。”

当时，讲台下面有一个男人是某个牌子的移动电话的广告部经理。这堂课的一个星期后，“皮囊”就看到这个牌子的移动电话在电视上的广告词是：“为什么我们十年就走完了别人一百年的路，因为我们有了某某某移动电话。”

“皮囊”注意到，近来越来越多的人在听圣德讲课的时候进行录音。她担忧地把这个现象告诉了圣德，希望圣德制止这种明目张胆的剽窃行为。她有一次混进学生队伍里，穿上白衬衣，还穿上可笑的吊带裙，坐在课堂的最后一排。在这个位置上，她可以非常清楚地看到前面所有人的一举一动。但当圣德开始讲的时候，“皮囊”却听得聚精会神，忘记了她坐在这里的任务是什么。当圣德结束他的讲演，全场响起雷鸣般的掌声时，“皮囊”才如梦初醒。自从在《爱斯基摩人》杂志的一次聚会上听过圣德的演讲后，“皮囊”就再没有听过圣德在公众场合的演讲了。这一天她像所有的圣德迷那样着迷于圣德演讲的风采。当她看到许多年轻男女拥向圣德向他提问或者索要签名时，“皮囊”从后排站起来，拿出准备好的一束花，交给人群中的一个少女，请她把花献给圣德。

从此以后，“皮囊”就把录音机这一类的事情置之脑后了。

但为公司着想，她还是希望圣德能把自己的价值保护好。她对圣德说：“你总有一天会江郎才尽的。”

圣德后来又去了一次米兰的住处。这次是中午时分。圣德依旧穿着那件风衣戴着礼帽。但屋子里还是没人，只听到从屋子里传出来的音乐声。他上次塞在门缝里的纸条依然还在。圣德耐心地等了一会儿，然后，他看了一眼墙头的那丛艳丽的杜鹃，突然决定要翻墙进去。

圣德在围墙下做足了翻墙的准备。他把风衣脱了，整整齐齐地叠好，放在地上，再把礼帽放在风衣上面。然后，他仔细观察围墙。这堵用红砖砌成的围墙已经很破败了，但看上去还结实。圣德估计自己的重量压上去围墙是不会倒的。这时，圣德全身上下穿的都是名牌，他担心围墙上爬着的长春藤会弄脏了他的鳄鱼牌衬衣。这时，他很希望身边走过一个听过他讲课的人，不管是男人还是女人。圣德有好几次去酒家吃饭，结账的时候，柜台小姐都充满仰慕地对他说：“先生，您的账已经被某某经理结了，他说他是您的学生。”

这时，圣德也很希望身边突然出现一个人，拿着一把梯子，递给他，说：“先生，这是某某某经理让我送给您的。他说他是您的学生。”

圣德依稀记得在童年时爬过一棵很大的榕树，榕树上还有一个鸟巢。当时，他从鸟巢里掏出一个鸟蛋就下来了。在他上树和下树这一短暂的时间里，并没有发生什么。而他的生命也将是这样，在他存在和不存在这一段时间里，他的生命中并没有发生什么令他感到惊奇的事。这也是他所遗憾的。

正当圣德把鞋脱掉准备爬墙时，他听到门声音很大地响了一下。他又惊又喜地重新把鞋穿上。这时，他看到一个男人从门里走了出来，朝另一个方向走了。他只看到他的背影，是个年轻的男人。随即他又听到关门的声音。

圣德呆了好一会儿，才慢慢再走到大门前。他听到屋子里面的音乐仍旧在响，但大门紧关着。他留给米兰的字条落在地上。圣德走上前去，慢慢弯下身体，捡起字条，再慢慢离去。但他忘了把放在地上的风衣和礼帽捡起来。

当晚，城市的上空刮起了一股小小的龙卷风。后来，有报纸报道，龙卷风把一辆放在海珠广场的花圃旁边的自行车卷到了花圃的另一侧；有三只青花瓷碗同时卷上了天空，并在天空中碰碎了；有一个人打着的伞给卷跑了；还有一幅某个牌子的广告牌给卷到了屋顶。

报纸没报道的是：圣德的风衣和礼帽给龙卷风卷到了米兰的屋子的围墙上面，正好安安稳稳地放在深红色的杜鹃花上。

事隔两天，当米兰从电视里得知龙卷风的消息，走出自己的房门时，她诧异地看到了在她亲手种的杜鹃花上面的风衣和礼帽，并在风衣和礼帽上闻到了圣德留下来的气息。

米兰搬了把梯子，把风衣和礼帽拿下来。她手触摸到风衣，就像触摸到圣德的身体。这使她想起在铁皮屋充满了激情的日子。她感觉到自己的脸放出了光芒。她喜欢这种感觉，于是把风衣穿在身上，回到自己的房子里，关好门，满脸笑容地和衣而睡。

这时，并没有多少人知道米兰已经患了轻度的精神分裂症，只有时不时来和米兰同床共枕的那个年轻男人知道这个女人是不清醒的。这个年轻男人是南下的民工，有一天晚上，他在街头看到神志不清的米兰，把她送回家，并和她上床。每次他离开，都会带走一些屋子里的东西。

因此，当保罗再次回到米兰的屋子里，他只看到一间空空如也的房子和穿着一件男式风衣瘦骨嶙峋奄奄一息的米兰。

21

谁也没有想到，子辛再次回到广州城时，会变成一个受到各阶层欢迎的宝贝儿。

毕业于医学院的子辛像他熟读的武侠小说里的某个主人公那样有着一张通情达理的脸。这使圣德十分惊讶。从前的子辛穿着一身深蓝色的中山装，腋下夹着套《射雕英雄传》，谁也不看。可现在，他却热衷于和所有的人打交道。哪怕在最肮脏的大排档，也会看到皮肤白皙的子辛在兴致勃勃地和一些蓬头垢面的人一起喝酒。

子辛有一段隐秘的经历，是他在澳洲的时候发生的。但他从不诉诸别人，以致圣德好几次在他酒醉后想套出他的故事，子辛还是死不松口。圣德稍稍有点失望，并确定子辛这段经历肯定是十分惨痛的。

因为经常喝酒，子辛原来颇有风情的漂亮的眼睛垂下了重重的眼袋。这使他看上去有些像一个酒色之徒。有时，他会回忆自己年轻时企图寻找苦难的冲动，就会嘲笑自己说："啊，那时真好玩。"

子辛刚回来的时候还是充满了信心。他和别人在东莞合伙开了一家玩具厂，货品发向欧洲。开头半年做得好好的，可是，一场大火就把工厂烧了。然后，子辛才重新回到广州，拿着剩下的钱每天混迹于夜总会里，和广大的三陪小姐结成了良好的关系。

因为入不敷出，子辛就常常欠夜总会的钱。但他还是每天去夜总会喝酒。只不过就不叫小姐了，因为没有钱给小费。夜总会的老板是他从前的老相识，某天晚上对他说："你以后怎么办呢？"子辛很平静地说："我可以卖身。"

后来，这句话被广为流传，并传到了黛玲的耳朵里。

这天，黛玲正好十分无聊。她听到这句话后很兴奋。她不知道子辛现在成了什么样了，但从前的子辛可是一个能让女人兴奋的男人。她还记得子辛穿着那套深蓝色的中山装，左脸颊上有一个很深的酒窝。她通过一些耳目向子辛发出殷切的邀请，甚至在美容院门前的龙眼树上挂上了黄丝带，还在黄丝带上描上了一颗颗红心。

黛玲搬了张帆布凳子坐在龙眼树下，因为太阳很猛烈，她还在脸上涂了厚厚的防晒霜。

在黛玲等候子辛的过程中，不断有一些关于子辛的传闻传到黛玲的耳中。子辛和某个卡拉 OK 的妈妈生在南海渔村消夜；子辛向一个三陪小姐求婚，并准备在白天鹅宾馆摆酒；子辛去澳门赌钱输了，等等。但黛玲一点也不着急，每天搽了厚厚的防晒霜坐在龙眼树下。她十分明白子辛这一类的男人，他们是不会有任何结果的。

这时，黛玲对男人已经不抱任何期望。她搽着厚厚的防晒霜坐在龙眼树下，只是为了帮助自己解闷。因为米兰的消失，黛玲的美容讲座也不了了之了。这段时间，她非常悠闲。她甚至穿上了麻质的休闲裤。她对子辛的到来很有把握。

在帆布凳上坐了两天以后，黛玲突然想念起那个叫"秋天落叶"

的女作家，想起她读小说给自己听的日子，想起她在读海明威的小说之后就一去不返。黛玲有些愧疚。她一再想自己是否对女作家刻薄了。黛玲想，如果现在她再来治黄褐斑，她一定会免费给她治的。

最近，来治黄褐斑的病人愈来愈多，而且斑的颜色愈来愈深，面积愈来愈大。黛玲曾经把这个现象告诉一个报纸的记者，记者为此还专门做了一个报道，并在文章里宣称这是因为都市人缺乏爱情的缘故。黛玲看了以后有点哭笑不得。她打电话给那个记者，叫他发一条公益广告：如果想消除黄褐斑，那就去寻找爱情吧，或者是：爱情对黄褐斑说“不”。

这天结束了，但子辛还是没来。黛玲感到有点厌倦。她收起帆布凳的时候，看到一个年轻的女孩子背对着她怯生生地站在美容院的门口。当黛玲走到女孩子背后，女孩子转过身来，黛玲大吃一惊，原来是她多年不见的女儿。

黛玲当时惊得连帆布凳都掉到了地上，差点儿砸了自己的脚。她看着女儿，说：“秋霞，是你。”

女儿慢慢抬起眼睛看着她。黛玲很难过地看到，长大了的女儿并没有像她希望的那样亭亭玉立，而是身材矮胖，个子还没有她高，脸上还长了很多雀斑。当然，在这一刹那，黛玲把这一切全部归咎于自己多年来没有照顾女儿。

因为惊喜，黛玲并没有从女儿的眼睛里看出复杂的神情。她拉起女儿的手，把她拉进灯光灿烂的美容院，骄傲地对所有人说：“大家看，这是我的女儿。她来找我了。”

当美容院的所有人都停住了手上的活儿来看黛玲的女儿时，她已经像一只小老鼠那样熟门熟路地顺着楼梯上了黛玲的房间。以致后来所有人都说并没有看到她的样子。

黛玲跟着女儿上了楼梯。进了自己的卧室，她惊讶地看到女儿正坐在她的梳妆台前用她的口红涂嘴唇。听到她进房间，女儿还在细心地老练地涂着口红，并没有回头看她。

黛玲站在她的背后看了她好一会儿。女儿穿着一件牛仔背心，在露出的左肩膀处，黛玲看到一块熟悉的小小的紫红色的胎记。这块胎记勾起了黛玲对往昔生活的记忆。甚至是新婚第一天前夫对她说的亲热的话，在胎记的指引下，都在此时此刻一一浮现。

黛玲走到女儿的背后，用手轻轻摸了一下胎记。女儿放下口红，依旧没有回头，对着镜子里的她说："你用的可是好牌子。"

黛玲多少感到有点惶然。她多年期盼的见面竟是这样的开场白。女儿又说："我来找你，是求你帮我一件事。"

黛玲对女儿说："你至少应该转过头来跟我说话。"

女儿终于慢慢转过头来。因为把嘴唇涂得鲜红，使她的脸显得怪异。女儿又从牛仔背心的口袋里拿出烟来。黛玲惊讶地说："你抽烟了？"

这时，她看到女儿眼里露出一丝憎恨的神情。这刺痛了黛玲的心。她问女儿："你是不是恨我？"

一直躲在黑暗中的绿鹦鹉这时发出了刺耳的声音，它饶舌地说："你是不是恨我？"

因为鹦鹉的声音太高，黛玲的女儿给吓得从梳妆凳上跳了起来。黛玲感到这个场面有点可笑，便轻声笑了起来。

她女儿惊魂未定地问：“是谁在说话？”

黛玲止住笑说：“不要怕，是一只鹦鹉。”

因为受到了惊吓，黛玲看到女儿眼里的那丝憎恨消失了，她默默不语地低着头坐在黛玲的床上面。

黛玲坐到她的身边，搂住她的肩膀，问：“我能帮你什么呢？”她说这句话时也感到惶然，觉得此时此刻像某个电视剧里面的场面。

女儿对她说：“你先把灯关了，我才能说。”

黛玲顺从地把灯关了，但心里有一丝恐惧。在黑暗中，她不敢靠女儿太近。在黑暗中，她听到女儿说：“妈妈，我要你帮我修补处女膜。”

黛玲在地板上醒过来时，天已经亮了。远处有人在播放用二胡演奏的《二泉映月》。黛玲在地板上听着凄美的乐曲，突然感到自己一生的凄凉。她的眼泪不断地淌着。她的女儿已经不知何时离开了，黛玲还闻到屋子里有她女儿身上的一股奶味。

黛玲躺在地板上，感到前所未有的恐惧。她女儿说：“妈妈，我要你帮我修补处女膜。”

黛玲支撑着从地板上爬起来，感到头有些晕。她喝了一大口用蜂蜜和腌橘子调的凉开水，喘了一口气。然后，她走到窗前，拉开窗帘，让阳光照进卧室。

当她打开窗，就看到龙眼树上挂着的黄丝带。她突然醒悟过来，就是这些黄丝带把她的女儿带到她这里来的。她挂黄丝带原来是为了某个男人，没想到却让女儿不期而至。

她不知道女儿最后那句话是否是戏言。这简直是太滑稽了。她突然想到她在一本杂志上看到的一个标题《要爱情还是要处女膜》。如果她的女儿因为处女膜而遇到难题，那真应该把这句话送给她。她早就听过关于修补处女膜的传闻，当时她觉得简直是无聊。但现在却想不到发生在女儿身上。她拿起女儿留在桌子上的纸条，看到纸条上写着一个传呼机的号码。

黛玲拿起电话，又放下。她需要知道女儿为什么要做这件事，她是否遇上一个变态的男人了。

这时，黛玲急需找个人商量。她再次想到米兰。她翻箱倒柜地寻找米兰是否留下了地址，找了一个上午都没有找到。楼下开始传来了客人和美容师说话的声音。黛玲飞快地走下楼，问谁知道米兰住在哪里。但谁也不知道。黛玲感到很惊讶。她对众人说："难道你们就那么冷漠吗？"

黛玲很沮丧地走上楼，看到鹦鹉正晒着太阳打瞌睡。黛玲对它说："你知道那个小女人住在什么地方吗？"

鹦鹉听到她说话的声音，张开眼睛看着她，很有礼貌地说了一声："早晨好。"黛玲叹了口气，说："好什么，这个早晨真是糟糕透了。"这时，鹦鹉突然用脚打翻了装食物的银盆子，盆子带着里面盛着的东西一起打翻在地毯上。黛玲很恼火。她一边骂鹦鹉，一边弯下腰收拾盆子。她骂鹦鹉简直是白养的，在这个时候还捣乱。

突然，黛玲在打翻在地上的盆子上看到了一张小纸条，上面清清楚楚地写着米兰的住址。

她来不及细想怎么这张小纸条会在鹦鹉的食盆里，拿着纸条就跑下楼梯。

黛玲在美容院的门口，和闻讯而来的子辛碰了个满怀。黛玲因为走得急，而子辛又顾着抬头观察黛玲的美容院，因此两人都给对方撞得头昏眼花。当子辛定睛看到眼前是一个美妇人时，他就知道这肯定就是黛玲了。他看着怒气冲冲的黛玲，估计她并没有认出他来。和十年前相比，眼前这个美妇人姿色并没有丝毫减退。这真是令人惊讶。而黛玲确实没有认出子辛。而且此时此刻她早就把子辛忘得一干二净了。因此不管子辛如何对她使眼色，她还是觉得眼前这个穿着一件褪了颜色的衬衣的男人非常讨厌。现在，她一脑子是女儿的问题，而且急需找到米兰。她很不耐烦地对子辛说："你是来洗脸的吧，你进美容院就是，我是从不给客人洗脸的。"

因为黛玲把子辛误认为是来美容院洗脸的男人，这使得子辛在很长时间里都不敢去亲近任何女人。他不断地向别人发问："我看上去是不是很猥琐？像会去诱奸幼女的那种？"

后来，黛玲为了这个问题和他发生过激烈的争吵。黛玲义正词严地说，洗脸的男人和诱奸幼女的男人完全是两回事情。洗脸的男人是有文明习惯的男人，是干净的男人，起码是把脸洗得干干净净再出去见人。黛玲气愤地说："我就见不得你们这些中国男人，头发和脸没有一天是干净的。还去穿什么名牌。"气愤之下，黛玲把一个空的洗发水瓶子用力扔出门外。

子辛这时已经舒舒服服地坐在美容院的沙发上了。他耐心地对黛玲解释道，爱洗脸和洗头的男人当然是干净的男人。但为什么他们不在家里自己洗呢？他们只不过是借干净的名义满足某些肮脏的心理。子辛说："你看我，从来都是在家里自己洗的，而且是天天洗。”他一边说，一边用手拨弄自己一头茂密的黑发。

黛玲看了看他的头发，奇怪地说：“像你这样酗酒的人，头发还这么黑，这么多，真是一件怪事。”

子辛得意地说：“那我跟你才是天造地设的一对了。”黛玲呸了他一口说：“我跟你完全是两类人。”

这一天，他们说了很多话，很投机。黛玲还把子辛带到她楼上的卧室让他参观。子辛说：“这是自我见到宋庆龄的卧室之后最有品位的卧室了。”这句话说得黛玲很受用。然后，他们又一起去吃午饭。

黛玲和子辛走出饭店时，看到阳光很好。他们同时停在阳光里，看着马路上的车水马龙。子辛感叹地说：“你看，车子多了这么多，你的容貌还是依旧。”他边说边把黛玲的手拉进自己的手掌里。这时，他感到自己手中多了一样东西。他好奇地拿起来看，看到了写着米兰地址的纸条。

黛玲这才想起那件重要的事情。她慌张地把手从子辛处抽回，甩下子辛就大步往前走。在过马路的时候，有两次黛玲差点给车撞了。

子辛呆呆地站在马路边上，看着黛玲消失的身影。刚刚看到的纸条上的地址清晰地浮现在他的脑中。

那是谁的地址呢?

子辛和黛玲几乎是同时到达米兰家门的。他们同时看到了米兰家的围墙上的那丛深红色的杜鹃。黛玲刚拿起木门上的铁环敲门,就看到了子辛从左边走过来。她恼怒地看了子辛一眼，子辛则亲切地向她摊摊手，好像说，我是在关心你。

黛玲敲了一会儿门，就听见里面有人走动的声音。黛玲向子辛做出暗示，让他离开这里。但子辛假装没看见。就在这时，门打开了。黛玲惊讶地看到保罗光着上身，穿着一条墨绿色的沙滩裤站在他们面前。

保罗看到黛玲也感到很惊奇。一时两个人大眼瞪小眼，谁也说不出话来。

好一会儿，保罗才嘶哑着声音问黛玲："你怎么会来这里？"

黛玲看着保罗，看到了在他的左肩上有一处明显的唇印。这使黛玲一下子丧失了理智。她冲上前去，一把揪住保罗的头发，使他低下头来。黛玲还不解恨，用另一只手去打保罗的脸，大声地骂道："原来你在这儿偷欢。"

站在一旁的子辛感到很尴尬。没想到这个美妇人来这里是为了捉奸的。他爱莫能助地看着愤怒的黛玲。看到她一张粉脸怒成黑脸，因为用力，黛玲头发凌乱，口出粗言，在子辛看来她完全没有了仪态。

他再看看保罗，看到这个男人低着头，任黛玲抓着头发打骂，一副好男不和女斗的样子。子辛很想看清楚保罗的样子，看他是否英俊，是否值得黛玲如此狂怒。但因为后者一直低着头，使得子辛很着急。他甚至想大声喝叫黛玲停止。"STOP！"子辛突然用英文大叫了一声。

子辛从未想到他着急起来声音会是那么大。不止黛玲和保罗恢复了常态，巷子里所有的窗户都伸出了好奇的脑袋。伸出来的脑袋嘴里都异口同声地叫着"STOP"。

在这短暂的时间里，“STOP”的声音响遍了广州城，连出租车司机也加入了呼喊“STOP”的行列里。在响彻云霄的喊叫声里，子辛充满感情地想起许多年前，他们一边呼喊“举枪致敬”一边往电线杆下撒尿的壮举。那次壮举使他们对自己生活的不满得到了最彻底的发泄，并使他们在往后的岁月里并没有成为一个变态狂。

在此起彼落的呼喊声中，子辛充满亲切感地想到了圣德。他看看呆若木鸡的黛玲，满意地吹着口哨走下了台阶。

米兰在保罗的精心照顾下慢慢恢复起来。她有两次发作得很厉害，用碎玻璃划伤了保罗的手臂。于是就有人劝保罗把米兰送到精神病院，却给他坚决地拒绝了。

但米兰变得沉默不语，常常自己搬一张凳子坐到天井里发呆，或者拿一本书看。为了照顾米兰的生活，保罗就近找到一家美容院当发型师。美容院开的时间一般比较长，而且比较晚。保罗就跟老板谈好上半天班。因为保罗的技术好，熟客又多，所以美容院的老板也就答应了。

在过了一段这样的生活以后，保罗反而觉得自己的内心趋于平静。医生曾对他说过，米兰的病在今后的日子里会时好时坏，不可能痊愈的。保罗也冷静地接受了这个现实。身边有一个需要他照顾的人，使他平生第一次有了责任感，而且是对女人。

这种感觉使他感到新鲜。

隔两三天保罗就要到超市去买东西。他还学会了给米兰洗头发。自从在门口见到黛玲之后，保罗觉得自己和米兰的宁静被打破了。

黛玲走了许多天，他还闻到她留下来的香草的气味。这种气味他在她的身上闻到过。在香草的气味中，保罗不断地回想起他和黛玲做爱的种种细节，甚至连在梦中也看到黛玲充满欲望的身体。从梦中醒来时，保罗的身体像火一样在燃烧。

这真让他发疯。这时，他就非常憎恨黛玲，像憎恨一个巫婆那样憎恨她。他想象她正在自己那间神秘的房间里做法，让他不得安宁。

这时，保罗就会到天井里，吊起一桶冰凉的井水冲到自己身上。然后，会走进米兰的房间，看着沉睡的米兰，俯身闻一闻她身上散发出来的淡淡的香气，使自己的心灵重新得到安宁。

每天晚上，保罗都要在米兰的房间里点上一炷淡香的藏香。米兰就在藏香的香气中安然入睡。

接着，保罗就会把那只松鼠狗带回房间，让它睡在靠近床的沙发上，然后自己再上床睡觉。

“皮囊”在很长一段时间里，都想为圣德策划一次光辉的活动。她希望借这个活动能使圣德重振雄风。这两天，“皮囊”终于想到搞一次旧日的《爱斯基摩人》杂志撰稿人的聚会。

这个主意是她有一次去参加中学同学聚会时受到的启发。在那次聚会上，所有到场的人都满怀激情地回忆从前各种各样的趣事和每个同学在当时的种种表现。当时，“皮囊”坐在一旁持冷眼旁观的态度。当她看到因为往事而变得激情的一张张脸时，她突然回忆起第一次参加《爱斯基摩人》杂志聚会的情景。当时，圣德的铁皮屋甚至天台都坐满了人，她到了那里只能坐楼梯了。她还记得那条楼梯，又窄又陡。但她当时却认为是通向革命的康庄大道。她由此而想起延安窑洞的灯光，想起《夜半歌声》，想起小说《家》里面觉新对瑞觉说："我们都不能再当旧时代的奴隶。"她当时用一张报纸垫在屁股下面，即使伸长了脖子也看不到铁皮屋里的景况。她只是听到楼上好几个人在大声争论萨特的哲学最早传入中国到底是什么年代，还有卡夫卡是不是反对共产主义，等等。她听得热血沸腾，并为自己只能坐在楼梯口而着急。

当然，当她第三次到铁皮屋时，她已经可以坐到圣德的床沿上了。这当然和性是没有关系的。因为铁皮屋太狭小，只能放一张凳子和一张床，必定有一个人要坐到床上去。到了第四次，圣德已经为她做了鸡蛋糖水。

即使坐在嘈杂的酒家里，身边是一群吵吵嚷嚷的群众，但往事仍然令"皮囊"容光焕发。当她吃下了第五块蛋挞后，她站起来离开了。

在"皮囊"的观念里，她对群众是轻视的。她常常对圣德说："群众是什么？群众不过是一堆垃圾。"长期的理想主义熏陶，使她只崇拜英雄。在某次关于到底是英雄创造历史还是人民创造历史的争论中，"皮囊"像一个电影明星那样把与她争论的"群众"拨开，对他们轻蔑地说："你们不过是又一堆垃圾。"

当她摇晃着肥胖的身躯行走在大街上时，她常常心里感到很沮丧。她怀念从前《爱斯基摩人》杂志的日子。她怀念激情、争论、通宵达旦。现在，有什么令她可以通宵达旦的呢？

"皮囊"花了五天时间，搞出了一个关于《爱斯基摩人》杂志十五周年纪念活动的策划。她对圣德说，要趁这个活动在全城推广理想主义教育。

圣德正准备去会见一个多年不见的朋友，他粗粗看了一下“皮囊”精心写出来的策划书，无所谓地说：“那我们推出哪一种理想来教育他们呢？”

圣德这天晚上要见的是多年前他的一个辩论对手。直到现在，他还记得他站在当时的中苏友好大厦即今天的交易会大厦的路旁，挥舞拳头大声辩论的英姿。

他们当时都是十六七岁，被革命的浪潮冲昏了头脑。当革命把现行的一切弄了个底朝天时，一切旧有的准则和道德也都不复存在。这样，人生在他们面前展现了极大的可能性，就像毛泽东所说：“一张白纸，好画最新最美的图画。”

当时，他和他都代表着一方学生组织。他们不约而同地每天都会来到这个地方进行争论。大厦里原来有一个提供给知识分子和高级干部活动的俱乐部，在革命期间给关闭了。但他们每天来辩论都要经过一条原来是为俱乐部修的两旁放了哈哈镜的林荫道。圣德每天在路灯下经过这条林荫道，看着自己的身体一会儿变大一会儿变小一会儿变肥一会儿变瘦，总是乐得哈哈大笑。

现在，圣德想起那些黑暗中的哈哈镜，却是不寒而栗。这些年的浮沉，他们何曾不像在哈哈镜里的那样，一会儿变大一会儿变小一会儿变肥一会儿变瘦。他不知那个人有没有这样的感觉。其实哈哈镜已经向他们暗示了今后的命运。

他现在已经记不清当时争论的具体内容了，但绝对是一些非常严肃和大是大非的问题。不会像现在的电台主持人争论的那些诸如“我在你心中位置如何？你在情人节送什么礼物给我？”的无聊问题。

圣德招手叫停了一辆出租车。他刚钻进车门，天就开始下雨，而且越下越大。他把车窗摇上，看到黄豆大的雨点噼噼啪啪地打在车窗上，路旁几棵孤零零的紫荆树也被雨打得歪歪斜斜。圣德在雨中回忆着那个人的面孔。他的左边眉毛好像藏着一颗痣。

车开到了花园酒店的正门。圣德下了车，进了酒店，坐电梯上了二十六楼。

当圣德按照电话里所说的按响了某个房间的门铃，开门的并不是他多年以前认识的那个人，而是一个身材魁梧衣着笔挺的年轻人。年轻人很有礼貌地把圣德请到房间里坐下，拿给他一张到澳门的双程旅游票，并告诉他，陈先生将在澳门最美丽的饭店等他。

圣德乘电梯到了大堂。大堂里穿行着各种类型的游客，显得生气勃勃。咖啡厅里的菲律宾歌队唱歌的声音一阵一阵地传到大堂。圣德置身在这种现代化的场合中，有些恍然。他突然想起旧时的林荫道上的哈哈镜和年轻时候的他在哈哈镜里的身影，不禁热泪盈眶。他甚至想跳上大堂的前台上向所有人说，现代化是狗屎，现代化里有争辩吗？现代化里有爱情吗？现代化只有快餐和盒饭。

但他最终也没有跳上去，只是拿着那张令他感到莫名其妙的去澳门的双程旅游票，惆怅地走出了花园酒店。

“皮囊”感觉到自己生活得愈来愈不好。世界正朝着愈来愈不利于她的方面发展。她最近为纪念《爱斯基摩人》杂志十五周年而做的几次游说都失败了。她游说的第一个对象是一个很年轻的亿万富翁。这个年轻人是靠走私汽车配件发财的。他们约好了星期三的下午在花园酒店的绿茵阁见面。

当时，“皮囊”还是充满了希望。她提前了许多时间坐在绿茵阁里，挑了一张靠窗的桌子。她和这个年轻人已经见过一次面了。

“皮囊”要了一杯凉开水，在桌上摊开她所带来的文件。不一会儿，一个穿着西装的年轻男人大模大样地坐到她的对面，并点了一支烟。年轻人开口就说：“你的方案我已经看过了，首先我要冠名权。”“皮囊”马上说：“这没问题，因为是你投资的活动，理应你有冠名权。”

眼看着谈判正朝着有利的方向发展，年轻人的脸上已经出现了“皮囊”所熟悉的同意的笑容。就在这时，酒吧里的钢琴响了。年轻人皱了一下眉头，转头往钢琴的方向看过去。他看到一个穿着黑衣裙的年轻女孩子正坐在钢琴前面埋头弹琴。

他的脸上突然出现了一种厌烦的神情，然后对“皮囊”说：“你说这个女孩子是从大学里出来的吗？”

“皮囊”不知道他问这个话是什么意思。她不太肯定地说：

“可能是吧。”

年轻人马上激愤起来，大声说：“那我们的教育还有什么意义？在音乐学院毕业出来的学生要到酒店里弹琴混饭吃，那我们还办什么学校？”说完，他站起来就走了，连水都没喝。

“皮囊”目瞪口呆地看着他大摇大摆地离开了绿茵阁。这种突如其来的打击，使她一下子反应不过来。她甚至没有喊他回来，没有继续对他晓以道理。这真是令人啼笑皆非。只因为一个年轻的音乐学院出来兼职的女孩子，就可以破坏了一场深谋远虑的策划。

“皮囊”脸无表情地收拾桌上摆出来的文件。突然，一张发黄的旧照片从文件里滑了下来。“皮囊”以无聊的神情拿起照片，却看到原来是很多年前临下乡在家门前照的一张照片。透过落地玻璃门外太阳的光线，“皮囊”看到少年时的自己手里拿着一本发黄的书。“皮囊”立即记起这是一本线装的《白香词谱》，是当时住在她隔壁的一个女孩子送给她的。

面对着这张旧照片，“皮囊”的脸庞上现出了幸福的笑容。

少年时代的“皮囊”虽然还是有点胖，但神采奕奕，甚至是可爱的，穿着一身绿色的军装，像一只时时准备要叫唤的青蛙。她想起到了农村后，基本没看过那本《白香词谱》。当时的生活和《白香词谱》没有一丝关联。那个充满了小资产阶级情调的小姐，现在也不知怎么样了。如果和她讲起那本《白香词谱》，她肯定也会嘲笑自己当年的举动的。

在旧照片的光环里，“皮囊”陷入了对往事的甜蜜的追忆。她已经把刚刚令人不愉快的事情完全忘掉了。她扬手叫来了侍应，替自己要了一杯爱尔兰咖啡和一客栗子蛋糕。

当“皮囊”在花园酒店的绿茵阁享受着爱尔兰咖啡和栗子蛋糕时，圣德已经坐在澳门的世界著名的赌场“葡京”的贵宾房里。他昔日的战友西装笔挺地坐在他的对面，正在用眼睛仔仔细细地研究他。圣德对他的昔日的对手从事什么职业已经心中有数了。他坐在沙发上，脑子一再想起看过的无数关于职业赌徒的电影，想着他昔日的辩论对手在电影所渲染的生活里充当的角色，他在新的生活里，已经不再使用他的如簧之舌了。

圣德打量一下周围。这间装饰华丽的贵宾房的墙上，有一块用红木镶着的镜子。圣德心有灵犀地站起来，走到镜子前面。果然是一面哈哈镜。

他在镜子前扭了几下身子，却把腰闪了，只好连忙坐回沙发上。对方哈哈大笑起来。

这次见面后，圣德就再也没有去过澳门。倒是经常会在珠海同他见面。当对方提出要以给圣德赌资的形式赞助圣德的事业时，圣德拒绝了。圣德对他说，这有违我的原则。我是一个对赌博充满了厌倦的人，所以我不能要你的赌资。他昔日的对手说，我只能以这种形式来帮助你。圣德笑笑说，那你总能请我吃一顿海鲜吧。

以后，他们就每个月在珠海见一次面，吃一次海鲜。

尽管圣德不能接受赌资。但刘勇对圣德要建立贵族学校的策划充满了兴趣。他对圣德说，一定要建立一间铸造完整人格的贵族学校。他喷着酒气说，数学算什么，语文算什么，重要的是要有坚强的意志。他说，这些学生第一本要读的就是《格瓦拉传》。他想了想，又说，当然，《毛泽东传》也可以。

圣德刚刚接到了他的一个电话。在电话里，他说最近要去一趟北京，爬一次长城。他神秘地说，长城是他的财源，每次他从长城回来，他的银行账户里就会多几个零。

虽然圣德对他的迷信嗤之以鼻，但在心里还是庆幸有这些旧日的朋友。因为他们是在理想主义的年代成长起来的，对今日这个物质社会充满了不满和鄙夷。只要见到一点理想的曙光，他们都会放弃眼下的生活奋勇前进的。

22

当“皮囊”在花园酒店的绿茵阁享受她的爱尔兰咖啡和栗子蛋糕时，保罗正在细心地替米兰把木瓜削了皮准备煮木瓜糖水。

保罗做这些事时充满了柔情蜜意。煮糖水不能用太熟的木瓜，也不能用完全生的。这些知识，都是米兰在清醒的时候告诉他的。

保罗守着半醒半痴的米兰已经有三个月了。有两次米兰偷着走了出去，害得他费了好大的劲才在一丛玫瑰花旁边找到她。第二次保罗也是在一丛玫瑰花旁找到米兰的。当时，她正坐在玫瑰花旁边的石凳上看书，安安静静的，看到他还对他笑了一笑。

后来，保罗灵机一动，在天井里挨着芭蕉树种了几棵玫瑰。因为天井里阳光不够，玫瑰有些蔫蔫的，总也不开花。保罗就有些失望。

保罗把削好皮的木瓜切成一小块一小块放在锅里，他突然感到迷茫。这是我吗？他问自己，这是我吗？

但不可否认，保罗这三个月生活得非常安静。他第一次和一个女人生活在一起是这样安静。这使他感到很满足。他长年累月地生活在和女人纠缠的激情当中，生活在她们破碎的激情当中。这大大损坏了他的生活和他对生活的感觉。他甚至感觉到连皮肤也老了。夜深，他听到一些细小的衰老的皮肤掉到床单上的声音。

他和米兰分开住。一人住一间房间。米兰清醒的时候，有一次请求他让她服安眠药。“让我有尊严地死去吧，趁你还愿意照顾我的时候。”

他严厉地拒绝了，并悄悄地把屋子里所有能够对生命造成伤害的药物和物件都收了起来。保罗对米兰说：“我们都是同一类型的人，我们都不适合这个世界。但是，我们的生命还是宝贵的。”

米兰似懂非懂地听着，并看了他一眼。

在保罗的内心里，他还是希望米兰能尽快地好起来。甚至能够像一个正常女人那样嫁给她所爱的男人。他感觉到自己能看到这天。为此，他为了米兰的病咨询过许多医生。但所有的回答都是令他莫名其妙的。有位医生劝告他，要让米兰多打麻将，因为打麻将可以防止老年痴呆症。于是，他很明确地告诉这个医生，米兰还是一个没有结过婚的年轻女人。医生马上胸有成竹地说：“那她肯定是因为焦虑而造成的。让她赶快结婚吧。”

有的医生在听完保罗的描述以后，就劝保罗放弃：“这种病根在忧郁。即使一时好了，一遇到不快乐的事情就会马上复发。”医生还问保罗：“你有把握让她一辈子都快乐吗？一辈子都不会遇到不快乐的事情吗？”

保罗当然不敢保证，他连自己都不敢保证。也有的医生劝米兰多喝鱼头汤，因为鱼头汤是补脑的；也有人说要吃猪脑。如果在平时，保罗早就把这些人赶出门外，但他现在不仅不赶，还耐心地听着，泡茶给他们喝，还请他们吃饭。

但他一边做一边感到绝望。绝望并不是因为米兰，而是因为这个世界。

自从保罗来到以后，丝丝发廊就顾客盈门，日益兴旺。弄得发廊的女老板梅娘也吃起醋来。梅娘对保罗说："你可真是女人的心肝宝贝。现在，对你这种人有一种说法，你知道吗？"保罗正闲在椅子上抽烟，听到梅娘问他，就喷了一口烟，很无聊地说："不知道。"梅娘走到他旁边，附在他耳边轻声说："师奶杀手。"保罗听了一点都不激动，只是淡淡地说："你就这么小看我？"

梅娘是黛玲的顾客。当她的脸上长起第一块黄褐斑，她就是黛玲的永久的顾客了。每次到黛玲处，当美容院的小姐给她洗完脸后，黛玲都亲自给她敷上一种香草。她闻着香草的气味就会昏然入睡。每当这时，黛玲总会在她身边的床上摆一副扑克，或自顾自地说些话。梅娘在昏睡中有时会模模糊糊地听到一些。有一次，她看到黛玲又在床上摆扑克了。接着，她就听到黛玲一边洗扑克牌一边念叨"保罗"的名字。虽然她那时被脸上的香草熏得眼睛都睁不开了，但她还是努力睁开眼睛看着黛玲。

她看到的是一脸寂寞的黛玲。

她真的为黛玲感到很心痛。

她也是在黛玲的店子里认识保罗的。那时，保罗定期来为黛玲做头发。她被这个干干净净的男人所吸引。她问黛玲她是否可以也请保罗做头发。她现在还记得当时黛玲的神情。黛玲冷冷地告诉她，这个人最好她不要去碰。

她为黛玲这句话记恨了许久。她甚至有一段都不去黛玲的美容店了。但一旦脸上没有敷黛玲的香草，黄褐斑就马上像秋天的雾气那样升了起来。而当她再次进到黛玲的美容店时，她高兴地发现保罗没有出现。然后，她就看到了寂寞的黛玲。

因此，当保罗来到她这里找工作时，梅娘就毫不犹豫地答应了保罗的条件。她现在每次去黛玲处都是心情愉快，几乎是唱着歌进去的。

保罗晚上上不上班都是次要的，哪怕他一天只上一个小时。

其实梅娘对保罗说的那句话并不是没有冲击力。以致在很长一段时间里，保罗耳边都回响着梅娘那句暧昧的话语。

保罗回想自己这一生，爱过女人，也被女人爱过。但自从老板娘梅娘在他耳边讲过那句话以后，确确实实地触发了他对女人的厌倦。如果不是为了米兰，他可能就从此不再走进梅娘的店子里了。

而他每天还要接触女人的皮肤和头发，闻到来自她们身体上的气味。每逢这时，保罗总想起“洁身自好”这句成语。

这样，当“皮囊”走进梅娘的美容店的时候，保罗给予了她极大的耐心和热情，这使全店的人都感到惊讶。

首先，保罗从她进店的那一刻便没有感觉到她是女性，这使他得到了大大的解脱。另外，他在帮“皮囊”设计发型，拿着手中的美容杂志向她介绍发型时，并没有闻到她身上有一丝丝来自肉体的味道。而且，“皮囊”看他时的目光是严厉的，并不像大多数女人看他时的谄媚。这也使他尊敬她。

他像问一般顾客一样问她：“你要剪什么发型？”

"皮囊"严厉地看着他说:"如果我知道,还要进这里干什么?"

"皮囊"说话时声音很大,使得店子里一下就安静了下来。这天早上,梅娘在店子楼上的一张给客人做面部美容的床上睡懒觉,正在想着如何能像黛玲那样永葆青春。她曾经努力想和黛玲共度一个夜晚,以了解她永葆青春的秘密,但黛玲拒绝了。在这个城市里,黛玲治疗黄褐斑是最有效的,也是收费最贵的。但还是有那么多女人蜂拥而去。黛玲治疗一个黄褐斑病人所收的费,是她给一个女顾客做包月美容的十倍甚至几十倍。梅娘想什么时候要把她的药偷偷拿一些回来看看是什么内容。梅娘正想到这里,就听到从楼下传来的那句严厉的话。

梅娘从床上一跃而起。从来没有人敢在她的店里闹事。曾经有一个喝醉酒的臭男人,进来大声嚷嚷要小姐,结果就给梅娘叫人把他扔出了门外,还叫来了警察。

梅娘飞快地冲到楼下,却看到保罗正对着一个奇丑无比、奇胖无比、披着一头烫坏了的焦黄头发的女人赔笑脸。

保罗用了一个上午的时间,给虽然丑陋但却挑剔的"皮囊"把一头焦黄的头发剪掉,换了一个平头。"皮囊"对此连声称赞。她站起来,对着镜子麻利地转了两下,对保罗说:"你是我见到过的男人中间最理解我的男人。"然后,她放下钱,摇着肥胖的身子扬长而去。

在"皮囊"跨出店门的一刹那,美容店突然停电。保罗和店里的所有人都在黑暗中思考着刚刚那个肥胖而丑陋的女人的高傲。

"皮囊"跨出美容店后,走过了一条街,就把刚刚那家美容店给忘了。但她一定会记得保罗的。因为这个男人并没有因为容貌而轻视她。

“皮囊”回家换了一套男性化的服装，一件很薄的皮外衣，一条黑色的裤子。这种装束和她刚剪的平头很般配，也使她看上去没有这么胖。她最近学会了抽烟，因为有一种说法是烟可以抑制脂肪的生长。

她抽了两支烟后就出门了，手里拿着一个黑色的男性化的大提包，提包里装着一封某个美容院寄给公司的关于一次美容讲座的策划咨询。

“皮囊”走上街的时候是下午。街上刮着风，有点儿冷。因为突然起了风，街上行人很少，更显得穿着黑皮衣的“皮囊”的孤单。“皮囊”也感觉到了自己的孤单。她下意识地走在开着紫色花朵的紫荆树下。突然，她伸手摘了一朵紫荆花，放到鼻子下闻。这么多年来，她现在才知道这种花原来是没有香味的。

但她并没有惆怅，只是把花稳稳地插到皮衣的衣袋上，像一些时髦的人士那样，让它露出一点点，使皮衣生动起来。

“皮囊”就这样在紫荆花的陪伴下，走到了黛玲的美容店前面。她先在门外隔着玻璃门赞叹了一番美容院的辉煌，然后才走进美容院。这样，她和黛玲的见面也就充满了温馨。

先是黛玲惊呼一声抱住了“皮囊”。当然她是抱不住“皮囊”的身体的，但她还是紧紧抓住“皮囊”的身体。接着，她就放声大哭起来。

过了很久，“皮囊”才在拥抱和哭泣中清醒过来。

首先，她没想到会在这里见到黛玲。十多年前，她和黛玲只见过一面。而且是在一艘游轮上，有许多许多的人。当时，黛玲很出名，但却没有引起她的注意，只是记得她是漂亮的。如果“皮囊”是一个入时的女人，她在这个城市里肯定会知道黛玲，可偏偏她就不是一个入时的女人；另外，使她惊讶的是黛玲还像从前那样漂亮，岁月在她的脸上没有留下一点痕迹，她的脸孔甚至还是天真的；再就是，虽然黛玲放声大哭，把眼泪抹到了她的皮衣上，但她还是不能感觉到她的悲痛，甚至有些想发笑。这就使她感到惶然。

她轻轻地推开黛玲的手。

“皮囊”环顾四周，惊讶地发现天花板上安着一盏银质的豪华吊灯。这种豪华吊灯她只在高级宴会厅里见过。黛玲把它安在美容院的房顶上，就显得有点儿不伦不类。这使她记得从前的追求虚荣的黛玲，记得她在那艘普通的游轮上穿着一条天鹅绒的黑裙子，鹤立鸡群地靠在船沿上，优雅地把脖子歪到一边。

“皮囊”在黛玲的哭声中一点一点地把她记了起来，这是黛玲没有想到的。她越哭得痛苦，“皮囊”就越认为她是在表演。

等黛玲的悲伤平息了以后，“皮囊”就单刀直入地问：“你准备付多少钱让我们帮你策划？”

黛玲有些目瞪口呆。她已经完全把美容讲演会这件事忘记了。当她第一眼看到“皮囊”时，就以为“皮囊”是专门来找她叙旧的。而现在，她看到“皮囊”的脸上带着一种冷冷的表情，一种生意人的表情。

黛玲这才醒悟过来，擦一擦脸上的泪水。她这时变得非常憎恨“皮囊”。

黛玲以更冷的声音对“皮囊”说：“我从来没有想到过会付钱

给你。”

“皮囊”扬了扬手中的信，说：“那这是谁写的？”

黛玲毫无同情心地说：“一个疯子。”黛玲说着这句话时，眼前出现了她在米兰门前遇到保罗的情景。如果不是眼前站着“皮囊”，黛玲可能就会歇斯底里地叫起来了。

“皮囊”这时才感到如果再这样僵下去，她将做不成这个月以来的第一笔生意。而她确实想做成这笔生意的，因为公司近几个月都不大景气。

她的眼睛快速地闪过一丝调皮的神色，脸上堆着笑容，充满善意地拍拍黛玲的肩膀，哈哈一笑说：“看你，还像从前那样缺少幽默感。”

“皮囊”这时才想起自己一直都是站着和黛玲说话，她沉重的身躯已经把一双腿压得发痛。她就近找了一张沙发坐下，毫无顾忌地把鞋脱下，把双脚搁在凳子上，还拿了一支烟舒舒服服地抽了起来。

黛玲站在一边，冷眼看着她做这一切。这时，天开始暗了下来，美容院的玻璃窗外飞动着几只蜜蜂。黛玲这时看到了“皮囊”皮衣口袋上插的浅紫色的紫荆花。黄昏中的紫荆花打消了黛玲的怒气。她再一次亲切地想起从前的激情岁月，想起当年的“皮囊”手里拿着一捆《爱斯基摩人》杂志摇晃着肥胖的身体四处奔走的情景。在这一瞬间，她突然感到浑身热血沸腾。黛玲欢快地叫了一声，转身跑上楼去。在卧室的穿衣镜里，她欣喜地看到了自己额头上的紫色唇印。

“皮囊”很惊讶地看到已经被她的微笑感化了的黛玲，突然像一只发情的猫叫了一声就跑上楼去。她看看周围的人，无论发型师还是顾客，都对黛玲的举动表现出视而不见的态度。最后，她也只好拿出视而不见的态度，继续安静地坐在沙发上抽烟，耐心地等待。

黛玲在自己的卧室里喜气洋洋。她焚香沐浴，轻歌曼舞，早就把坐在楼下的“皮囊”忘得一干二净了。因为紫色唇印的出现，她的美貌又可以得到延续。她把灯全部打开，靠近镜子看自己的脸，原来在眼角的地方的几丝鱼尾纹也消失了。黛玲简直要放声歌唱。但是，她却不承认这是因为“皮囊”的到来，而是坚持认为是《爱斯基摩人》杂志激发了她的激情。

在激情的鼓励下，她充满渴望地想念莫名，充满肉欲地想念起莫名的身体。她坐在床沿上想起她和他做爱时的欢乐，一边用手抚摸自己的身体。

而坐在楼下的“皮囊”已经按捺不住了。她不顾别人的劝阻，急匆匆地奔到二楼，推开黛玲卧室的门。

她差点被像冲击波一样的香气所熏倒。幸亏她及时气沉丹田，加之身躯肥大才不致于在香气中倒下。“皮囊”一生从不用香水之类的东西。在阵阵的香气中，连声打着喷嚏。用她自己的话来说，是用革命的喷嚏反击资产阶级的香风臭气。

坐在床沿上幻想着美妙的性生活的黛玲，被突如其来的喷嚏声弄得怒不可遏。她甚至感觉到那肮脏的液体透过香气喷到了她的身体和床上。她按响设在床头的一个电铃，马上一种像防空警报一样的声音迅速笼罩着美容院。“皮囊”在这种凄厉的声音中，吓得呆若木鸡，当然也停止了喷嚏。

她给三个闻声而到的健壮的发型师几乎是推到楼下的。按照“皮囊”后来的说法，那三个男人绝对是想把她推下楼梯，好让她摔死。幸亏她身体肥胖，才没有使他们的阴谋得逞。

但“皮囊”绝对是披头散发地离开了黛玲的美容院。她皮衣上的紫荆花也因为受到粗暴的待遇而不知所终。在回去的途中，黛玲的香气一直环绕在她的前后左右，使她头昏脑涨，意志消沉。

当圣德讲课的声音响遍大江南北时，当许多地方的年轻人举着横幅欢迎他时，他的感情生活却面临着危机。米兰从他身边离开后，圣德身边并没有一个固定的女人。这使许许多多他的崇拜者感到好奇。几乎是每天，他都会收到一封信，问他是不是决心走圣雄甘地的道路，不近女色，把精力都投放到事业上。

圣德经常请“皮囊”来对这些好奇的崇拜者进行解答。他很重视所有的来信。只要有信，他肯定要回信。他常常对“皮囊”说：“这是道德问题。”

在回信中，圣德首先要向来信的人解释所谓的事业。他让“皮囊”告诉他们，他是一个没有事业的人。“皮囊”这时就会放下笔，郑重其事地告诉他不能自毁形象。圣德就说：“那我们换一种说法，告诉他们事业是什么。”然后，圣德就对着“皮囊”就“事业”这个话题夸夸其谈。而“皮囊”则希望他永远说下去，她就可以不回那些该死的来信。

关于近不近女色的问题，圣德和“皮囊”都一致认为无法和他们说得清楚，因此不需要在信里进行解释。而这样终于造成了一种局面，就是那些女崇拜者在得不到圣德的解释或说法后，就对他产生了幻想。大部分是幻想他在性的问题上因为羞涩而得不到真爱；

也有人怀疑他是个同性恋者。于是有许多莫名其妙的求爱信飞进他的办公室。更使他感到可怕的是许多信封上并没有贴上邮票，那些求爱的女人似乎就躲藏在附近，甚至通过高倍望远镜每天监视着他的生活。

圣德一想到这些就不寒而栗。但他现在已经无法接受身边有一个女人和他一起生活，和他一起睡在一张床上，再一起吃饭，听着她吃东西时发出的声音，早上起来看到她眼角的眼屎，看着她提着裤子到厕所去。

这不行。不能让那些想入非非的女人破坏我的生活。于是圣德告诉“皮囊”，所有的求爱信再也不要让他知道，也不用回信。

尽管这样，公司还是经常收到送给圣德的鲜花。有一次“皮囊”怀着可惜的心情说，如果这些花全是金子做的就好了。在没有告诉圣德的情况下，“皮囊”常常把这些鲜花转移到铁皮屋里去。然后，她会和这些鲜花一起独自在铁皮屋里待上一段时间。有一次她竟睡着了，就睡在怀有幻想的女人们送给圣德的鲜花丛中。

圣德已经有很长一段时间没有去铁皮屋了。原因是有一个晚上，他在铁皮屋里梦到鲜血淋淋的钱家驹。钱家驹脸色沉重地对他说：“你不要放弃我们的理想，你一定要继续革命。”

圣德醒来后，觉得头脑十分清醒。在黑暗中，他一再想他和钱家驹的理想到底有没有共同之处。钱家驹的理想是通过公益事业寻找个人的荣誉和尊严，这是现代社会所有有觉悟的老板所选择的道路。但这是一个普通老板的理想，或者严格地说，它是一种带有实用性的理想。而圣德们的理想是什么呢？当和钱家驹的实在的理想相比较以后，圣德觉得他们的理想其实就是永恒地对社会不满，永恒地抗争现实。

这样一比较，圣德就很想对鲜血淋淋的钱家驹说，他们之间的理想是不同的。钱家驹的理想可以令他们勇往直前，而圣德们的理想只会令自己在现实中不断地沮丧。

在梦见钱家驹以后，圣德突然感到铁皮屋有一种深深的忧郁。那天晚上，他看见月光从铁皮屋的每一处间隙水银一样泻下来，他甚至听到了米兰无忧无虑的歌声。在歌声中，圣德感到自己如同睡在一张温柔的不断摇动的水床上。那些和他相处过的人，爱他的恨他的，一张张面孔在他的眼前晃动。他在黑暗中喃喃重复着尤利乌斯·伏契克的名言："人们啊，我爱你们。但你们要警惕。"

圣德在一间人声喧哗的桑拿浴室睡了三天，才把自己从那天晚上的忧郁中拔了出来。这对于他来讲，确实是一种例外。他厌恶忧郁，厌恶沮丧，如同厌恶梅雨天气。他后来曾经轻描淡写地对"皮囊"讲述过那个晚上他的感受。但因为他太轻描淡写了，所以还是没有使"皮囊"明白那个晚上他遇到了什么。"皮囊"只知道他梦到了鲜血淋淋的钱家驹。这使她也感到害怕。她问圣德钱家驹有没有说什么，要不要烧一些东西给他。圣德摇着头神思恍惚地说："他要我们继续革命。"

后来，"皮囊"把鲜花转移到铁皮屋时都有些害怕。她先是把门大大地打开，让阳光照进去，然后才进到屋里。她喜欢阳光。只要有阳光照在她的身上，她都不会感到害怕。

在最有名气的仁人志士中，广东倒是有好几位。如孙中山、康有为、梁启超，还有宋家姐妹，还有许氏家族。至于革命的痕迹，那就更是数不胜数了：三元里抗英、黄埔军校、农民运动讲习所、镇海楼炮台；还有当年暨南大学的校长钟荣光宣布解散自己的小妾，康有为在南海组织全国第一个“缠足解散会”，等等。但是这些革命的因素从来都是被忽略的。那些仁人志士的幽魂消隐在这个商业城市的轻歌曼舞之中。

在“皮囊”策划的大型纪念活动中，就有重提英雄主义的计划。她准备在一个废弃了的垃圾填埋场上建一个鲜花盛开的英雄雕塑广场。广场上必须有音乐喷泉。只要有人踏进广场，音乐马上随着喷泉响起。她非常喜爱《五月的鲜花》这首歌，准备就用这首歌曲来配上喷泉。虽然有人告诉她这首歌的旋律太慢，配出来的喷泉肯定会像一条奄奄一息的蛇，但“皮囊”还是把《五月的鲜花》写进了计划书里。

为了争取资金，“皮囊”还举办了一次记者招待会，把建立英雄广场的计划提前向外界宣布，然后，就焦虑地回到自己的办公室等候投资者。

在“皮囊”的如意算盘里，英雄广场只是一个引子。把有钱人引出来，再用他们的钱去进行《爱斯基摩人》杂志的纪念活动。

但出乎“皮囊”的意料之外，并没有多少人对英雄广场感兴趣。在和商人的几次谈判中，他们都提出回报的问题，究竟英雄广场能对他们的投资有多少回报。他们漫不经心地听着“皮囊”讲述有关理想，一边看着手表，然后有礼貌地对“皮囊”说：“小姐，你讲的这些道理我们在中学的时候已经听过了。”或者说：“对不起，小姐，我下一个约会的时间到了。”

“皮囊”原来还想借这次机会发起更多的活动，例如环保，例如计划生育，例如教育，等等。当一次次的谈判失败后，她不得不亲自出马，利用各种渠道来集资。就是在这种情况下，她才去找黛玲。

但她和黛玲多年后的首次见面肯定是失败了。她想起那天晚上自己被三个美容师从楼梯推下来的情景，就不禁对黛玲充满了怒意。但黛玲的美容店的辉煌却给她留下了深刻的印象。她是个富婆。“皮囊”深深地认定了这点。

有一段时间，“皮囊”利用自己的网络对黛玲的资产和财产的资源进行了调查。最后，她才发现，黛玲的财产资源就是她的一张脸。这个结果使“皮囊”深深感到震惊。一张永葆青春的脸，使所有女人每天心甘情愿地往她那里送钱。而她的英雄广场，就抵不住一张皮囊。

在这个打击下，“皮囊”几乎就要放弃纪念活动了。一时间，她感到心灰意冷。

但她还是很快就振作起来。而且，她准备再去找黛玲。

有很多信息都告诉了黛玲，“皮囊”准备再次去找她。这使黛玲感到非常厌倦，甚至动了搬迁美容院的念头。当她回想起那个肥胖的女人肮脏的喷嚏在那个美妙的晚上穿过她卧室的香气喷到了她的睡衣上时，黛玲更感到怒不可遏。

她不明白“皮囊”还要找她干什么。那个美容演讲会，因为米兰的消失，她早就放弃了。这点她上次已经和“皮囊”讲得很清楚。这时，她开始想念米兰，希望她这时能在她的身边。因为她记得，米兰是十分欣赏“皮囊”的。黛玲不知道那个胖女人有什么值得欣赏的。她记得米兰说“皮囊”身上有一份永不褪色的激情。

“皮囊”上一次离开时，曾把一张名片留在美容院的沙发上。黛玲叫人找出来拿给她。黛玲看那名片上面写着“蓝箭公关公司”。黛玲觉得有些可笑。让这样一个人来搞公关，简直是搬起石头砸自己的脚。

但是，到了第三天下午，“皮囊”还是把黛玲请到了咖啡厅里，还帮黛玲要一份栗子蛋糕。黛玲惊讶地看着她说：“你怎么知道我喜欢栗子蛋糕？”

“皮囊”有把握地说：“这和CD香水一样。”

黛玲脸上闪过一丝不悦。她看了一眼“皮囊”，说：“我倒想听听你对CD的看法。”

“皮囊”毫无趣味地说：“梦露说过，CD五号是我身上的睡衣。”

黛玲继续问：“那你对脂粉有什么看法？”

“皮囊”继续毫无趣味地说：“宝哥哥是吃女人的胭脂长大的。”

“那你对男人有什么看法？”

“男人是身上发臭的动物。”

“你对猫有什么看法？”

“猫是孤独的狐狸。”

“那么老鼠呢？”

“老鼠是猫的朋友。”

两人一起大笑起来。

“皮囊”这天选的咖啡厅是在一条流水潺潺的小溪流旁边。溪流旁边种了很多植物。阳光穿过树隙，斑斑驳驳地照在她们两人的身上。两人笑完之后又陷入了茫然。

黛玲很茫然地问“皮囊”：“你是怎么找到这个地方的？”

“皮囊”深沉地说：“上帝之手。”

这天，“皮囊”还是穿着上次去美容院时穿的皮衣，围着领子系了一条碎花丝巾。黛玲则穿了一条紧身深蓝色丝绒连衣裙，衬起一双闪闪发光的眼睛。在这友好的气氛下，“皮囊”简要地把自己要做的事情告诉黛玲，并明确表示希望得到她的支持。

黛玲眨眨眼睛，说：“那你这次活动叫什么名字？”

“皮囊”摇摇头，说：“名字并不重要。”

黛玲不同意，说：“一定得有个名字。”她想了想，说：“就叫作理想之光吧。”

于是，在“理想之光”和冬天的阳光照耀下，两个女人度过了一个下午的幸福时光。

第二天早晨，“皮囊”神采奕奕地到了公司。她先用烧开了的水替圣德泡好了一杯浓茶，然后，就专心致志地坐到电脑前准备她的计划书。

“皮囊”这时已经觉得自己是稳操胜券了。只要黛玲一声号令，钱肯定就会像水一样流进来。那天下午，她已经成功地劝说了黛玲把美容演讲会重新办起来，得到的收益就投入到公司里。当时，黛玲瞪着一双美丽的眼睛问她：“那我不是在做慈善吗？”说完这句话她就雀跃起来，不断地把她所知道的有关名女人做慈善的枝节告诉“皮囊”。比如戴安娜，她不戴手套和艾滋病患者握手；比如玉婆泰勒，则把钱捐给动物保护组织。

这时，“皮囊”听着心里就有点儿不舒服。她将要做的事情是一件具有划时代意义的事情，怎么能跟艾滋病和保护动物放在一起呢。但她确信黛玲是一个没有头脑的女人，不过是凭她的容貌赢得她目前的一切。所以，你跟她是说不清的。“皮囊”只好一边有礼貌地点着头听，一边抑制着愈来愈深的睡意。

现在，“皮囊”想起黛玲的浅薄，不禁又燃起了睡意。为了这次活动的策划，她已经三天三夜没有睡觉了。在睡意的诱惑下，她对自己说，就睡五分钟吧。然后，就倒在椅子上睡得人事不省。以至于圣德在楼下就听到她的充满了幸福的鼾响。

其实黛玲和“皮囊”分手的那一瞬间，就已经把她对“皮囊”所做的承诺给忘掉了。这次见面唯一能鼓舞她的，就是通过慈善活动可以做一个她一直仰慕的名女人。她想象着自己美丽的容貌，从各种角度拍出来，刊登在各种报刊上就乐不可支。这种前景使她萌生了新的人生目标。于是，她一回到美容院，就认真地着手做演讲会的准备。

她先是把准备扔掉的装满了各种蔬菜汁和果汁的瓶子重新集中起来，并且让美容师尝尝它们是否还新鲜。然后，她就上楼关起门来准备调制一种香水。她一定要在美容示范会上展示一种以她的名字来命名的香水，这个名字就叫作“黛”。

“黛”肯定是一种女性香水，而且，黛玲准备把它调制成某种古怪的香型。当香水面世以后，黛玲还要把它做成淡香水、香水、香精。这样，随着香水的香味四处扩散，可爱的钱也像水一样流进她的口袋里。

黛玲躲在房间里，关紧窗户，在黑暗里为香水的香型苦思冥想。

玫瑰，茉莉，还是九里香？这些都太普通了。她在黑暗中突然想起十多年前在圣德的铁皮屋下面见到的粉红色的夹竹桃。她当时站在夹竹桃花下等莫名，从楼上的铁皮屋里传来莫名和圣德争论的声音。她在花朵和争论之中享受着爱情的温暖。黛玲想，那时她是多么向往真理呀。

突然，她想起了“皮囊”，想到她穿着黑皮衣戴着碎花丝巾的外形，想到她的古怪和执着。这时，一个念头像火焰一样照亮在她的眼前。对，古怪和执着。她的香水就要有这种含义。

黛玲兴奋地从黑暗中一跃而起。她把屋子里的灯通通打亮，包括天花板上的灯和床头灯。在明亮的灯光中，她先喂了鹦鹉，然后开始唱歌。她唱歌的声音愈来愈大，传到了睡在城市的每一间房屋里的人的耳朵里。

首先，她的女儿听到了她的歌声。

她的女儿是睡在一张硬板床上听到她的歌声的。她一向认为她母亲唱歌非常难听，像一只小母鸡捏着嗓子在偷偷摸摸地学叫唤。她的床前放着一双木屐，木屐的胶面印着两只小鸭。这双木屐是黛玲穿过的，她的女儿把它放在床前，无疑是怀着一种对母亲的思念。

黛玲的女儿在床上辗转反复地听着母亲的歌声。从歌声里她听得出某种喜悦。她想象美貌如花的母亲在她那香喷喷的卧室里对着镜子唱歌，心里就充满了嫉妒。她一度怀疑她的母亲是否在生下她时，顺便就把体内最不好的因素放到了她的身上，自己才得以青春永在。她曾就这个问题问过黛玲，但却遭到黛玲的痛斥，说她人小鬼大，心眼不往好处长。

她心眼的确没有往好处长。这是因为她受到了她母亲的美丽的压抑，使她从小就憎恨有美丽外表的女人或女孩。她在小学时曾做过这样一件事，就是把一包屎放在班里长得最漂亮的女孩子的座位上。但她做得很干净，并没有让人发现。

现在，她睡在床上，也很想把一包屎放到母亲的铺着香水的床上。她想起那天她说“我要修补处女膜”时，母亲脸上惊骇的表情就开心得在床上翻来覆去。是她抛弃了我和父亲，和一个比她小十几岁的男人私奔，让她父亲羞愧得至今不敢抬起头来见人。不，我不能原谅她。

她母亲是这样对她解释自己的丑事的。那天，她带她去看电影《牛虻》，然后对她说：“女儿，你知道什么是激情吗？等你长大了，明白了，你就会原谅我了。”

她现在已经长大了，却还是不能原谅她。在漫长的成长的岁月里，她的枕头边一直放着一本《牛虻》。她现在一闭上眼睛，就能听得见亚瑟对他的红衣主教说：“神父—— 你的——上帝—— 满意了没有？”

她曾经把这句话念给许多人听。结果她发现他们的心灵都受到了打击。在她天真无邪地念着这句话的时候，他们的眼神都是游离的，不敢直视她。于是，她就觉得所有人的内心都是有愧的。这就更增加了她对母亲的憎恨。她常常幻想自己自杀，临死前对着痛哭流涕的黛玲说：“母亲—— 你的—— 激情——满意了没有？”

她常常想这个场面想得发了呆。这个夜晚，听着母亲的歌声，她又充满温情地想起了这个场面，直到迷迷糊糊地睡着了。

黛玲在电话里对“皮囊”描述过自己的新的香水概念，但却没想到遭到“皮囊”的坚决反对。“皮囊”在电话里对她发誓说，这种古怪的香水肯定是没有人要的，就像“皮囊”她自己一样。“皮囊”在电话里悲哀地说：“看看大街上那些平凡的人吧，她们需要的只是时髦。”

为此，黛玲就用新的香水在她的顾客中做了一次广泛的咨询。很快，她就得到了如下的专业的意见。（A）挑战传统：以多种花香和果香调和成一种喜悦的东方香型，像糅合了现代与传统的女性气质，包含了优雅和细腻，向传统香水挑战；（B）清新快乐：植物香料如含羞草、兰花，混合果香西印度柑橘、红宝石色的葡萄柚，在甜美的鲜果香型之中，透露丝丝清淡花香，充满愉快的清新气色；（C）甜蜜优雅的梦幻：复杂细腻的层层花香，形成既甜又粉的东方香型，有纯女性的高雅感觉；（D）天堂的喜悦：天然的果香和花香带来清新舒适的感受，天堂般的宝蓝色更引发你摘星的灵感；（E）凝聚魅力：以每年四季开花的姜花为主要香料，混合香草、梅花以及九里香散发细腻香气。香水与瓶身色泽均展现春意盎然的绿色，如一袭迷人的晚装，令你增添挑逗诱人的魅力。

黛玲在逐条意见看过以后，并没有感到有令她怦然心动的。她看着那些美丽的词句，仿佛置身在一个巨大的种满了鲜花的玻璃屋里。她感到自己被那些美丽的鲜花所淹没。

“这些都不是我要的。”她对自己说。从这一天起，她就对制作香水感到深深的厌倦。

在黛玲停止了制作香水的念头以后，她的美容师们都大大松了口气。他们甚至偷偷杀了一条狗来庆祝。因为要制作香水，店里放满了采集回来的鲜花和香草。这些鲜花和香草的气味使美容师们都得了过敏性鼻炎，整天都打着喷嚏。连一些顾客也一走进店里就打起喷嚏来。在黛玲宣布了不做香水之后，鲜花和香草就被以最快的速度搬到了店子以外，美容师们的喷嚏也停止了。店子顿时也安静下来。

在搬走鲜花和香草的时候，黛玲曾经想过米兰，想过她也是爱花的。她甚至想叫美容师把鲜花和香草搬到米兰住的屋前，放在那株深红色的杜鹃花下面。她曾经派人假装成送试用品去过米兰的住处看看她的病好了一点没有。那人回来告诉她说，敲了很久门也没有人应，只好把试用品放在门口。试用品是一小瓶洗发剂，上面有美容店的标记。黛玲想，要是米兰看见了，肯定会知道是谁放在那里的。

正在黛玲想念着米兰的时候，子辛走进了美容院。他看上去容光焕发，并不像宿醉的样子。子辛穿着一件干干净净的米黄色夹克衫，皮鞋擦得锃亮。一进门就对黛玲说："有漂亮女孩子介绍给我吗？"

黛玲大大地呸了一声，说："你就不会讲别的话。"她停了一下，上下打量着他，不屑地说："看看你，一副小开样。"

子辛嬉皮笑脸地说："小开有什么不好？小开最能讨美人欢心了。"

这时候，鲜花和香草刚刚搬走，屋子里还充斥着浓郁的香气。子辛深深地吸了一口气，说："好香啊。"黛玲看着他，想起十多年前，子辛在医学院读书时的样子，穿着一件干干净净的中山装上衣，手里拿着金庸的《射雕英雄传》。一时间，黛玲迷茫在记忆里，子辛迷茫在香气中。

尽管在黛玲的美容院里只待了半小时，但子辛走出来时已经变成了另外一个人。他突然感到很沮丧。在黛玲的迷茫中他仿佛看到了自己旧日的影子。走在路上的时候，他不自觉地走在开花的紫荆树下。在他身边，时不时有摩托车轰鸣着驶过，但仍然不能把他从迷茫中惊醒过来。

他仿佛见到自己从前的满腔热情的影子在他前面晃动。那聪明英俊的青年，腋下夹着一本《射雕英雄传》，黑漆漆的长发在肩上飘着。子辛原来是约好了人去一个新开张的酒吧喝酒。下午的时间长得很，他通常是在酒吧喝酒打发这段时间的。但他现在已经不想去了。

下午的阳光穿过树叶的间隙，斑斑驳驳地照在他迷茫的脸上。子辛站在马路的十字路口，前后左右都有车流。他这时希望自己是一个失明的人，可以由手里牵着的导盲犬来决定去哪里。在滚滚的车流中，他依稀记起了一个人。

子辛凭着记忆来到米兰的家门前。当他看到那丛深红色的杜鹃花时，他更坚信自己没有走错。他毫不犹豫地走上台阶，拿起生了锈的门环来打门。这时，他听见里面传来朗朗的读书声。

米兰来开门。她看见子辛时，脸上一点诧异的表情也没有。她热情洋溢地看着子辛，仿佛他是一个约好了来喝下午茶的老朋友。米兰穿了一套浅紫色的便装，这使子辛想起路上的紫荆花。

米兰带着子辛进了天井。这时的子辛还处在迷茫的状态中。他渴望有人带领他到什么地方。因此，他对米兰的带领充满了感激。在感激之下，他首先喝了一口清澈的井水。这时，他发现，在井台边上，整整齐齐地坐着八个儿童。这八个儿童正在聚精会神地念着同样一本书，对他的来临毫不关心，甚至连停都不停。

米兰笑盈盈地对他介绍："这是我收养的八个孩子。"

就是米兰的这句话使子辛从迷茫中解脱了出来。他大吃一惊。他突然记起了关于米兰得了精神病的传说，于是狐疑地看了一眼米兰。但他所看到的米兰却是神采飞扬，正用充满母爱的眼光看着那八个儿童。

接着，米兰把子辛带到书房，用充满激情的叙述告诉子辛，她是如何得到这八个孩子的。米兰说："他们都以为我是从孤儿院里得到他们的。但是，我告诉你，这绝对是谎言。他们都是上天的礼物。"

在米兰讲述她是如何得到这些孩子的时候，子辛看到她的书架上摆了许多蝴蝶标本。这些美丽的蝴蝶标本引起了他极大兴趣。他几次打断她的讲述，问她是如何得到这些标本的。但米兰并不理睬他，还一味地讲关于孩子的事情。

"我在教育他们时，体现自己的无知。"米兰对子辛讲道。她的书房挂着厚厚的布帘，遮得书房里阴阴暗暗的。脱离了迷茫状态的子辛这时感到很空虚。他伸了一个懒腰，对米兰说："你知道吗？目前我很空虚。"

"这是因为你还没有找到自己一生的所爱。"米兰直截了当地对他说，"我为你感到悲哀。"

这时，孩子们朗朗的读书声源源不断地穿过厚重的布帘传进他们的耳朵里。米兰满脸放出光彩，带着喜悦对子辛说：“你听见了吗？这是黎明的号角。在号角的照耀下，他们将不再孤苦，不再等待。因为他们已经把真理掌握在手里。”

在喜悦的照耀下，子辛看到眼前是一个无比美丽和神圣的女人。他感到自己也激动起来。他很想马上在书橱上拿一本书，像外面的孩子那样朗诵起来，在朗诵中进入圣境。

因为激动，子辛感到有些喘不过气来。他伸手把窗帘拉开。冬天温暖的太阳马上就照射到他和米兰的脸上。但是，他惊讶地发现，在太阳的照耀下，米兰的脸一瞬间变得很愁苦，眼睛一点神气也没有。刚才满脸的喜悦像是刚下了一场雨就被太阳赶跑了。子辛顿时感到有些害怕。他伸出手在米兰的眼前晃了晃。米兰非常冷淡地看了他一眼，转身走出了书房。

米兰走出书房后，就再没有和子辛说过一句话。子辛殷勤地跟在她后面，递毛巾送水，甚至坐到孩子们当中，和他们一起读书。但米兰还是不和他说话，好像不认识他一样。这使子辛再次陷入迷茫，并在迷茫中再次看到自己从前的模样：身穿一身中山装，夹着一本《射雕英雄传》。

子辛为了使米兰的脸上重展笑容，连续八天和八个孩子坐在天井冰凉的水泥地上读书。这是后话了。

23

圣德当年有一个很著名的动作，就是开讲时把双手撑在讲坛上，挺直身子，然后，用充满了感情的声音对听众说：“有这样的一种人，他站起来时是矮子，坐下来却是巨人。”

每次讲完这句话，台下都会响起雷鸣般的掌声。这段经历使圣德深深体会到：一个职业革命家必须是一个演讲家。

历史上曾经有过很多著名的革命家兼演讲家。比如列宁，比如孙中山，又比如林肯。不管圣德到最后是否会成为一个著名的革命家，但他酷爱演讲和具有演讲天才是肯定的。

圣德喜爱听到掌声，喜爱看到一双双闪闪发光的眼睛。那些闪闪发光的眼睛就像是原野上的一簇簇闪动的篝火，你随便点着哪一簇，都会燃起熊熊大火。

但是最近，圣德感到听众的口味变了，特别是年轻人的。第一次，他在学生面前讲关于巨人和矮子，没有赢得掌声，但在讲关于目前男人“包二奶”的笑话时，却赢得了满场的掌声。

“这是警钟啊，”他对“皮囊”说，“他们已经不需要高尚和想象。”

在他的排课表上，企业文化占了越来越大的比例，连一些传统的高校也要求讲这堂课。由于不断地讲企业文化，圣德感到十分厌倦。有好几次，他竟在讲课时睡着了。

但并没有人认为他是睡着了。所有听课的人都以为这是他的一种新姿态。在圣德睡着的一刹那，全场一片肃静。学生们心头燃起神秘的理想和幻想。等圣德醒过来时，他看到下面的篝火正在熊熊燃烧。

为了阻止厌倦的蔓延，圣德采取了用三分之一的时间进行问答，还带了幻灯片去放。一次，圣德问台下的听众："历史上谁最具有革命性？"黑压压的人群中马上站起来了一个人，大声地回答："张无忌（金庸所著的武侠小说《倚天屠龙记》里面的一个人物）。"

圣德非常惊奇地问他为什么。

他得意扬扬地说："因为他反清复明。"

还有一次，圣德受聘到一家中外合资企业去讲革命传统。他一边讲一边放有关的幻灯片。当片子里出现延安时期的毛泽东时，台下竟有一个年轻人大声喊道："霍元甲（香港电视连续剧《霍元甲》中的主要人物，造型与延安时期的毛泽东相像）。"

在圣德惊讶于武侠小说深入人心的同时，"皮囊"已经在台下愤怒得不能自持了。

近来，"皮囊"是圣德讲座的忠实听众。不管烈日炎炎，还是刮风下雨，"皮囊"总是摇着肥胖的身体第一个走进会场。端端正正地坐在第一排，把笔记本放在膝盖上，支着下巴专心致志地听圣德讲的每一个字。

"皮囊"一生厌恶涂脂抹粉的女人。在这种厌恶的情绪下，她倒不觉得武侠小说的盛行有什么特别的不好，因为她暗地里也是一个武侠迷。“武侠里有激情，让人回肠荡气。”她这样对圣德说。

“对于我们来说，那也只是破碎的激情。”圣德带着经典的口吻回答她。

他们一边说着话，一边来到马路边的大排档坐下。因为是冬夜，大排档的每张桌子都支起了用煤气烧的火锅，一片热气腾腾。圣德迷恋地看着这一场景，对“皮囊”说：“你知道是什么支撑着我的生命在继续运转呢？”他指着正在埋头吃东西的人们说：“就是他们，活生生的人，这群行尸走肉的人。”

他兴致勃勃地坐下，然后问“皮囊”：“你要吃什么？”

他们点了猪肉丸、牛筋丸、墨鱼丸、猪肝、猪生肠、猪排骨、新鲜的金针菇，满满的一大桌，还要了一瓶广东本地产的米酒。侍应好奇地问：“就你们二位？”然后，就做了一个瞠目结舌的表情。

开怀痛饮猛吃一轮后，圣德的情绪渐渐高涨起来。他突然问正在吃着刚刚煮熟的美味的排骨的“皮囊”：“你爱过男人没有？”

“皮囊”头也不抬地回答：“没有。”

圣德有些遗憾地摇摇头。

在他们旁边，有一对年轻男女也在吃火锅。桌上只摆着一碟新鲜的基围虾和一盆青菜。男孩子烫了一只虾放到女孩子的碗里，女孩子也烫一片青菜放到他的碗里。

圣德有些入神地看了他们一会儿。“皮囊”放下筷子不满地说：“别看了，我们也曾经有过这种时候。”

又过了三个月。已经是春天了。广州城里明显地有了春天的痕迹。首先，空气是湿漉漉的，走在街上，人的头发像刚刚擦过油一样。空气里有大把大把的水分，女孩子们纷纷把冬天的护肤品换成不太油的乳液。过了一冬的树长出了翠绿色的嫩叶，看上去十分养眼。

过了一个冬天，黛玲不仅没有把对香水的兴趣重新恢复起来，而且连美容院的业务也感到厌倦。这天下午，她喂了绿鹦鹉以后，感到十分寂寞。一个冬天，她都没有交到什么新朋友，每天见的都是满脸长斑的女人。这大大地坏了她的胃口。紫色唇印也久久没有光顾她了。她看看镜子里的自己，发现皱纹愈来愈深了，连眼睛也黯淡了许多。

“还有什么能激起我的热情呢？”黛玲悲哀地想。

这时，她愈发想念她的女儿。她想起在女儿三岁时教她弹钢琴的情景，女儿胖乎乎的小手在琴键上生疏地游动，连前夫的模样也在对女儿的想念之下非常清晰地浮现在眼前。黛玲坐到钢琴前面，打开久已没有打开过的琴盖。

连续三天，从黛玲卧室里传出来的琴声都没有停过。琴声时而悲伤时而激愤。在她沉醉在自己的琴声的时候，她竟然忘了这天是发工资给员工的日子。那天，全体员工集结在她的楼梯下听了一整天的琴声而拿不到工资。于是，愤怒的员工把店门关了，拿着黛玲没有调制好的香水和各种颜色各种款式的香水瓶跑得一干二净。从黛玲的美容店跑出来的美容师对别人说：“我们的老板娘疯了。”

圣德在听到黛玲发疯的消息时，并没有感到惊讶。“确切地来说，我们所有人都处于半疯癫状态。”他对“皮囊”解释说。

但“皮囊”在听到这个消息之后，却感到悲哀。在米兰之后，黛玲接踵而来。不祥的阴影在她眼前挥之不去，这大大影响了她的情绪。有一个傍晚，下着小雨。“皮囊”冒着刺骨的寒风，来到黛玲的美容店前。她站在杧果树下，看到黛玲的店门紧闭，但是，二楼的卧室里却有微弱的灯光。一阵阵琴声随着灯光穿过冬天的雨丝倾泻在凄冷的夜里。“皮囊”一次一次地用力按响门铃，但没有人理睬她。楼上的琴声依旧旁若无人地响着。

“皮囊”终于在寒风中流下了眼泪。眼泪温暖了她被寒风吹得发麻的脸。

“皮囊”从黛玲的店子里回来后，就变得神情沮丧。她整天不说一句话，也不吃任何东西。甚至别人带她去吃她平常最喜欢吃的东江盐焗鸡，她淡淡地看了一眼，说：“我们不能糟蹋任何生命，以任何理由。”

在悲哀的打击下，她成了一个素食者。

在一片愁云笼罩下，只有圣德还是精神抖擞。他看着日渐消瘦的“皮囊”，终于明白了女人的脆弱。“这一代人完结了。”在一次讲课中，他对着下面的学生说。他的话音刚落，台下面传呼机的声音响成一片。圣德这句包含着痛苦激愤的话就被淹没在现代传呼工具的声音中。

当圣德无精打采地结束了讲课之后，一个女学生悄悄走到他身边，对他说：“您不要失望。”她用年轻的马一样乌黑的眼睛看着他说，“今晚是平安夜。”

圣德恍然大悟地抬起头。他看到走出教室的学生们手里亮着红色的小手电在头上摇成一片。他看看眼前这个女学生，她头上也戴着一顶俏皮的圣诞老人的小红帽。远处隐隐约约传来圣诞歌的歌声。

“这是西方的节日。”他低下头说。

等他再抬起头来，女学生已经走了。圣德收拾好讲课用的东西，夹着破旧的皮包走出教室。

黑夜里，圣德第一次有无家可归的感觉。他走过一间装修华丽的桑拿浴室，看到大堂的柜台站着年轻的侍者，低着头，头发乌黑乌黑的，结着黑色的领结，一尘不染。桑拿浴馆那种熟悉的气味扑向他的鼻子。圣德想象着里面的人的快活，笑容浮上他的脸。他看着进进出出的人们，仿佛见到了莫名，莫名张开大嘴对他笑着说：“你看，这腐朽的气味多惹人爱呀。”

他此刻很想就躺在桑拿浴馆门前的大理石板上，闻着里面传出来的气息，好好地睡上一觉。

他继续往前走。他拖着疲惫的双腿，走到米兰的屋前。虽然在黑夜，他还是能看到从墙头伸出来的那丛杜鹃花。他走上台阶，把耳朵贴在门板上，听见里面传来清晰的孩子们的读书声。他举起手，想敲门，但又放下了。

圣德在米兰的门前坐了好一会儿，心里感到轻松了一些。他想，我是不能沮丧的。w 他站起来，拍拍脸。现在，有一瓶酒就好了，他想。

出品人：许　永
责任编辑：许宗华
特邀编辑：曾　铮
雷　彬
装帧设计：海　云
印制总监：蒋　波
发行总监：田峰峥

投稿信箱：cmsdbj@163.com
发　　行：北京创美汇品图书有限公司
发行热线：010-59799930

创美工厂
官方微博

创美工厂
微信公众号